最美的
诗歌

一生的读书计划 永恒的收藏经典

最美的诗歌

徐志摩 等 著
于海娣 主编

中国华侨出版社
北京

前言
Preface

　　诗歌是世界文学宝库中的一朵奇葩，是语言的精华，是智慧的结晶，是思想的火花，是人类最纯粹的精神家园。诗歌高度集中地概括、反映社会生活，再现某一时段内的社会风貌和人们的精神生活，饱含着作者丰富的思想和感情，富于想象，语言凝结而形象性强，具有节奏韵律。作为一种文学艺术题材，诗歌除了表现表面上的意义之外，也展现美学与质感，引发共鸣。经过时间的磨砺，很多诗歌已经成为超越民族、超越国别、超越时空的不朽经典，叩击着一代又一代人的心灵，给人们以思想和艺术上的双重启迪和熏陶。

　　优秀的诗歌沉淀着人类灵魂深处的苦难和欢乐、幻灭和梦想、挫折和成功，折射着人类精神层面中永恒的尊严和美丽，体现着人类追求真善美、摒弃假恶丑的执着信念和高尚情怀。阅读优秀的诗歌不仅可以拓宽自己的阅读视野，而且能够获得某种深刻的人生启示和积极的人生借鉴。阅读优秀的诗歌，可以使我们在领略诗歌语言美和韵律美的同时，感同身受，体会诗人所阐述的人生和社会哲理，体会诗人的爱憎标准、价值取向和审美情趣，探究人类生存的智慧和意义，并从中获取在困境中生存的力量，从而不断完善自我，超越自我，朝着理想的人生迈进。

　　中外诗歌浩如烟海，一个人要想在短暂的一生中遍阅所有诗歌大师的传世佳作，既不现实，也不经济。为了让广大读者在较短的时间内迅速、有效地了解中外诗歌的创作成就，获得最佳的阅读效果，我们在广泛查阅相关资料的基础上，经过反复细致地讨论和斟酌，最后从琳琅满目的中外诗歌宝库中选出了100余首中外最美的诗歌，辑录成《最美的诗歌》。所选诗歌，囊括了各个时代、各个民族、各个流派的最好作品，代表着中外诗歌创作的最高成就。这些作品或讴歌大自然、或咏叹爱情、或感慨人生、或启迪智慧、或激发希望，语言优美，意义深邃，堪称人类文明的共同财富，不仅为读者提供了一个可供参照、学习、研究中外诗歌的范本，也能使读者领略到诗歌艺术的神奇魅力。同时，对于培养读者的高尚情操、爱国思想、审美情趣、健全人格也起到了潜移默化的作用。

为了帮助读者加深对诗歌的理解。我们为每首诗歌增设了"作者简介""作品赏析"等专栏。"作者简介"简要介绍了作者的生平经历、创作成就等，使读者对作者有个清晰概括的了解；"作品赏析"以凝练的语言对每首诗歌的写作背景、思想内容、语言特色等进行精当到位的点评，引导读者从不同角度准确透彻地把握诗歌的思想内涵和艺术特色、情境和意蕴。此外，书中还选配了一些契合诗意的图片，给读者带来视觉享受的同时，也扩大其想象空间。值得一提的是，为了尊重作者和译者，保持原文风貌，对一些20世纪二三十年代写成或翻译的作品中有个别用字和时下现代汉语语法不统一的现象，我们没做相应的改动，确保了作品的原汁原味。

　　我们希望通过本书，引领读者领略中外诗歌的艺术魅力，在诗人所讴歌的真善美及其所批判的假恶丑中启迪心智，陶冶性情，提高个人的文学素养、审美水准、人生品位，为自己的人生开辟一片广阔的天地。

目 录
Contents

上篇 中国卷

邮 吻 / 刘大白 2
教我如何不想她 / 刘半农 4
天上的街市 / 郭沫若 6
沙扬娜拉——赠日本女郎 / 徐志摩 8
再别康桥 / 徐志摩 10
我不知道风是在那一个方向吹 / 徐志摩 12
红烛 / 闻一多 13
繁星 / 冰心 16
春水（节选）/ 冰心 18
纸船 / 冰心 20
时间是一把剪刀 / 汪静之 21
你是人间的四月天 / 林徽因 22
别丢掉 / 林徽因 24
雨巷 / 戴望舒 25
我是一条小河 / 冯至 28
有的人 / 臧克家 30
断章 / 卞之琳 32
我们为什么不歌唱 / 力扬 34
大堰河——我的保姆 / 艾青 35
我爱这土地 / 艾青 39

雪落在中国的土地上 / 艾青	41
预言 / 何其芳	44
航 / 辛笛	47
窗 / 陈敬容	49
假如你走来 / 陈敬容	51
也许 / 蔡其矫	52
甘蔗林——青纱帐 / 郭小川	53
桂林山水歌 / 贺敬之	56
众荷喧哗 / 洛夫	60
乡愁 / 余光中	62
等你，在雨中 / 余光中	64
春天，遂想起 / 余光中	65
雨雪 / 金克木	68
周总理，你在哪里？ / 柯岩	70
秋歌——给暖暖 / 痖弦	73
错误 / 郑愁予	75
边界酒店 / 郑愁予	76
青春 / 席慕蓉	77
如果 / 席慕蓉	79
七里香 / 席慕蓉	80
回答 / 北岛	81
致橡树 / 舒婷	83
一代人 / 顾城	85
远和近 / 顾城	86
面朝大海，春暖花开 / 海子	87

下篇 外国卷

牧 歌／维吉尔	90
神 曲（节选）／但丁	93
爱的印迹／彼特拉克	99
有一天，我把她名字写在沙滩／斯宾塞	100
你的长夏永远不会凋谢／莎士比亚	101
墓畔哀歌／格雷	103
相逢与别离／歌德	108
迷娘歌／歌德	110
一朵红红的玫瑰／彭斯	111
欢乐颂／席勒	113
咏水仙／华兹华斯	118
去国行／拜伦	120
秋／拉马丁	124
西风颂／雪莱	126
致云雀／雪莱	130
爱底哲学／雪莱	133
夜莺颂／济慈	134
罗蕾莱／海涅	138
流浪者之歌／密茨凯维支	140
假如生活欺骗了你／普希金	142
致大海／普希金	143
自由颂／普希金	147
诗人走在田野上／雨果	151
我既把唇儿……／雨果	153

致伊娃 / 爱默生	154
我捧起我沉重的心,肃穆庄严 / 勃朗宁夫人	155
请说了一遍,再向我说一遍 / 勃朗宁夫人	157
爱人,我亲爱的人,是你把我 / 勃朗宁夫人	158
人生颂 / 朗费罗	159
横越大海 / 丁尼生	161
致海伦 / 爱伦·坡	163
哀愁 / 缪塞	165
帆 / 莱蒙托夫	167
哦,船长,我的船长 / 惠特曼	169
我听见美国在歌唱 / 惠特曼	171
黄昏的和谐 / 波德莱尔	172
我愿意是急流 / 裴多菲	174
灵魂选择自己的伴侣 / 狄金森	177
因为我不能等待死亡—— / 狄金森	178
天鹅 / 普吕多姆	180
裂缝的瓶 / 普吕多姆	181
分离 / 哈代	183
天鹅 / 马拉美	184
天在那边屋顶上呵 / 魏尔伦	186
白色的月 / 魏尔伦	187
乌鸦 / 兰波	189
因为我深爱过 / 王尔德	191
沉默的爱人 / 王尔德	192
当你老了 / 叶芝	194
湖心岛茵尼斯弗利岛 / 叶芝	196
我爱你,我的爱人 / 泰戈尔	197

第一次的茉莉 / 泰戈尔 …… 199

云与波 / 泰戈尔 …… 200

榕树 / 泰戈尔 …… 202

她 / 达里奥 …… 203

海滨墓园 / 瓦莱里 …… 205

醉歌 / 岛崎藤村 …… 211

雪夜林边逗留 / 弗罗斯特 …… 214

不甘愿 / 弗罗斯特 …… 215

豹 / 里尔克 …… 217

莱茵之夜 / 阿波利奈尔 …… 219

我不再归去 / 希梅内斯 …… 221

论婚姻 / 纪伯伦 …… 223

在一个地铁车站 / 庞德 …… 225

迟来的爱情 / 劳伦斯 …… 226

绿 / 劳伦斯 …… 227

序曲 / 艾略特 …… 228

眼睛,我曾在最后一刻的泪光中看见你 / 艾略特 …… 230

披着深色的纱笼 / 阿赫玛托娃 …… 231

死的十四行诗 / 米斯特拉尔 …… 233

你不爱我也不怜悯我 / 叶赛宁 …… 236

多美的夜啊!我不能自已 / 叶赛宁 …… 239

失去的东西永不复归 / 叶赛宁 …… 240

生活之恶 / 蒙塔莱 …… 242

艾尔莎的眼睛 / 阿拉贡 …… 244

青春 / 阿莱桑德雷 …… 247

雨 / 博尔赫斯 …… 249

海涛 / 夸西莫多 …… 251

情诗 / 聂鲁达	253
致心爱者 / 井上靖	255
美好的一天 / 米沃什	257
大街 / 帕斯	259
通过绿色茎管催动花朵的力 / 托马斯	261
野花 / 索洛乌欣	263
因为现在 / 阿伦茨	265
被推迟的日子 / 巴赫曼	266
幸福 / 杰姆斯·赖特	268
七愁 / 休斯	270
松树冠 / 斯奈德	272
在风中吹响 / 鲍勃·迪伦	273

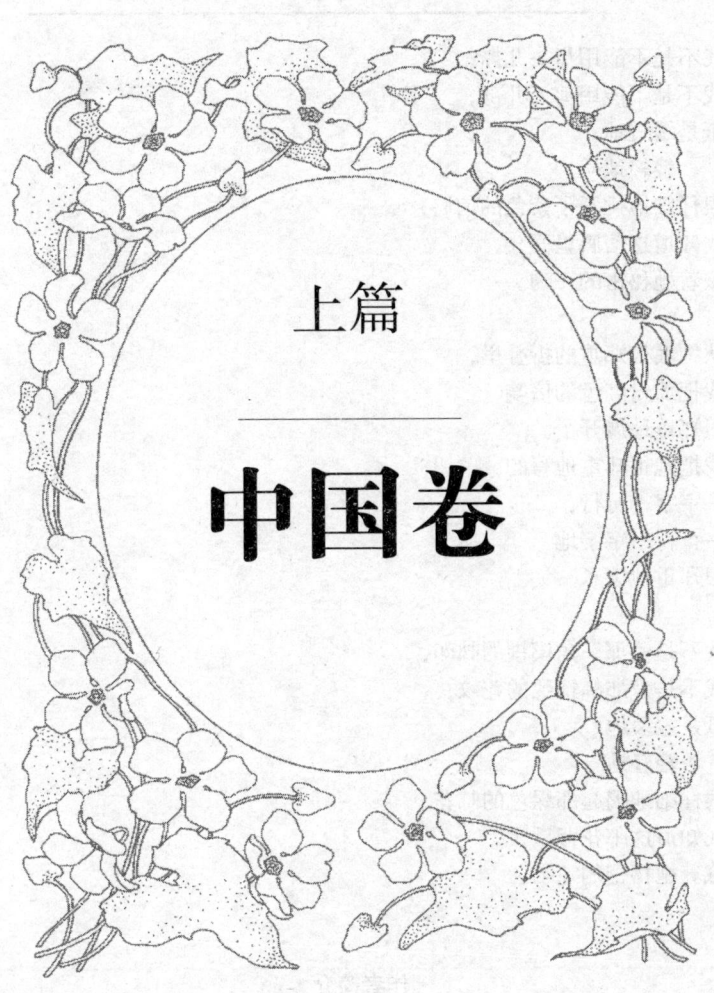

上篇

中国卷

邮 吻
/刘大白

我不是不能用指头儿撕，
我不是不能用剪刀儿剖，
祇是缓缓地
　　　轻轻地
很仔细地挑开了紫色的信唇；
我知道这信唇里面，
藏着她秘密的一吻。

从她底很郑重的折叠里，
我把那粉红色的信笺，
很郑重地展开了。
我把她很郑重地写的
一字字一行行，
一行行一字字地
很郑重地读了。

我不是爱那一角模糊的邮印，
我不是爱那幅精致的花纹，
祇是缓缓地
　　　轻轻地
很仔细地揭起那绿色的邮花；
我知道这邮花背后，
藏着她秘密的一吻。

· 作者简介 ·

　　刘大白（1880-1932），浙江绍兴人，曾为清朝优贡生，后留学日本，并加入同盟会，1916年回国，曾在浙江省立第一师范执教，1921年担任复旦大学教授，1928年出任浙江省教育厅秘书和浙江大学秘书长，1929年出任南京国民政府教育部常任次长，1931年开始闭门著书。
　　刘大白是新诗的积极倡导者，"五四"运动前就开始写作白话诗，1924年和1926年先后出版了两部新诗集——《旧梦》和《邮吻》。他的新诗还带有从旧诗蜕化而来的痕迹，感情浓烈，语言明快，音节整齐，韵律和谐，具有鲜明的乡土特色，一些描写爱情的诗歌在"五四"时期的诗坛上别具一格，另有一些描写民众疾苦、触及重大社会题材的诗作也影响较大。

作/品/赏/析

在"五四"时期的新诗中,写爱情的诗占有很大的比重,这与新文化运动反礼教、反封建的大背景密切相关。

由于受新思潮的影响,当时的情诗大多表现得直率、坦诚,较少含蓄。这一方面固然是为了冲破旧礼教的束缚,与旧体诗分庭抗礼;另一方面,在诗艺上也就带着初期新诗粗疏、浅白的缺陷。这首诗当然也不例外,正如刘大白自己说的那样,他的诗"用笔太重,爱说尽,少含蓄"。不过,含蓄也并不一定是诗的唯一尺度,直率有直率的美,尤其是在当时那个崇尚直率的时代。20世纪20年代的诗人刘半农、康白情所写的诗都有此种特点。

刘大白

这首诗的优点就在于细腻、传神地表达诗人微妙的心理悸动,呈现出一种无掩饰的直率之美。

这首诗选择信笺作为歌咏的信物,而信笺是作为传递信息的媒介和爱情的信物贯穿于全诗的。这首诗并没有直接抒写那些甜蜜的窃窃私语,也没有描写见信而引起的思念,而是采用侧面描写的手法,不写信的内容,将其留给读者去想象。

诗人着力通过拆信、展信、读信的细节动作以展示诗人的复杂、敏感的情感世界。呈现诗人心态的是一连串的典型动作,而这一连串动作又是通过富有个性的动词加以表现。例如,"撕"和"剖",对这两个动作的否定,突出了诗人对具有爱情象征之义的信笺的珍惜与爱抚之情。与"撕"和"剖"对应的是一个"挑"的动作。这轻轻地一挑,加倍强化了这种珍惜的情愫。展读信笺的动作,体现的是一种对爱情的郑重与虔诚;而"揭"邮花的动作,又烘托了探求爱的秘密的渴望。

此诗在结构上,诗人利用重叠的章句安排和减缓节奏的处理,来配合情感的发展主线,例如"不是"句的重叠和第一、三节的呼应,都旨在造成情绪的延长以达到强调的目的。又如"缓缓地""轻轻地"在音节上构成一种平缓和谐的听觉效果,同时又将其切成两句,在听觉与视觉上又强化与延长了平缓和谐的感觉效果,以渲染爱的执着与深沉;一连串重叠的"郑重地"和"一字字一行行"的反复,则又在表现一种爱的神圣感;另外,像"不是……只是""我知道……"句式的反复运用,对表现心理活动的委婉曲折也很有力。通过这些铺垫,逐次把爱的情感推进到高潮;之所以如此小心、谨慎,是因为这信里"藏着她秘密的一吻"。

谜底揭开,令人感动,全诗意境尽出。虽直率但并不直白,是刘大白的新诗中艺术性较强的一首。

教我如何不想她 /刘半农

天上飘着些微云,
地上吹着些微风。
啊!
微风吹动了我头发,
教我如何不想她?

月光恋爱着海洋,
海洋恋爱着月光。
啊!
这般蜜也似的银夜,
教我如何不想她?

水面落花慢慢流,
水底鱼儿慢慢游。
啊!
燕子你说些什么话?
教我如何不想她?

枯树在冷风里摇,
野火在暮色中烧。
啊!
西天还有些儿残霞,
教我如何不想她?

·作者简介·

刘半农(1891-1934),江苏江阴人,中国新文化运动的健将。出身贫苦,上中学时因向往辛亥革命辍学参军,后到上海做编辑工作。1918年和钱玄同合作演双簧戏,争辩关于白话文的问题,有力地推进了白话文运动。另外他还一度参加《新青年》的编辑工作。1920年赴英入伦敦大学学习,1921年转入法国巴黎大学专攻语音学,获文学博士学位,并被巴黎语言学会推为会员。1925年秋回国,任北京大学国文系教授。1926年主编《世界日报》副刊,并任中法大学国文系主任。同年诗人将自己多年来在诗歌创作上的成果结集出版,分别是《瓦釜集》(诗集中对民歌形式的利用做了有益的探索)、《扬鞭集》。1929年起历任北京大学国文系教授、北平大学女子文学院院长、辅仁大学教务长等职。1934年,诗人英年早逝。

作/品/赏/析

这首诗作于1920年诗人留学欧洲期间。也许是情人不在身边，也许是对祖国的想念，伴着那景色，诗人唱出了心底潜藏的最纯真的爱情和热切的思念之情。诗名开始时叫作《情歌》，不久诗人将名字改成《教我如何不想她》。那时的诗人远离祖国故土，心中时时生出对故国的依恋，而那时的中国更是千疮百孔，其时诗人对故国的关心程度是可想而知的。

天空明净，大地宽阔。云儿在天空中飘着，微风轻吹，吹乱了诗人的头发，也唤起了诗人心中思念故土和亲人的感情，接着诗人一声感叹："教我如何不想她？"反问加强了感情和思念的程度。

刘半农

在夜里，银色的月光照在宽阔的海面上。在这"蜜也似的银夜"，诗人却不能和恋人相伴，不能和心中的恋人在一起。这月光和海洋契合无间、依傍难分的情景在诗人的心中激起了怎样的感情呀？"教我如何不想她"？

水上落花，水底游鱼，燕子飞舞。这花因为燕子可有着"落花有意，流水无情"的担心？这游鱼因为燕子的出现可有着被水抛弃的担心？也许，燕子送来了家乡的信息，让诗人的心里有着更深的触动，更深的思念，"教我如何不想她"？

枯树在冷风中摇动，残霞映红了半边天，如野火烧。这冷的风和天边的残霞形成了强烈的对比，更加衬出了诗人远离故国的失落和热切的思念之情。思念之余，诗人看到的还是一片冷冷的暮色——残霞。这是一种强烈的反差，在诗人最冷的心灵感受中，暗藏着对祖国深深的爱。

刘半农在国外留学时与妻子的合影

刘半农是中国新诗的开拓者、白话文的倡导者，他积极主张写新诗和应用白话文，并亲自进行实践。他还倡导文学作品的分段和运用新式标点，并创造了"她""它"二字，沿用至今。

刘半农的诗歌代表了中国新诗早期的风格，他也是早期新诗的作者中创作路子比较宽的一个。他一方面吸收歌谣的散体或者外国的诗歌特点，另一方面继承了中国传统诗歌的特点和手法——重视意境的营造、比兴等。如这首诗中，每一段的开头渲染了不同的景色，以引起感情的抒发；每一段都营造了优美的诗歌意境，实感的景色引起人们无穷的想象。同时，诗人采用了西方抒情诗的一些特点，反复吟唱，用生活中的白话来抒发心中强烈的感情。这首诗无论是在意境的营造上，还是在抒情方式的表现技巧上，都是后来中国白话新诗的楷模，对中国的新诗产生了启发式的影响。

天上的街市 /郭沫若

远远的街灯明了,
好像闪着无数的明星。
天上的明星现了,
好像点着无数的街灯。

我想那缥缈的空中,
定然有美丽的街市。
街市上陈列的一些物品,
定然是世上没有的珍奇。

你看,那浅浅的天河,
定然是不甚宽广。
那隔河的牛郎织女,
定能够骑着牛儿来往。

我想他们此刻,
定然在天街闲游。
不信,请看那朵流星,
那怕是他们提着灯笼在走。

·作者简介·

郭沫若(1892-1978),原名郭开贞,四川乐山人,中国现代浪漫主义诗人、剧作家、历史学家、古文字学家。早年先后在日本冈山高等学校和九州帝国大学学习医学。在帝国大学,诗人开始从事文学创作。1920年诗人在《时事新报·学灯》上发表了一系列重要作品,1921年出版诗集《女神》。这部诗集是中国现代诗歌史上的里程碑,开创了中国新诗的浪漫主义风格。同年,诗人和郁达夫等人组织成立创造社,创办《创造》季刊。1923年,诗人从帝国大学毕业。1926年,诗人出任广东大学校长。同年7月,诗人随国民革命军北伐。1927年8月,参加南昌起义,加入中国共产党。起义期间,诗人创作了大量历史剧,宣传革命,讽刺蒋介石的丑恶嘴脸,遭到蒋介石的通缉。1928年2月,他开始了在日本的10年流亡生涯。期间诗人潜心研究中国古代文化,奠定了他的史学家、古文字学家的地位。1937年,他秘密回国,积极投身抗日救亡运动,创作了大量有时代气息的历史剧,如《虎符》《屈原》等。中华人民共和国成立后诗人一直主持文化工作,历任中国科学院院长、全国人大常委会副委员长、全国政协副主席等职。

作/品/赏/析

郭沫若的诗一向以强烈情感宣泄著称,他的《凤凰涅槃》热情雄浑;他的《天狗》带着消灭一切的气势;他的《晨安》《炉中煤》曾经让我们的心跳动不止。但这首诗却恬淡平和,意境优美,清新素朴。诗人作这首诗时正在日本留学,和那时的很多中国留学生一样,他心中有着对祖国的怀念,有对理想未来的迷茫。诗人要借助大自然来思索这些,经常在海边彷徨。在一个夜晚,诗人走在海边,仰望美丽的天空、闪闪的星光,心情变得开朗起来。诗人似乎找到了自己的理想,于是他在诗中将这种理想写了出来——那似乎是天国乐园的景象。

郭沫若

诗人将明星比喻成街灯。点点明星散缀在天幕上,那遥远的世界引起人们无限的遐想。街灯则是平常的景象,离我们很近,几乎随处可见。诗人将远远的街灯比喻为天上的明星,又将天上的明星说成是人间的街灯。是诗人的幻觉,还是诗人想把我们引入"那缥缈的空中"?在诗人的心中,人间天上是一体的。

那缥缈的空中有一个街市,繁华美丽的街市。那儿陈列着很多的物品,这些物品都是人间的珍宝。诗人并没有具体写出这些珍奇,留给了我们很大的想象空间,我们可以将它们作为我们需要的东西,带给我们心灵宁静、舒适的东西。

那不仅是一个街市,更是一个生活的场景。那被浅浅的天河分隔的对爱情生死不渝的牛郎、织女,在过着怎样的生活?还在守着银河只能远远相望吗?"定能够骑着牛儿来往",诗人这样说。在那美丽的夜里,他们一定在那珍奇琳琅满目的街市上闲游。那流星,就是他们手中提着的灯笼。简简单单的几句话,就颠覆了流传千年的神话,化解了那悲剧和人们叹息了千年的相思和哀愁。

这首诗风格恬淡,用自然清新的语言、整齐的短句、和谐优美的韵律,表达了诗人纯真的理想。那意境都是平常的,那节奏也是缓慢的,如细流,如涟漪。但就是这平淡的意境带给了我们丰富的想象,让我们的心灵随着诗歌在遥远的天空中漫游,尽情驰骋美好的梦想。

20世纪20年代郭沫若在日本留学时与妻子安娜及子女的合影

沙扬娜拉
——赠日本女郎 /徐志摩

最是那一低头的温柔,
像一朵水莲花不胜凉风的娇羞,
道一声珍重,道一声珍重,
那一声珍重里有蜜甜的忧愁——
沙扬娜拉!

作/品/赏/析

《沙扬娜拉十八首》曾编入《志摩的诗》,中华书局1925年版。1928年8月新月书店重印时作者删去前17首,仅留最末一首,题作《沙扬娜拉一首》(赠日本女郎)。

这是组诗中的最后一首,写于1924年作者随印度诗人泰戈尔访日期间。这是一首赠别诗,也是徐志摩抒情诗中的"绝唱",向来为人们所传诵。

在徐志摩的诗里,这是一首上选之作,甜津津的,倒真有点苏曼殊的味道。

这首小诗韵律和意象都很贴切自然,起句好,结句更有余味。论者常说徐志摩西化,就这首诗来看,却婉转温柔,一声"珍重"三次低回,有小令之感。柔情在这诗里,可说是恰到好处,过此就真的纤弱了。

这首诗免于西化,不仅在韵味,也在句法。全诗五行,没有主词,没有散文必需的联系词,没有累赘堆砌的形容词,更没有西化句中屡见的代名词,转接无痕的手法是地道的中国传统。

诗人在短短的五行诗句中,表现了对日本女郎依依惜别的深情,并塑造了一位性情温柔、形神毕备的日本女郎的艺术形象。

·作者简介·

徐志摩（1896-1931），浙江海宁人，中国现代著名诗人。1915年考入北大预科班，次年入北洋大学，再次年转入北京大学政治学系。1918年，诗人转入美国克拉克大学，第二年转入哥伦比亚大学研究院，一年后获硕士学位。1921年，诗人进入剑桥大学研究院学习政治学，同时开始创作新诗。同年诗人和才女林徽因相识，坠入情网。1922年3月，诗人与前妻张幼仪离婚，10月回到上海。1924年，泰戈尔访华，诗人作为陪同及翻译与泰戈尔游历各地，并随泰戈尔一同去了日本。同年诗人应胡适之邀任北大英文系教授，不久结识京城社交界名流陆小曼（她已为一名军人的妻子），两人很快坠入爱河。1926年，二人举行了婚礼。此后诗人一方面继续在大学教书，另一方面和胡适、闻一多等人创立"新月社"，创办《新月》杂志。1931年1月，诗人主编的《诗刊》创刊。同年11月因飞机失事英年早逝。这次飞行旅途事务包括看望病中的妻子和赶场听林徽因的讲座。

徐志摩

　　这首诗以其简练的笔法，给读者留下较大的想象空间。开头一句"最是那一低头的温柔"，表现诗人对日本女郎柔情蜜意的深深眷恋。这位日本女郎在与诗人分别之际，似有不少话想说而又羞于启齿，于是含情脉脉地低头鞠躬。那种欲言又止的举动，正表现了日本女性的贤淑、温存与庄重。同是写离别，日本女郎与诗人告别，毕竟不同于中国女子与情人的告别，对作者自是别有一番情趣，所以诗人感慨系之，对此记忆犹新。

　　第二句用一个比喻"像一朵水莲花不胜凉风的娇羞"。以水莲花在凉风吹拂下的颤动作比，为了突出其柔媚的风致，进而刻画女郎的娴静与纯美。但要看到，这句诗表面上写这位女郎的体态弱不禁风，其实是衬托女郎在离情别绪的内心痛楚，气氛孤单凄凉。通过这一比喻，读者的想象力即可超出现实的空间，飞翔得更加高远了。

　　"道一声珍重，道一声珍重"，女郎把内心复杂的情感化作一声声的"珍重"来表达自己对对方难以割舍的爱慕敬仰之意。

　　通过语句重叠，平凡而韵味实足，正如第四句所写"那一声珍重里有蜜甜的忧愁"。

　　诗人在品味这一声声"珍重"里所包含的"蜜甜的忧愁"后，以"沙扬娜拉"这一平常然而诚挚的告别词结束，不仅是点题，而且通过这包含着复杂情谊的语调，把女郎声声嘱咐，殷殷叮咛的眷念心情传达出来。这句"沙扬娜拉"是深情的呼唤，也是美好的祝愿。

　　这首诗十分微妙而逼真地勾勒出送别女郎的形态和内心活动。短短五句，既有语言又有动作，更有缠绵的情意，寥寥数语，而形象呼之欲出，充分显示了诗人传神的艺术功力。

再别康桥 /徐志摩

轻轻的我走了,
　　正如我轻轻的来;
我轻轻的招手,
　　作别西天的云彩。

那河畔的金柳,
　　是夕阳中的新娘;
波光里的艳影,
　　在我的心头荡漾。

软泥上的青荇,
　　油油的在水底招摇;
在康河的柔波里,
　　我甘心做一条水草!

那榆荫下的一潭,
　　不是清泉,是天上虹
揉碎在浮藻间,
　　沉淀着彩虹似的梦。

寻梦?撑一支长篙,
　　向青草更青处漫溯,
满载一船星辉,
　　在星辉斑斓里放歌。

但我不能放歌,
　　悄悄是别离的笙箫;
夏虫也为我沉默,
　　沉默是今晚的康桥!

悄悄的我走了,
　　正如我悄悄的来;
我挥一挥衣袖,
　　不带走一片云彩。

徐志摩笔下的剑桥风光
剑桥位于英国剑桥大学之内，附近水清树碧，风景灵秀，徐志摩的《再别康桥》一诗更是使其蜚声世界。

作/品/赏/析

这首诗写于1928年诗人第三次漫游欧洲的归途中，写的是那年一个夏日的感想。那是一个明媚的夏日，诗人怀着莫名的激情，瞒着接待他的大哲学家罗素，一个人悄悄地来到康桥（即剑桥大学所在地，今统译剑桥）——诗人曾学习、生活过的地方，想寻找他在那儿的朋友。但是，友人都不在家，诗人就在美丽的校园里徘徊，在那一木一花之中寻觅当年的欢声笑语，那洒落其间的青春年华。这些感想在诗人的心中酝酿了几个月，最后形成了这首诗。

诗的开头就弥漫着一种怀旧的情绪和宁静的氛围。诗人的来和走都是轻轻的，没有任何的声响，没有什么烦躁和吵闹；但诗人毕竟要和那华美的云彩告别了，毕竟那段美好的时光已经逝去了。那阳光下柔柔的柳枝，映在轻轻荡漾的波光里，幻出点点的金鳞，照在了诗人的眼中，同样也拨动着诗人的心。当年的友人的音容笑貌、爱人的窃窃私语在诗人的眼前浮现，耳畔回响。那清澈的水中水草绿油油的，在水底摇曳，那清凉和优美都是诗人所美慕的。

诗人的想象不再受控制。在诗人眼中，那潭水就是天上的彩虹，它被揉碎了，最后沉淀在潭底的浮藻间，聚合为诗人的梦。寻梦？诗人随即就有了追忆的沉思。撑一支长篙，向青草的深处追寻，直到星光点点还乐不思归，在美丽的月夜放歌。

然而那段美好的时光不会再现了，昔日的好友也杳无踪影。诗人感到无限的惆怅。诗人的怅然情绪也感染了虫子，它们知趣似地沉默着，不再鸣叫。诗人要离去了，悄悄地离去，诗人不想惊动那美丽的场景，那美丽的回忆。

这首诗是中国新月诗的代表作。四行一节，每节押韵，诗行的排列错落有致，参差变化中有整齐的韵律。诗的整体有着强烈的音节波动和韵律感；首节和尾节前后呼应，使诗的形式完整。用词上讲究音节的和谐与轻盈，"轻轻""悄悄"等叠字的使用更是恰如其分。这些都完美表现了新月派诗歌的特征：完整的形式、和谐优美的旋律、诗句的紧密节奏等。

我不知道风是在那一个方向吹

/徐志摩

我不知道风
是在那一个方向吹
——我是在梦中,
甜美是梦里的光辉。

我不知道风
是在那一个方向吹
——我是在梦中,
她的负心,我的伤悲。

我不知道风
是在那一个方向吹
——我是在梦中,
在梦的悲哀里心碎!

我不知道风
是在那一个方向吹
——我是在梦中,
黯淡是梦里的光辉!

作/品/赏/析

《我不知道风是在那一个方向吹》是徐志摩最为广泛流传的一首诗作,具有十分严整的格律和章法,音调和谐优美,情感真挚婉约,典型地体现了新月派的艺术追求。"我不知道风/是在那一个方向吹——",含蓄地流露出诗人心中迷惘的情绪,而"我是在梦中",更是给这种情绪蒙上一层怅惘和空幻的色彩。诗歌的前半部分表现的情感状态是甜美和迷醉,后半部分却是黯淡和心碎,表面上倾吐的是爱情的失意,透露出个人命运的彳亍迷惘,也间接地传达出那一时代人们所普遍怀有的彷徨情绪。

红 烛

/闻一多

蜡炬成灰泪始干。
　　——李商隐

红烛啊!
这样红的烛!
诗人啊!
吐出你的心来比比,
可是一般颜色?

红烛啊!
是谁制的蜡——给你躯体?
是谁点的火——点着灵魂?
为何更须烧蜡成灰,
然后才放光出?
一误再误;
矛盾!冲突!

红烛啊!
不误,不误!
原是要"烧"出你的光来——
这正是自然底方法。

·作者简介·

闻一多(1899-1946),原名闻家骅,湖北浠水人,中国现代诗人、思想家。1912年考入清华学校。1922年赴美留学,先后入芝加哥美术学院、科罗拉多大学美术系学习,同时创作了大量爱国思乡的诗歌。1924年,诗集《红烛》出版,奠定了诗人在中国现代诗歌史上的地位。1925年诗人回国,任北京艺术专科学校教务长,曾参与创办《大江》杂志,同时与徐志摩等在北京《晨报》上开设副刊《诗镌》。1927年到武汉国民革命军政治部工作,同年任南京国立中山大学外文系主任。1928年参与创建"新月社",和徐志摩等创办《新月》杂志,同年出版诗集《死水》。此后诗人放弃诗歌创作,埋头钻研学术,先后任武汉大学、青岛大学文学院院长,清华大学中文系教授。抗战期间,诗人带领最后从北京离开的学生徒步前往云南,任西南联合大学中文系教授。1944年加入中国民主同盟(简称民盟)。1946年7月15日,诗人抗议国民党暗杀民盟成员李公仆,在李的追悼会上演说著名的《最后一次演讲》,回家途中遭国民党特务枪杀。

红烛啊!
既制了,便烧着!
烧罢!烧罢!
烧破世人底梦,
烧沸世人底血——
也救出他们的灵魂,
也捣破他们的监狱!

红烛啊!
你心火发光之期,
正是泪流开始之日。

红烛啊!
匠人造了你,
原是为烧的。
既已烧着,
又何苦伤心流泪?
哦!我知道了!
是残风来侵你的光芒,
你烧得不稳时,
才着急得流泪!

红烛啊!
流罢!你怎能不流呢?
请将你的脂膏,
不息地流向人间,
培出慰藉底花儿,
结成快乐底果子!

红烛啊!
你流一滴泪,灰一分心。
灰心流泪你的果,
创造光明你的因。

红烛啊!
"莫问收获,但问耕耘。"

《红烛》配图　闻一多之子闻立鹏作

闻一多是中国现代著名的诗人,也是一位英勇无畏的民主战士。他一生都在为追求真理、追求自由、追求光明而不懈地探索奋斗,并不惜为之献出自己的生命。他的《红烛》一诗真实地反映了他的这种高尚精神。

作/品/赏/析

诗的开始就突出红烛的意象，红红的，如同赤子的心。闻一多要问诗人们：你们的心可有这样的赤诚和热情，你们可有勇气吐出你的真心和这红烛相比？一个"吐"字，生动形象，将诗人的奉献精神和赤诚表现得一览无余。

诗人接着问红烛，问它的身躯从何处来，问它的灵魂从何处来。这样的身躯、这样的灵魂为何要燃烧，要在火光中毁灭自己的身躯？诗人迷茫了，如同在生活中的迷茫，找不到方向和思考不透很多问题。矛盾！冲突！在曾有的矛盾冲突中诗人坚定了自己的信念。因为，诗人坚定地说："不误，不误！"诗人已经找到了生活的方向，准备朝着理想中的光明之路迈进，即使自己被烧成灰也在所不惜。

诗歌从第四节开始，一直歌颂红烛，写出了红烛的责任和生活中的困顿、失望。红烛要烧，烧破世人的空想，烧掉残酷的监狱，靠自己的燃烧救出一个个活着但不自由的灵魂。红烛的燃烧受到风的阻挠，它流着泪也要燃烧。那泪，是红烛的心在着急，为不能最快实现自己的理想而着急，流泪。

诗人要歌颂这红烛，歌颂这奉献的精神，歌颂这来之不易的光明。在这样的歌颂中，诗人和红烛在交流。诗人在红烛身上找到了生活方向：实干，探索，坚毅地为自己的理想努力，不计较结果。诗人说："莫问收获，但问耕耘。"

这首诗有浓重的浪漫主义和唯美主义色彩。诗歌在表现手法上重幻想和主观情绪的渲染，大量使用了抒情的感叹词，以优美的语言强烈地表达了心中的情感。在诗歌形式上，诗人极力注意诗歌的形式美和诗歌的节奏，以和诗中要表达的情感相一致，如：重复句的使用、一定程度上采用中国传统诗歌的押韵形式、前后照应和每节中诗句相对的齐整，等等。

诗人所倡导的中国新诗的格律化、音乐性的主张在这首诗中有一定的体现。可以说，闻一多融汇古今文化和中外的诗歌形式，以强烈的情感表达和追求精神开辟了中国一代诗风，激励着一代又一代的中国诗人去耕耘和探索。

繁 星 /冰心

一

繁星闪烁着——
深蓝的太空,
何曾听得见他们对语?
　沉默中
　微光里
他们深深的互相颂赞了。

一三

大海呵!
　哪一颗星没有光?
　哪一朵花没有香?
　哪一次我的思潮里
没有你波涛的清响?

·作者简介·

冰心（1900-1999），原名谢婉莹，福建长乐人，中国现代著名女诗人、作家。出生在一个清末军官家庭。1918年进北京协和女子大学（后并入燕京大学）学医，后改学文学。同年开始发表小说，登上文坛。1920年起发表短篇小说《斯人独憔悴》，开启文坛"问题小说"的讨论；同年诗人的小诗创作也获得文坛的认可，在报纸杂志上时有发表。1921年参加文学研究会，是其成立时唯一的女性。1923年，诗人的诗集《繁星》《春水》出版。同年赴美国威尔斯利女子大学学习英国文学，期间写成《寄小读者》等系列散文。1926年回国后在燕京大学、清华大学女子文理学院任教。抗战胜利后，诗人东渡日本。1951年秋回国。1960年后曾任中国作协书记处书记。在20世纪90年代，又写下了《再寄小读者》等著名作品。1999年在北京病逝。

冰心

作/品/赏/析

中国的新诗，在经过早期的过分散文化探索之后，开始回归诗的本身。东方的诗歌进入了中国诗人的视野，那就是郑振铎翻译的泰戈尔的《飞鸟集》和周作人翻译的日本的俳句。冰心的新诗于1922年在报纸上连载，1923年结集出版的诗集《繁星》《春水》就是她那个时期的创作实绩。

在冰心的人生历程中，有两点对诗人的思想产生了决定性的影响。一是诗人的童年是在山东威海度过的。在这个海边城市中，诗人整日面对着变幻不息的海面，整日在天水之间体味那份空阔和悠远。二是冰心早年就读于一所教会学校。基督教的泛爱思想深深影响了诗人的"爱"的哲学。这样的思想伴着诗人敏感的心灵，在诗人的笔下，在诗人的诗中飞翔了。这一定程度上也是《繁星》《春水》的主题和内容。

第一首诗，表现了人类应互敬互爱的"爱"的哲学思想。在夜里，天空高远而深邃，透着深深的蓝色；繁星在闪烁着，很是灵动，显示着生命的迹象。诗人面对着这样的星空，展开了极为丰富的想象。那繁星似乎是在互相默默地对语，似乎在这样的夜里彼此心心相印了。它们又是如何在对语呢？在默契中，在微光里，"他们深深的互相颂赞了"。那是一个和谐、充满爱的世界，更何况人的世界呢？

第二首诗，是冰心对大海的感受，是对大海的颂歌，也是诗人心灵的颂歌。诗人由波澜壮阔的大海想到了浩瀚的宇宙，点点群星；想到了繁华的世界，香气四溢的花朵。诗人再由这繁华而广阔的自然想到了诗人自己的胸怀，想到了人类的博大和宽广。诗采用了排比句，用连续的反问加强了抒情的效果，深化了诗歌的意境。

冰心的小诗形体短小，思想纯真，含有丰富的诗意。如这两首诗，三言五语就塑造出一个生动的意境，用典型的情景表达了诗人内心深处的诗意感兴，启人深思。诗人的一刹那的思考就足以让我们领悟世间的哲理。诗的语言修辞的运用也特色独具，排比、反问、比喻是贴切和意味丰富的，拟人的使用更是融情入景，生动而情趣并具。另外，一定程度的口语化，使她的诗凝练而不失自然流利，清新怡人。

春 水（节选） /冰心

三

青年人！
你不能像风般飞扬，
便应当像山般静止。

浮云似的
无力的生涯，
只做了诗人的资料呵！

一八

冰雪里的梅花呵！
你占了春的先了。
看遍地的小花
随着你零星开放。

三三

墙角的花！
你孤芳自赏时，
天地便小了。

五三

春从微绿的小草里
对青年说：
"我的光照临着你了，
从枯冷的环境中
创造你有生命的人格罢！"

一七四

青年人，
珍重的描写罢，
时间正翻着书页，
请你着笔！

作 / 品 / 赏 / 析

《春水》写于1922年，出版于1923年。作者自己说："我自己写《繁星》和《春水》的时候，并不是在写诗，只是受了泰戈尔《飞鸟集》的影响，把自己许多'零碎的思想'，收集在一个集子里而已。"

冰心的诗集《繁星》和《春水》发表以后，这种叫作"短诗"或"小诗"的作品就流行开来，在当时引起很大影响。

冰心是一个倡导博爱的人，她有着东方女性温和、娴静和善良的性格，她的文字都在一种冷静和细腻的情感中表达着对人生问题的探讨，对人类的爱，尤其是对女性和儿童的关爱，冰心诗歌的风格在中国现代新诗中是独特的。《春水》诗集中大都是充满哲理的小诗，意象清晰，语言简单明快，思想纯洁朴实，结构形式非常简单，但又内涵丰富深邃，有的甚至充满神秘主义色彩，体现了女性敏感细腻的特征，并且充分融入了中国传统文化的情感色彩和东方的哲学和智慧。

1929年夏，新婚不久的冰心、吴文藻夫妇回上海省亲，与冰心父母共享天伦之乐。

《春水·三》是一首精彩的哲理诗。诗人劝勉青年要稳重踏实，脚踏实地，光有理论，喜欢吹嘘，缺乏实践是不可取的。

《春水·一八》表现了冰心对于新生事物的珍爱。在描绘自然之美时，表现出了诗人独特的审美情趣。

《春水·三三》描写了墙角孤芳自赏的花，通过这样的一朵花来比喻一种人的人生，指出造成"天地便小了"以致人生渺小的最重要的、也是主观的原因在于它的孤芳自赏，从而揭示了这样一个道理：一个人内心的故步自封往往是导致其境界狭小的最致命的原因。

《春水·五三》中，诗人以拟人的手法，告诉人们胜利的曙光已经来临，每个人都应该热情地去迎接美好的生活，创立自己辉煌的人生。

《春水·一七四》是一首励志的小诗。诗人通过寥寥数语，来提醒我们珍惜青春的美好时光，将精力投入现实的行动中来实现自己的人生理想，创造出属于自己的美好生活。

纸 船 /冰心

我从不肯妄弃了一张纸,
总是留着——留着,
叠成一只一只很小的船儿,
从舟上抛下在海里。

有的被天风吹卷到舟中的窗里,
有的被海浪打湿,沾在船头上。
我仍是不灰心地每天叠着,
总希望有一只能流到我要他到的地方去。

母亲,倘若你梦中看到一只很小的白船儿,
不要惊讶他无端入梦,
这是你至爱的女儿含着泪叠的,
万水千山,求他载着她的爱和悲哀归去。

作/品/赏/析

　　这首诗作于1923年8月,其时冰心正在去往美国留学的轮船上。别离家乡,远渡重洋,这惹起了冰心对母亲深挚绵永的思念,于是有了诗人心底默默的倾诉,有了这首婉约的小诗。诗中传达这种情感的方式很为特别,诗人令那一只一只小的纸船儿载着自己的思念,漂过大洋,到达母亲的身边,尽管这是一种美丽而虚幻的构想,但是诗人期盼母亲在梦中能够见到这样一只很小的白船儿的那份热烈的情感却是无比真挚的。"这是你至爱的女儿含着泪叠的,万水千山,求他载着她的爱和悲哀归去。"读来至为感人。

时间是一把剪刀

/汪静之

时间是一把剪刀,
生命是一匹锦绮;
一节一节地剪去。
等到剪完的时候,
把一堆破布付之一炬!

时间是一根铁鞭,
生命是一树繁花;
一朵一朵地击落,
等到击完的时候,
把满地残红踏入泥沙!

· 作者简介 ·

汪静之(1902-1996),安徽绩溪人。中国现代著名的作家、诗人。1921年入浙江省立第一师范学校求学,随后与冯雪峰、柔石、朱自清、叶圣陶等成立"晨光文学社"。1922年与潘漠华、应修人、冯雪峰等又组织了中国现代文学史上最早的新诗团"湖畔诗社"。汪静之曾在《新潮》《小说月报》《新青年》等刊上发表诗作并影响深远,1922年出版了诗集《蕙的风》,以后陆续出版的诗集、小说有《寂寞的国》《翠英及其夫的故事》等。中华人民共和国成立后在复旦大学、人民文学出版社等处工作。

作/品/赏/析

这是一首关于时间的哲理诗,诗人采用形象的手法写出了自己对时间的独特深刻的理解,指出了生命无情流逝,生命被时间无情消灭的这一残酷事实。在诗中,关于时间和生命,诗人各有两个比喻,"时间是一把剪刀,生命是一匹锦绮";"时间是一根铁鞭,生命是一树繁花";这里的暗喻表明,时间永远是毁灭生命的敌人,对于生命而言,它所要做的唯一的事情就是将锦绮"一节一节地剪去,等到剪完的时候,把一堆破布付之一炬"!或者说,将"一树繁花""一朵一朵地击落,等到击完的时候,把满地残红踏入泥沙"!诗人对时间与生命的关系的理解是令人寒心的,但是阐述了我们不得不承认的事实。诗人笔下的生命毕竟是美好的,在无情的时间面前,作为生命主体的我们应该如何把握自己,的确值得深思。从艺术上来讲,这首诗是通俗而优美的,即使是在表达一种哲理,诗人也很重视在形象的选择上体现出一种诗歌应有的美感。

你是人间的四月天 /林徽因

我说你是人间的四月天；
笑响点亮了四面风；轻灵
在春的光艳中交舞着变。

你是四月早天里的云烟，
黄昏吹着风的软，星子在
无意中闪，细雨点洒在花前。

那轻，那娉婷，你是，鲜妍
百花的冠冕你戴着，你是
天真，庄严，你是夜夜的月圆。

雪化后那片鹅黄，你像；新鲜
初放芽的绿，你是；柔嫩喜悦
水光浮动着你梦期待中白莲。

你是一树一树的花开，是燕
在梁间呢喃，——你是爱，是暖，
是希望，你是人间的四月天！

· 作者简介 ·

林徽因（1904-1955），中国现代著名诗人、建筑学家。生于浙江杭州的一个书香世家。1920年随父赴英读中学，后考入伦敦圣玛利学院。1921年与徐志摩相识并结为挚友。1924年和梁思成同往美国留学，习建筑学。1927年转入耶鲁大学戏剧学院学舞美。1928年与梁思成在加拿大结婚，后回国任东北大学建筑系教授。1931年到北京香山双清别墅养病，期间写下了大量的诗歌，不久到中国营造学社供职，经常随丈夫赴外地考察古建筑。1933年与闻一多等创办《学文》月刊。1937年任朱光潜主编的《文学杂志》编委。抗战期间辗转昆明、重庆等地。解放后参与国徽和人民英雄纪念碑的设计工作，先后任清华大学建筑系教授、北京市都市计划委员会委员兼工程师、建筑学会理事。1955年4月病逝于北京。

作/品/赏/析

这首诗发表于1934年的《学文》上，具体的写作时间不详。关于这首诗，有两种说法：一说是为悼念徐志摩而作，借以表示对挚友的怀念；一说是为儿子梁从诫的出生而作，以表达心中对儿子的希望和儿子出生带来的喜悦。

四月，一年中的春天，是春天中的盛季。在这样的季节里，诗人要写下心中的爱，写下一季的心情。诗人要将这样的春景比作心中的"你"。这样的季节有着什么样的春景呢？

世界带着点点的笑意，那轻轻的风声是它的倾诉、它的神韵。它是轻灵的，舞动着光艳的春天，千姿百态。在万物复苏的天地间，一切都在跃跃欲试地生长，浮动着氤氲的气息。在迷茫的天地间，云烟是复苏的景象。黄昏来临后，温凉的夜趁着这样的时机展示自己的妩媚。三两点星光有意无意地闪着，和花园里微微舞动的花朵对语，一如微风细雨中的景象：轻盈而柔美，多姿而带着鲜艳。圆月升起，天真而庄重地说着"你"的郑重和纯净。

林徽因

这样的四月，该如苏东坡笔下的江南春景："竹外桃花三两枝，春江水暖鸭先知。蒌蒿满地芦芽短，正是河豚欲上时。"那鹅黄，是初放的生命；那绿色，蕴含着无限的生机。那柔嫩的生命，新鲜的景色，在这样的季节里泛着神圣的光。这神圣和佛前的圣水一样，明净、澄澈；和佛心中的白莲花一样，美丽、带着爱的光辉。这样的季节里，"你"已经超越了这样的季节："你"是一树一树的花开，是伴春飞翔的燕子，美丽轻灵的，带着爱、温暖和希望。

这首诗的魅力和优秀并不仅仅在于意境的优美和内容的纯净，还在于形式的纯熟和语言的华美。诗中采用重重叠叠的比喻，意象美丽而丝毫无雕饰之嫌，反而愈加衬出诗中的意境和纯净——在华美的修饰中更见清新自然的感情流露。在形式上，诗歌采用新月诗派的诗美原则：讲求格律的和谐、语言的雕塑美和音律的乐感。这首诗可以说是这一原则的完美体现，词语的跳跃和韵律的和谐几乎达到了极致。

别丢掉 /林徽因

别丢掉
这一把过往的热情,
现在流水似的,
轻轻
在幽冷的山泉底,
在黑夜,在松林,
叹息似的渺茫,
你仍要保存着那真!
一样是月明,
一样是隔山灯火,
满天的星,
只使人不见,
梦似的挂起,
你问黑夜要回
那一句话——你仍得相信
山谷中留着
有那回音!

作/品/赏/析

　　《别丢掉》写于徐志摩去世以后的1932年,发表于1936年3月15日《大公报·文艺》。这是一首追忆和缅怀逝去的人与情的抒情诗。诗的总体情感基调清冷哀怨,在表达一种深入内心的情感的同时,表现出诗人对这份情感的特殊理解与珍视,其中有诗人自己特殊的情感经历的影子,同时也传达出一种无奈的伤感与痛苦。

　　在诗中,诗人主要是用一系列的隐喻将这些情感外化,"别丢掉/这一把过往的热情,现在流水似的,轻轻/在幽冷的山泉底,在黑夜,在松林,叹息似的渺茫,"这样的手法是将一种内在的抽象的情感具体化,使人在同样的意象中产生类似的共鸣,从而达到了再现和升华诗歌艺术美的双重功能。"一样是月明,一样是隔山灯火,满天的星,只使人不见,梦似的挂起,你问黑夜要回/那一句话——你仍得相信/山谷中留着/有那回音!"应该说,从诗歌意象的选择上,这首诗吸收了中国古典诗歌的艺术营养,但是表现手法却完全是现代主义的,这是新诗成熟的一个重要标志。

雨巷 /戴望舒

撑着油纸伞,独自
彷徨在悠长,悠长
又寂寥的雨巷,
我希望逢着
一个丁香一样地
结着愁怨的姑娘。

她是有
丁香一样的颜色,
丁香一样的芬芳,
丁香一样的忧愁,
在雨中哀怨,
哀怨又彷徨;

她彷徨在这寂寥的雨巷,
撑着油纸伞
像我一样,
像我一样地
默默彳亍着,
冷漠,凄清,又惆怅。

她默默地走近
走近,又投出
太息一般的眼光,

戴望舒

· 作者简介 ·

戴望舒(1905-1950),原名戴丞,浙江杭州人,中国现代派诗人的代表人物。幼年患有天花,容貌因此被毁。1928年发表诗歌《雨巷》震动文坛,获得"雨巷诗人"美誉。但这并没有使诗人得到他苦恋的意中人——施蛰存的妹妹施绛年的心。几经辗转,施绛年虽同意和他订婚,但也提出了条件:戴望舒必须留学回来才能结婚。1932年诗人去法国,1935年回国,此时施绛年已嫁作他人妇。诗人痛苦之下,找到施绛年,以一个巴掌结束了自己长达8年的苦恋。1936年戴望舒与穆时英的妹妹相识并结婚。抗战爆发后不久,诗人全家去了香港,诗人一边做抗日宣传工作,一边主编文学杂志。1941年被捕入狱,因此致病。1950年于北京逝世。有诗集《我的记忆》《望舒草》《灾难的岁月》及译著等留世。

她飘过
像梦一般地,
像梦一般地凄婉迷茫。

像梦中飘过
一枝丁香地,
我身旁飘过这女郎;
她静默地远了,远了,
到了颓圮的篱墙,
走尽这雨巷。

在雨的哀曲里,
消了她的颜色,
散了她的芬芳,
消散了,甚至她的
太息般的眼光,
丁香般的惆怅。

撑着油纸伞,独自
彷徨在悠长,悠长
又寂寥的雨巷,
我希望飘过
一个丁香一样地
结着愁怨的姑娘。

作/品/赏/析

在中国文学史上,诗人戴望舒无疑是一个独特的存在。他创作的诗数量不多(不过百余首),却在诗坛中占有重要位置;他没有系统的诗论,但他的《论诗零札》和他友人杜衡整理的《望舒诗论》却备受重视;他在诗坛以现代派象征派的面孔出现,可在他生命的终端却写出了《我用残损的手掌》这样浸透了血泪的现实篇章。

在新诗史上,戴望舒自有他一席地位,不过这地位并不很高。他的产量小,格局小,题材不广,变化不多。他的诗,在深度和知性上,都嫌不足。他在感性上颇下功夫,但是往往迷于细节，耽于情调，未能逼近现实。他兼受古典和西洋的熏陶，却未能充分消化，加以调和。他的语言病于欧化，未能充分发挥中文的力量。他的诗境，初则流留光景，囿于自己狭隘而感伤的世界，继则面对抗战的现实，未能充分开放自己，把握时代。如果戴望舒不逝于盛年，或许会有较高的成就。

"五四"前后，科学与民主的洪流震醒了一代又一代的知识分子。美好的理想与黑暗的现实的激烈矛盾，笼罩了他们敏感的心灵。"知其不可为而为之"的社会使命感笼罩了一个庞大的"烦忧"群。戴望舒就是这样一位由现实世界转到诗的世界中最忠实的烦忧者之一。

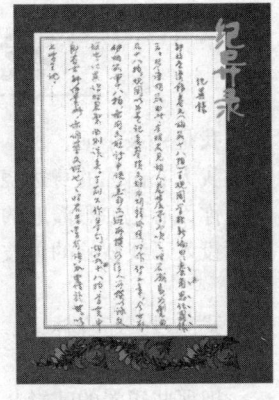

戴望舒手迹
戴望舒是中国现代文学史上一位有着突出创作个性和成就的现代派诗人。除诗歌外，他还创作了相当数量的散文、随笔、评论和译作等。

《雨巷》写于1927年的夏天，是戴望舒的成名作，也是他的代表作。其时革命失败的阴云笼罩着中国大地，诗人能在惶惶之中看着理想和现实的极端背离；另一方面，诗人居住在好友施蛰存的家中，他深爱着施的妹妹，却得不到对方任何的回应。压抑的外部环境和沉郁的内部心境的交互影响，使诗人唱出了中国现代诗歌的绝唱。

巷子大多在江南，长长的、曲折的，有说不尽的风情，不尽的缠绵。江南的雨更美，柔柔的、迷蒙的，或带着淡漠的愁绪，或含有浓浓的温情。诗人在这样的雨巷中走着，独自"撑着油纸伞"，品味这雨、巷子和寂静带来的愁绪与感伤。诗人彷徨着：

我希望逢着
一个丁香一样地
结着愁怨的姑娘。

姑娘来了，带着丁香般的颜色、丁香般的芬芳和丁香般的忧愁。姑娘和诗人共同走在这寂寥的雨巷，都撑着油纸伞，在彷徨，都带着说不出的愁怨，说不出的冷漠、凄清和惆怅。姑娘近了，投来一声莫名的太息，又渐行渐远了。

这一切都如同梦一样，凄清迷茫。姑娘离去了，离开这可能产生爱情、产生温暖的雨巷。雨仍在下，巷子仍是悠长寂寥的雨巷。丁香也逝去了，太息也消散了，连惆怅也变成冰冷、枯寂的惆怅了。

诗人仍在撑着油纸伞，在独自彷徨。过去的一幕，是梦还是诗人的情绪，是诗人的想象还是诗人心中的祈愿？在诗的结尾，诗人没有用"希望逢着"，而是用了"希望飘过"。那飘过的一瞬在诗人的心中升华了，成为一种境界：美。

这首诗将象征的手法发挥到了极致，诗的意象浓而不结、繁而不乱，可谓环环相扣、丝丝在理：雨的凄清愁怨和巷子的幽微动人、丁香和姑娘、姑娘的惆怅和诗人的彷徨相得益彰。这些共同奏出了低沉而优美的调子，唱出了诗人浓重的失望和彷徨的心绪。可以说，《雨巷》是中国诗歌史上的一个标志，标志中国现代派诗歌的成熟；是一个成功的实验，既很好地吸收了西方诗歌中成功把握和表达现代社会的手法技巧，又很巧妙地融入了中国古典的诗情画意。

我是一条小河 /冯至

我是一条小河,
我无心由你的身边绕过——
你无心把你彩霞般的影儿
投入了我软软的柔波。

我流过一座森林,
柔波便荡荡地
把那些碧翠的叶影儿
裁剪成你的裙裳。

我流过一座花丛,
柔波便粼粼地
把那些凄艳的花影儿
编织成你的花冠。

无奈呀,我终于流入了,
流入那无情的大海——
海上的风又厉,浪又狂,
吹折了花冠,击碎了裙裳!

我也随了海潮漂漾,
漂漾到无边的地方——
你那彩霞般的影儿
也和幻散了的彩霞一样!

· 作者简介 ·

冯至(1905-1993),诗人,翻译家,原名冯承植,河北省涿县(现涿州市)人。1921年考入北京大学,1923年后受到新文化运动的影响开始发表新诗。1930年赴德国留学,其间受到德语诗人里尔克的影响。5年后获得哲学博士学位,返回战时偏安的昆明,任教于西南联大,任外语系教授。主要诗作有《昨日之歌》《十四行集》等。

作/品/赏/析

这是著名诗人冯至的一首爱情诗,语言质朴优美,意象美好生动,比喻形象贴切,将青年恋人的感受非常准确细腻地表现出来了。诗的第一节说:"我是一条小河,我无心由你的身边绕过——/你无心把你彩霞般的影儿/投入了我软软的柔波。"这样形象地描绘爱情的发生是真实的,一个人爱上了对方,恰恰是在"无心"这样的无意

冯至

识中。作者将自己比作一条小河,将使自己无意识地产生爱意的对方比作"彩霞般的影儿",是很能打动人的。这样美妙的爱情产生以后,"我"这样一条流着的小河"流过一座森林,柔波便荡荡地/把那些碧翠的叶影儿/裁剪成你的裙裳""流过一座花丛,柔波便粼粼地/把那些凄艳的花影儿/编织成你的花冠。"

一旦有了爱情,这颗心里就时刻地装着她。以至于世界中美好的事物投入"我"的"柔波"里,都幻化成了赠予对方的美好的礼物。但是,诗人笔下的爱情并不一直这样美好,这样在平静的生活中产生的没有经过磨炼和考验的爱情毕竟无法更好地把握,所以"无奈呀,我终于流入了,流入那无情的大海——/海上的风又厉,浪又狂,吹折了花冠,击碎了裙裳"!这些虽然美妙但是脆弱的东西丝毫经不起大风大浪的吹打,很快地就变化了样子:"我也随了海潮漂漾,漂漾到无边的地方——/你那彩霞般的影儿/也和幻散了的彩霞一样!"从这个意义上来讲,这首爱情诗应该是比较别致的,诗人一方面写出了爱情的美好,但同时也对这样的爱情有着充分理性的认识。

有的人 /臧克家

有的人活着
他已经死了；
有的人死了
他还活着。

有的人
骑在人民头上："呵，我多伟大！"
有的人
俯下身子给人民当牛马。

有的人
把名字刻入石头想"不朽"；
有的人
情愿做野草，等着地下的火烧。

有的人
他活着别人就不能活；
有的人
他活着为了多数人更好地活。

骑在人民头上的，
人民把他摔垮；

· 作者简介 ·

臧克家（1905-2004），生于山东诸城，自幼受中国古典诗词民歌的熏陶。1919年上小学时受到"五四"新思潮的影响。1923年中学时代开始习作新诗。1934年毕业于国立山东大学中文系。在校期间，在新诗创作上得到闻一多、王统照的鼓励与帮助。1933年出版了第一本诗集《烙印》，接着又出版了《罪恶的黑手》《运河》两本诗集和长诗《自己的写照》。1936年参加中国文艺家协会。1938年参加中华全国文艺界抗敌协会。抗战胜利后，他又及时写下了很多政治讽刺诗，揭露国统区的黑暗、腐朽。

1949年参加第一次文代会，以后历任华北大学文艺学院研究员、中国作协书记处书记、《诗刊》主编、第七届全国政协常委、中国作家协会顾问和中国写作协会会长等职。

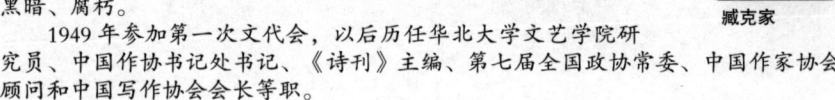

臧克家

给人民做牛马的,
人民永远记住他!

把名字刻入石头的,
名字比尸首烂得更早;
只要春风吹到的地方,
到处是青青的野草。

他活着别人就不能活的人,
他的下场可以看到;
他活着为了多数人更好活的人,
群众把他抬举得很高,很高。

作/品/赏/析

《有的人》是诗人臧克家1949年11月为纪念鲁迅逝世13周年而作的一首脍炙人口、爱憎分明、深入人心的诗篇,发表后被广泛传颂。

这首诗手法非常简单,语言明快直接,观点立场鲜明、毫不含糊,其中所表达的观点也是一针见血,使人能够直接领会其中所包含的情感。诗人从开遍到结尾,反复使用简明的对比手法来写两种人,这两种人相互对照和映衬,因此而使其中伟大的更伟大,卑劣的更卑劣。

这样的对比不是从单一的而是丰富的多角度展开,"有的人活着/他已经死了;有的人死了/他还活着。"诗人首先指出这样一种现象,然后从这个现象出发,再一一从多个角度进行比较,从这两种人的灵魂、动机、行动、后果上来探究其原因。

我们能从中发现,之所以有的人活着却已经死了,是因为他"骑在人民头上",而且感到自己的伟大;把名字刻入石头想"不朽",但是"他活着别人就不能活",这样的从灵魂深处是卑劣渺小的,从动机上讲是贪婪自私的,从后果上讲是给人民造成了深重的灾难并与人民为敌的,所以,"人民把他摔垮""名字比尸首烂得更早"。而相反的,"有的人死了,他还活着",是因为他"俯下身子给人民当牛马""情愿做野草,等着地下的火烧""他活着是为了多数人更好地活",所以,人民永远记住他,"只要春风吹到的地方,到处都是青青的野草""群众把他抬得很高,很高"。

全篇语言凝练,富于节奏感。情感表达在对比中产生强烈的效果,使人过目不忘。

断章

/ 卞之琳

你站在桥上看风景,
看风景人在楼上看你。
明月装饰了你的窗子,
你装饰了别人的梦。

·作者简介·

卞之琳（1910-2000），祖籍江苏溧水，生于江苏海门。1933年毕业于北京大学英文系，曾任北京大学西语系教授（1949-1952），中国社会科学院文学所研究员（二级），享受终身制待遇。曾任国务院学位委员会第一、二届外国文学评议组成员，中国莎士比亚研究会副会长，中国作家协会理事等。曾做客英国牛津。抗日战争初年曾访问延安，从事临时性教学工作，回西南大后方后在昆明西南联大任讲师、副教授、定级教授，1946复员至天津南开大学任职一年。解放后多次下乡生活，协助农村工作。2000年，病逝于北京。

主要作品有《十年诗草 1930-1939》《人与诗：忆旧说新》《山山水水》《小说片断》《莎士比亚悲剧论痕》《莎士比亚悲剧四种》等。

作/品/赏/析

这首诗选自《鱼目集》，写于1935年10月。据诗人自己说，这首诗起先只是一首诗中的四句，因只有这四句诗人感到满意才保留下来，自成一篇。不料这首诗竟成了诗人流传最广、最有代表性的一首诗。

诗只有四句，每个字、词、每句话都通俗易懂，但细细品味便觉意味悠长，耐人寻味。诗中用几个简单的意象、词语，营造了两个优美的意境，同时带着深深的伤感。

第一个意境的中心是桥。"你"站在桥上，看桥下流水淙淙，想那光洁的石或绿油油的青苔；闻吟吟风声，想那深深的林中清脆的鸟鸣。一切都那样的自然，那样的明净、悠扬而和谐。透过这宁静的自然，是一个小楼，里面住着一个人；在鸟声的背后是一双眼睛。"你"一下就成了别人的风景。

第二个意境的中心是夜。"你"怀着淡淡的哀愁，在寂静无人的夜里打量着世界，也许是想在人世间的美中找点慰藉。明月当空，皎洁的月光使夜蒙上了一种浅白的色调，若有若无，如梦如幻。"你"获得了美丽的满足吗？也许。然而，诗人要告诉"你"：此刻的"你"正做了他人的梦境，正被人设计在哀愁的、惹人怜的形象上，满足了别人的想象。

那桥、那夜、那风景、那梦都具有一定的象征意义，诗人似乎在讲生活、生活的状况、讲心灵、心灵的慰藉。桥是风景，是自然纯真的美；然而这美又是人类眼中的世界。夜是人心灵的归宿，又是生活的阴暗面。人们的阴影，人们的愁会积压在夜里，人们要从沉沉的暗夜中摆脱出来，寻找美好的生活。所以，人们需要风景，需要梦。诗歌隐含了一种深刻的人生哲理：人生处处存在"相对状态"，作为个体的人、自然是独立的，互不相干的；但作为群体的人、自然，又是互相依存、互相影响的。

这首诗有着明显的中国现代派诗歌风格，一方面吸收了西方象征主义诗歌的手法，同时又广泛运用了中国传统诗歌的手法：着重于意境的营造。诗歌意境空灵优美，为人们带来了无尽的遐想；言有尽而意无穷，明白的话中有着启人深思的哲理和触动人心的落寞感情。这首诗也带有卞之琳独特的诗歌风格：冷静的语调、对新奇意境的追求、带有思辨意味的象征，引人深思的内在韵味，等等。

卞之琳诗歌《断章》手迹
卞之琳是20世纪30年代中国"现代派"诗歌流派的代表人物之一，其诗作以"晦涩"著称，不重情感宣泄而重意象暗示，避开"私人情感"去探索宇宙、人生的哲理，具有浓厚的玄学思辨色彩。

我们为什么不歌唱 /力扬

当黑夜将要退却,
而黎明已在遥远的天边
唱起红色的凯歌
——我们为什么不歌唱!

当严冬将要完尽,
而人类的想望的春天
被封锁在冰霜的下面
——我们为什么不歌唱!

当链镣还锁住
我们的手足,鲜血在淋流;
而自由已在窗外向我们招手
——我们为什么不歌唱!

当悲哀的昨日将要死去,
欢笑的明天已向我们走来,
而人们说:"你们只应该哭泣!"
——我们为什么不歌唱!

· 作者简介 ·

力扬(1908-1964),浙江青田人。1929年进入国立西湖艺术学院学习。1948年加入中国共产党,中华人民共和国成立后担任中国科学院文学研究所秘书主任和研究员等。

作/品/赏/析

皖南事变发生后,许多人对国家的前途、民族的命运感到迷茫和失望,而敏感的诗人则看到黑暗背后将要到来的曙光,并发出了"我们为什么不歌唱"的激昂歌声,抒写了对自由的热爱、对光明的渴望,发出了乐观的号召、胜利的预言,极大地鼓舞了解放区和国统区正为正义事业而奋斗的人们。在诗里,"锁链"后是"自由";"悲哀"后有"欢笑",在人人看来应该沉默的时候,却发出了纵情的歌唱,吹响反抗的号角,和对自由明天的礼赞。

大堰河——我的保姆 /艾青

大堰河,是我的保姆。
她的名字就是生她的村庄的名字,
她是童养媳,
大堰河,是我的保姆。

我是地主的儿子,
也是吃了大堰河的奶而长大了的
大堰河的儿子。
大堰河以养育我而养育她的家,
而我,是吃了你的奶而被养育了的,
大堰河啊,我的保姆。

大堰河,今天我看到雪使我想起了你:
你的被雪压着的草盖的坟墓,
你的关闭了的故居檐头的枯死的瓦菲,
你的被典押了的一丈平方的园地,
你的门前的长了青苔的石椅,
大堰河,今天我看到雪使我想起了你。
你用你厚大的手掌把我抱在怀里,抚摸我,
在你搭好了灶火之后,
在你拍去了围裙上的炭灰之后,
在你尝到饭已煮熟了之后,
在你把乌黑的酱碗放到乌黑的桌子上之后,
在你补好了儿子们的,为山腰的荆棘扯破的衣服之后,
在你把小儿被柴刀砍伤了的手包好之后,
在你把夫儿们的衬衣上的虱子一颗颗的掐死之后,
在你拿起了今天的第一颗鸡蛋之后,
你用你厚大的手掌把我抱在怀里,抚摸我。

我是地主的儿子,
在我吃光了你大堰河的奶之后,
我被生我的父母领回到自己的家里。
啊,大堰河,你为什么要哭?
我做了生我的父母家里的新客了!

我摸着红漆雕花的家具,
我摸着父母的睡床上金色的花纹,
我呆呆地看着檐头的写着我不认得的"天伦叙乐"的匾,
我摸着新换上的衣服的丝的和贝壳的钮扣,
我看着母亲怀里的不熟识的妹妹,
我坐着油漆过的安了火钵的炕凳,
我吃着研了三番的白米的饭,
但,我是这般忸怩不安!因为我
我做了生我的父母家里的新客了。

大堰河,为了生活,
在她流尽了她的乳液之后,
她就开始用抱过我的两臂劳动了;
她含着笑,洗着我们的衣服,
她含着笑,提着菜篮到村边的结冰的池塘去,
她含着笑,切着冰屑悉索的萝卜,
她含着笑,用手掏着猪吃的麦糟,
她含着笑,扇着炖肉的炉子的火,
她含着笑,背着团箕到广场上去晒好那些大豆和小麦,
大堰河,为了生活,
在她流尽了她的乳液之后,
她就开始用抱过我的两臂,劳动了。

大堰河,深爱着她的乳儿,
在年节里,为了他,忙着切那冬米的糖,
为了他,常悄悄地走到村边的她的家里去,
为了他,走到她的身边叫一声"妈",
大堰河,把他画的大红大绿的关云长贴在灶边的墙上,
大堰河,会对她的邻居夸口赞美她的乳儿;
大堰河曾做了一个不能对人说的梦:
在梦里,她吃着她的乳儿的婚酒,
坐在辉煌的结彩的堂上,
而她的娇美的媳妇亲切地叫她"婆婆"
　　……
大堰河,深爱她的乳儿!
大堰河,在她的梦没有做醒的时候已死了。
她死时,乳儿不在她的旁侧,

她死时，平时打骂她的丈夫也为她流泪，
五个儿子，个个哭得很悲，
她死时，轻轻的呼着她的乳儿的名字，
大堰河，已死了，
她死时，乳儿不在她的旁侧。

大堰河，含泪的去了！
同着四十几年的人世生活的凌侮，
同着数不尽的奴隶的凄苦，
同着四块钱的棺材和几束稻草，
同着几尺长方的埋棺材的土地，
同着一手把的纸钱的灰，
大堰河，她含泪的去了。

这是大堰河所不知道的：
她的醉酒的丈夫已死去，
大儿做了土匪，
第二个死在炮火的烟里，
第三，第四，第五
在师傅和地主的叱骂声里过着日子。
而我，我是在写着给予这不公道的世界的咒语。
当我经了长长的漂泊回到故土时，
在山腰里，田野上，
兄弟们碰见时，是比六七年前更要亲密！
这，这是为你，静静的睡着的大堰河

· 作者简介 ·

艾青（1910-1996），原名蒋海澄，浙江金华人，中国20世纪著名诗人。出生在一个地主家庭，因算命先生推算说其"命相"不好，家中将他送到贫困农妇"大叶荷"（即大堰河）家中抚养。大堰河对诗人疼爱备至，她的纯朴和忧郁深深感染了诗人，对诗人的创作产生了极大的影响。5岁时，诗人回到自己的家中，入私塾学习。1928年考入杭州国立西湖艺术院绘画系，次年在林风眠的鼓励下到法国学习，1932年初回国。不久诗人因加入"左翼美术家联盟"被捕，以"宣传与三民主义不相容主义"罪被判入狱6年。在狱中他写下了著名的《大堰河——我的保姆》一诗。1935年，诗人出狱。1941年到达延安，历任鲁迅艺术文学院教师、华北联合大学文艺学院副院长等职务。中华人民共和国成立后历任《人民文学》副主编、中国作协副主席等职。1958年，诗人被错划为右派，在农场劳动了20年，1978年回归诗坛。1980年出版诗集《归来的歌》。1996年诗人病逝于北京。

所不知道的啊!

大堰河,今天,你的乳儿是在狱里,
写着一首呈给你的赞美诗,
呈给你黄土下紫色的灵魂,
呈给你拥抱过我的直伸着的手,
呈给你吻过我的唇,
呈给你泥黑的温柔的脸颜,
呈给你养育了我的乳房,
呈给你的儿子们,我的兄弟们,
呈给大地上一切的,
我的大堰河般的保姆和她们的儿子,
呈给爱我如爱她自己的儿子般的大堰河。

大堰河,
我是吃了你的奶而长大了的
你的儿子,
我敬你
爱你!

作/品/赏/析

这首诗写于1932年的冬日。当时的诗人因参加"左翼美术家联盟"被国民党逮捕,被关押在看守所中。据诗人自述,写这首诗时是在一个早晨,一个狭小的看守所窗口、一片茫茫的雪景触发了诗人对保姆的怀念,诗人激情澎湃地写下了这首诗。诗几经辗转,于1934年发表。诗人第一次使用了"艾青"这个笔名,并且一跃成为中国诗坛上的明星。

诗中的大堰河确有其人,其故事也都是真实的。也就是说,诗人完全按照事实,写出了诗人心中对保姆的真切感情。然而,这首诗又不是在写大堰河:她成了一个象征,大地的象征,一个中国土地上辛勤劳动者的象征,一个伟大母亲的象征。大堰河并没有名字,大堰河只是一个地名,是生她的地方。大堰河是普通的。她的生活中都是些平常普通的小事,那是她苦难生活的剪影。她的生活空间是有"枯死的瓦扉"的故居,是"被典押了的一丈平方的园地",死后也只是"草盖的坟墓"。她的生活是"乌黑的酱碗",是为儿子缝补被"荆棘扯破的衣服",是在冰冷的河里洗菜、切菜。她的儿子、丈夫都在她的照料下过着相对安稳的生活。在她死后,他们就失去了这些,他们在炮火中,在地主的臭骂声中活着。她的形象,同时也是那些和土地连在一起的劳动人民的形象。他们都植根在大地上,都有着劳动者的伟大品质。

大堰河并不是没有快乐,那快乐是伟大母亲的慈爱和对乳儿深深的爱。在劳累了一天之后,她从没有忘记来抱"我",抚摸"我",在"我"离开她时,她还在夸赞"我",还想着"我"的结婚……大堰河同样爱着她的儿子和丈夫。她死时,他们都哭得很悲伤。大堰河,一个伟大的母亲形象。

全诗不押韵,各段的句数也不尽相同,但每段首尾呼应,各段之间有着强烈的内在联系;诗歌不追求诗的韵脚和行数,但排比的恰当运用,使诸多意象繁而不乱,统一和谐。这些使得诗歌流畅浅易,并且蕴蓄着丰富的内容。诗人善于从平凡的生活中提炼出典型的意象,以散文似的诗句谱写出强烈的节奏。诗歌具有一种奔放的气势,优美流畅的节奏,表达了诗人来不可遏、去不可止的感情,完美体现了艾青的自由诗体风格。

青年时代的艾青
成年后的艾青,成了封建家庭的叛逆者。他的思想散发着人道主义的光芒,血管里流着人民的血液,他将自己的一生奉献给了他深爱着的人民大众。

我爱这土地 /艾青

假如我是一只鸟
我也应该用嘶哑的喉咙歌唱:
这被暴风雨所打击着的土地,
这永远汹涌着我们的悲愤的河流,
这无止息地吹刮着的激怒的风,
和那来自林间的无比温柔的黎明……
——然后我死了,
连羽毛也腐烂在土地里面。

为什么我的眼里常含泪水？
因为我对这土地爱得深沉……

作/品/赏/析

《我爱这土地》写于1938年11月，即抗日战争爆发后的第二年，是艾青诗歌中的名篇之一，也是现代白话诗中的经典名作。在这首诗中，艾青表达了最深挚的爱国情感，同时又具有非常高的艺术驾驭能力，使这样一种强烈的情感因为有效地节制而更加深沉。

诗人以一个假设开篇："假如我是一只鸟／我也应该用嘶哑的喉咙歌唱。"这是诗人将情感外化为诗意的一个巧妙手法，诗人给出的这个抒情主体本身就预示着抒情的节制：一只鸟只能歌唱，而且因为长久地歌唱而使喉咙"嘶哑"。因为这个抒情主体的限制，使得可能泛滥的情感语言得以限制，从而转入一种无语而有情的深刻。这只鸟歌唱的对象是"这被暴风雨所打击着的土地／这永远汹涌着我们的悲愤的河流／这无止息地吹刮着的激怒的风"。诗人选用这些具体的意象，其表达的深意是非常鲜明的。当时抗战已经开始一年多，中华的大片土地都浸满了日本侵略者铁蹄下的血泪，抗日的烽火已经燃遍了这古老的山河大地。可以说，在中国人民的内心情感中所涌动的只有"悲愤"和"激怒"。所以诗人用河流和风来承载这些情感，是非常恰当和具有现实意义的。在这样一个风云激荡的年代，鸟儿对这片土地的歌唱也包含着对胜利的期望——"那来自林间的无比温柔的黎明……"在这个血泪的抗争迎来的黎明，一切都静了，这土地又迎来了属于自己的宁静和祥和。在情绪的刹那静止里，诗人将情感开始推向另一个高潮："——然后我死了／连羽毛也腐烂在土地里面。"这里的情绪上的突然静止转换非常具有艺术感染力，体现了诗人非凡的艺术功力。之后的两句虽然是直白的说明，但是这样理性的表达却更加确定了抒情的本质内容。

雪落在中国的土地上　/艾青

雪落在中国的土地上，
寒冷在封锁着中国呀……

风，
像一个太悲哀了的老妇
紧紧地跟随着
伸出寒冷的指爪
拉扯着行人的衣襟，
用着你土地一样古老的
一刻也不停地絮聒着……

那从林间出现的，
赶着马车的
你中国的农夫，
戴着皮帽，
冒着大雪
要到哪儿去呢？

告诉你
我也是农人的后裔——

由于你们的
刻满了痛苦的皱纹的脸
我能如此深深地
知道了
生活在草原上的人们的
岁月的艰辛。

而我
也并不比你们快乐啊
——躺在时间的河流上
苦难的浪涛
曾经几次把我吞没而又卷起——
流浪与监禁

已失去了我的青春的最可贵的日子,
我的生命
也像你们的生命
一样的憔悴呀。

雪落在中国的土地上,
寒冷在封锁着中国呀……

沿着雪夜的河流,
一盏小油灯在徐缓地移行,
那破烂的乌篷船里
映着灯光,垂着头
坐着的是谁呀?

——啊,你
蓬发垢面的小妇,
是不是
你的家
——那幸福与温暖的巢穴
已枝暴戾的敌人
烧毁了么?

是不是
也像这样的夜间,
失去了男人的保护,
在死亡的恐怖里
你已经受尽敌人刺刀的戏弄?

咳,就在如此寒冷的今夜
无数的
我们的年老的母亲,
就像异邦人
不知明天的车轮
要滚上怎样的路程?
——而且
中国的路
是如此的崎岖,
是如此的泥泞呀。

雪落在中国的土地上：
寒冷在封锁着中国呀……

那些被烽火所啮啃着的地域，
无数的，土地的垦植者
失去了他们所饲养的家畜
失去了他们把沃的田地
拥挤在
生活的绝望的污巷里；
饥谨的大地
伸向阴暗的天
伸出乞援的
颤抖着的两臂。

中国的痛苦与灾难
像这雪夜一样广阔而又漫长呀！

雪落在中国的土地上，
寒冷在封锁着中国呀……

中国，
我的在没有灯光的晚上
所写的无力的诗句
能给你些许的温暖么？

作/品/赏/析

"七七事变"后，全国人民的抗日斗志空前高涨，而国民党军队节节败退。在这民族存亡的危机关头，人们一方面在寻求如何战胜日本帝国主义的正确道路，另一方面则因严峻的现实而陷入深沉的思考。作为一个对祖国前途和人民命运深切关怀的诗人，艾青不能不在感情上有他独特的表达方式。《雪落在中国的土地上》正是在民族危机空前严重的时刻，一个满怀正义和激愤之情的诗人所唱出的一支深沉而激越的歌。全诗通过描写大雪纷扬下的农夫、少妇、母亲的形象，表现中华民族的苦痛与灾难，表达了诗人深厚的爱国热情。这是一首充分体现了艾青早期的感情基调的诗。他的那种赤诚炽烈、深沉执着的对祖国人民命运的关怀，使他不能不以一种急切忧虑的心绪，冷竣而真实的笔触，把当时的社会气氛传达出来。

预言

/何其芳

这一个心跳的日子终于来临！
呵，你夜的叹息似的渐近的足音，
我听得清不是林叶和夜风私语，
麋鹿驰过苔径的细碎的蹄声！
告诉我，用你银铃的歌声告诉我，
你是不是预言中的年轻的神？

你一定来自那温郁的南方！
告诉我那里的月色，那里的日光！
告诉我春风是怎样吹开百花，
燕子是怎样痴恋着绿杨！
我将合眼睡在你如梦的歌声里，
那温暖我似乎记得，又似乎遗忘。

请停下你疲劳的奔波，
进来，这里有虎皮的褥你坐！
让我烧起每一个秋天拾来的落叶，
听我低低地唱起我自己的歌！

·作者简介·

何其芳（1912-1977），原名何永芳，四川万县（现重庆市万州区）人，中国现代诗人、散文家、文学研究家。1929 年入上海中国公学预科学习。1931 年后就读于北京大学哲学系，课余沉浸于文学书籍之中，发表了不少诗歌和散文。1936 年，他与卞之琳、李广田的诗歌合集《汉园集》出版，受到文坛注意。他的散文集《画梦录》出版后，曾获《大公报》文艺奖金。大学毕业后他到天津、山东、四川等地教书。1938 年赴延安，任鲁迅艺术学院文学系主任。新的生活使何其芳写出了《我歌唱延安》等散文和《生活是多么广阔》等诗篇，讴歌革命，礼赞光明，传诵一时。1944 年以后被派往重庆工作，任《新华日报》社副社长等职。1948 年年底开始在马列学院（即高级党校）任教。中华人民共和国成立后诗人曾任文学研究所副所长和所长、《文学评论》主编、中国作家协会书记处书记等职。其作品除上面提到的外，还有诗集《预言》《夜歌》（后改名《夜歌和白天的歌》），散文集《还乡杂记》《星火集》及其续编等。

何其芳

那歌声像火光一样沉郁又高扬,
火光一样将我的一生诉说。

不要前行!前面是无边的森林:
古老的树现着野兽身上的斑纹,
半生半死的藤蟒一样交缠着,
密叶里漏不下一颗星星。
你将怯怯地不敢放下第二步,
当你听见了第一步空寥的回声。

一定要走吗?请等我和你同行!
我的脚步知道每一条熟悉的路径,
我可以不停地唱着忘倦的歌,
再给你,再给你手的温存!
当夜的浓墨遮断了我们,
你可以不转眼地望着我的眼睛!

我激动的歌声你竟不听,
你的脚竟不为我的颤抖暂停!
像静穆的微风飘过这黄昏里,
消失了,消失了你骄傲的足音!
呵,你终于如预言中所说的无语而来,
无语而去了吗,年轻的神?

作/品/赏/析

《预言》是一首爱情诗,抒写了诗人一段珍贵的感情经历。全诗共分6节,以"年轻的神"的踪迹为线索来抒写,剖白式地倾诉了诗人每一刻的痴情。诗人心中的爱神形象是光彩动人的,诗人深深地眷恋着她,充满柔情地想象着它的到来,热情赞美它的美丽,同时也倾诉失去它的惆怅。想见时,"年轻的神"那"夜的叹息似的"足音,轻柔、飘忽,而诗人却凭着自己细腻的感触,将它从"林叶和夜风的私语"和"麋鹿驰过苔径的细碎的蹄声"中辨认出来,诗人盼望"年轻的神"的心情是何等的热切,迎候是何等的专注。相见后,诗人热烈赞美"年轻的神"所生活过的光明、温暖和多情的世界,表达了自己由衷的倾慕之情。诗人祈求"年轻的神"不要离开自己,"前行"到那阴森恐怖、黑暗和空寂的地方去。

可是"年轻的神"似乎并不了解诗人的心情,她执意要走。尽管如此,诗人也愿意为她引路,要在阴森黑暗的路途中给她抚慰、温暖和力量。最后,"年轻的神"终于走了,那脚步声竟"像静穆的微风飘过这黄昏里"悄悄地消失了、"年轻的神"从那美丽、温郁的南方而来,却走向了恐怖死寂的森林中去,从光明到黑暗,并不美满。它的轻飘而来使诗人激动得"心跳",而它的无语而去却给诗人留了凄清的哀怨,给诗人留下了深深的惆怅。

何其芳诗集《预言》封面
上海文艺出版社 1982 年 12 月出版。

何其芳喜欢在回忆和梦幻中寻找美。他的诗总是在淡淡的哀怨中透出一些欢快的色彩。诗中没有着意刻画"年轻的神"的形象,作者捕捉的是"一些在刹那间闪出金光的"心灵的语言,"省略去那些从意象到意象之间的链锁",给读者留下了丰富的想象的天地,使诗有一种宁静、柔婉的朦胧美。

这首诗的语言富于音乐性,六行大体押韵,每行的节顿又大体相等,读起来使人产生平和愉快的感觉。诗句本身的节奏又和情绪的抑扬顿挫相协调,从而产生了拨动心弦的音乐效果。正因为如此,这首诗发表后,在读者中间产生了广泛的影响,深受广大青年读者的喜爱,许多人将它背得滚瓜烂熟,时常吟诵。直到今天,这首诗仍然散发着动人的魅力。

航 /辛笛

帆起了
帆向落日的去处
明净与古老
风帆吻着暗色的水
有如黑蝶与白蝶

明月照在当头
青色的蛇
弄着银色的明珠
桅上的人语
风吹过来
水手问起雨和星辰

从日到夜
从夜到日
我们航不出这圆圈
后一个圆
前一个圆
一个永恒
而无涯涘的圆圈

将生命的茫茫
脱卸与茫茫的烟水

·作者简介·

辛笛（1912-2004），中国现代诗人，作家，"九叶诗人"之一。祖籍江苏淮安，生于天津市。早年在清华大学任文艺编辑，并在北平艺文中学、贝满女子中学任教。后赴英国爱丁堡大学研习英语，回国后曾任上海光华大学、暨南大学教授。从学生时代起，诗人即开始在天津《文学季刊》《北京晨报》、上海《新诗》等报刊上发表诗文和译作。1935年，他的第一本新诗集《珠贝集》在北京出版。抗日战争胜利后，诗人当选为中华全国文协候补理事兼秘书，并为诗歌音乐工作者协会上海分会负责人之一。1947年，诗人的新诗集《手掌集》出版。1949年7月参加中华全国第一次文代会，为中国作家协会会员和作协上海分会理事。中华人民共和国成立后诗人历任上海工业局秘书科长、中央轻工业部华东办事处办公室副主任、上海食品工业公司副经理，还兼任民盟上海市委委员、外国文学会会员、上海市政协特约编译等职。

作/品/赏/析

《航》是辛笛的成名作。写于1934年8月。那时的辛笛是清华大学外文系三年级学生。在假期里他坐船出海旅行。第一次航海令他激动不已。他久久地站在甲板上：大海是那样的辽阔，又是那样的深沉。诗人年轻的心充满了新鲜的印象，也泛起"不识愁滋味"的一丝惆怅。他边观看海上景色，边轻轻吟哦，即刻挥毫写下了《航》一诗。诗发表在当时《大公报》的《文艺副刊》上，1935年收入辛笛和其弟辛谷合出的第一本诗集《珠贝集》内。

在一个晚霞满天的黄昏，一艘帆船升起了帆，向远方的落日处驶去。这帆船，如同一位行走在人生征程上的行者；这航程，好似那漫无际涯的人生路程。送帆远行、与帆作伴的是海水，那"明净而古老"的海水。帆也深知，只有与海水紧密相依，才能沉稳、平安地驶向目的地。这也寓意着：一个人如果耽于幻想，脱离了他所生存的土地、社会现实，他的人生之舟将会搁浅，寸步难行。

一轮玉盘似的月亮升起来了，皎洁的月光洒在桅上、帆上、船上、人身上，这夜色是多么美好。然而漫漫航程有风平浪静的时刻，也有风雨飘摇的日子，"风吹过来，水手问起雨和星辰"。这漫漫航程与人生征途是何等相似，从白天到黑夜，从黑夜到白天，人们在圆圈似的旅途上跋涉着，一个圆连着一个圆，没有尽头，茫无边际。面对茫茫人生，诗人不禁感叹了：将自己茫茫的生命，"脱卸于茫茫的烟水"，与海水融合在一起，获得永恒的憩息与生存。

全诗借助比喻、拟人、象征手法，营造了一个生动透明的意象，在此基础上将客观的物象描述与主观的情感抒发紧密结合起来，语言简练，节奏紧凑，朴实的诗风中蕴含着深刻的人生哲理，颇具表现力。《航》发表后获得了广大读者的喜爱和好评。爱诗的青年人竞相传阅转抄，更没想到的是千里姻缘一诗牵，一对男女青年因为都喜欢这首诗而相爱起来。旅美诗人叶维廉将此诗译成了英文，加拿大诗人联盟主席亨利·拜塞尔教授也曾将此诗翻译成英文，加以发表，于是它又在海外诗歌爱好者中先后流传开来。

窗   /陈敬容

一

你的窗
开向太阳,
开向四月的蓝天;
为何以重帘遮住,
让春风溜过如烟?

我将怎样寻找
那些寂寞的足迹,
在你静静的窗前;
我将怎样寻找
我失落的叹息?

让静夜星空
带给你我的怀想吧,
也带给你无忧的睡眠;
而我,如一个陌生客,
默默地走过你窗前。

二

空漠锁住了你的窗,
锁住了我的阳光,
重帘遮断了凝望;

· 作者简介 ·

陈敬容 (1917—1989),原籍四川乐山。1932年春读初中时开始学习写诗。1934年底只身离家前往北京,自学中外文学,并在北京大学和清华大学中文系旁听。这一时期开始发表诗歌和散文。第一首诗《十月》作于1935年春。1938年在成都参加中华全国文艺界抗敌协会。1946年出版第一本散文集《星雨集》,并到上海专门从事创作和翻译工作。1948年参与创办《中国新诗》月刊,任编委。1949年在华北大学学习,同年底开始从事政法工作。1956年任《世界文学》编辑,1973年退休。1978年起,重新执笔创作,10余年发表诗作近200首,散文和散文诗数十篇,并有新的译著问世。1981—1984年曾为《诗刊》编外国诗专栏。诗集《老去的是时间》获1986年全国优秀新诗集奖。

留下晚风如故人，
幽咽在屋上。

远去了，你带着
照澈我阴影的
你的明灯；
我独自迷失于
无尽的黄昏。

我有不安的睡梦
与严寒的隆冬；
而我的窗
开向黑夜
开向无言的星空。

作/品/赏/析

《窗》是一首哀怨委婉的抒情诗，表达了一种失落的悲伤情感。

诗人选取"窗"这样一种具有象征意味的意象，通过对窗的细腻描写，展示出女性特有的一种温和婉转的爱与愁。面对失落的爱情，诗人发问："你的窗／开向太阳，开向四月的蓝天；为何以重帘遮住，让春风溜过如烟？"这里诗人发问的对象从表面上看是一个具体的物象——窗，但暗喻的是封闭起来的、拒绝着爱情召唤的心灵，这样的咀嚼使"我"感到无限失落和悲伤："我将怎样寻找／那些寂寞的足迹，在你静静的窗前；我将怎样寻找／我失落的叹息？"面对被拒绝的爱情，诗人只能在无奈中独自叹息，独自承受着内心的痛苦，"默默地走过你窗前"。

在第二部分中，诗人将内心的痛苦升华，诗人不再对"窗"发问，而是转入对自己内心的描述："空漠锁住了你的窗，锁住了我的阳光，重帘遮断了凝望；留下晚风如故人，幽咽在屋上。"这些都是被拒绝的爱情带给诗人的内心痛苦，长久不能遣散，"远去了，你带着／照澈我阴影的／你的明灯；我独自迷失于／无尽的黄昏。"诗人使用这一系列平淡的事物，形象准确地传达出爱的创伤留下的无尽愁怨，作为甜蜜爱情的反面，作为被爱情中伤的心灵，"我有不安的睡梦／与严寒的隆冬；而我的窗／开向黑夜／开向无言的星空。"与诗的开头照应，应该说，做到了布局上的完整和情感上的有因有果。

假如你走来 /陈敬容

假如你走来,
在一个微温的夜晚,
轻轻地走来,
叩我寂寥的门窗;

假如你走来,
不说一句话,
将你战栗的肩膀,
依靠白色的墙。

我将从沉思的坐椅中
静静地立起
在书页中寻出来
一朵萎去的花
插在你的衣襟上。

我也将给你一个缄默,
一个最深的凝望;
而当你又踽踽地走去,
我将哭泣——
是因为幸福,
不是悲伤。

作/品/赏/析

　　《假如你走来》是一首诉说爱情的诗篇。"假如你走来,在一个微温的夜晚,轻轻地走来,叩我寂寥的门窗;"微温、轻轻和寂寥,描画出诗人那温婉而寂寞的心境,展现出一种绰约而朦胧的情感氛围。我也将给你一个缄默,一个最深的凝望;而当你又踽踽地走去,我将哭泣——是因为幸福,不是悲伤。"那缄默中的最深的凝望,蕴含着最深挚而又最苦痛的爱情,那哭泣,不是悲伤,是幸福,可是其中蕴蓄的苦楚却远胜过一切的悲伤。

也许

/蔡其矫

在生活的艰险道路上
我们有如太空中两颗星
沿着各自的轨道运行
却也迎面相逢几回，无言握别几回
没有人知道我们今后的命运如何
没有人知道我们是否会相互发现
时间的积雪，并不能冻坏
新生命的嫩芽，
绿色的梦，在每一个生冷的地方
都唤起青春。
在我们脚下，也许藏着长流的泉水
在我们心中，也许点亮不朽的灯
众树都未曾感到
众鸟也茫无所知
在生活中，我永远和你隔离
在灵魂里，我时时喊着你的名字

作/品/赏/析

有一个人，在生活中偶然被你发现，你对她（他）寄予了深切的爱意，可是你们之间的命运却不可把握，这在于你的心中，将是一种怎样的感受呢？诗人指出了生活的艰险和相遇的不易，"没有人知道我们今后的命运如何／没有人知道我们是否会相互发现"，命运是这样的无法预知，而你我之间未来将会如何？"时间的积雪，并不能冻坏／新生命的嫩芽，绿色的梦，在每一个生冷的地方／都唤起青春。"心中的爱意，并不会随着时间的流逝而淡却、消无，而是会像一株绿色的新芽，在思念之雨露的滋润下坚韧地成长。"在生活中，我永远和你隔离／在灵魂里，我时时喊着你的名字。"生活中与灵魂里，这是一样人生的两重世界，相遇而不能相守，只留得心魂中永远的怀恋。

甘蔗林——青纱帐

/郭小川

南方的甘蔗林哪,南方的甘蔗林!
你为什么这样香甜,又为什么那样严峻?
北方的青纱帐啊,北方的青纱帐!
你为什么那样遥远,又为什么这样亲近?

我们的青纱帐哟,跟甘蔗林一样地布满浓阴,
那随风摆动的长叶啊,也一样地鸣奏嘹亮的琴音;
我们的青纱帐哟,跟甘蔗林一样地脉脉情深,
那载着阳光的露珠啊,也一样地照亮大地的清晨。

肃杀的秋天毕竟过去了,繁华的夏日已经来临,
这香甜的甘蔗林哟,哪还有青纱帐里的艰辛!
时光象泉水一般涌啊,生活象海浪一般推进,
那遥远的青纱帐哟,哪曾有甘蔗林的芳芬!

我年青时代的战友啊,青纱帐里的亲人!
让我们到甘蔗林集合吧,重新会会昔日的风云;
我战争中的伙伴啊,一起在北方长大的弟兄们!
让我们到青纱帐去吧,喝令时间退回我们的青春。

可记得?我们曾经有过一个伟大的发现:
住在青纱帐里,高粱秸比甘蔗还要香甜;
可记得?我们曾经有过一个大胆的判断:
无论上海或北京,都不如这高粱地更叫人留恋。

·作者简介·

郭小川(1919-1976),原名郭恩大,是中华人民共和国成立后第一代杰出诗人。曾任中国作协党组副书记,《诗刊》编委。从1955年发表政治抒情诗《致青年公民》开始,进入了旺盛的创作期。此后,《白雪的赞歌》《深深的山谷》《一个和八个》《将军三部曲》等叙事诗以及抒情诗《望星空》先后问世。其中《将军三部曲》《白雪的赞歌》《深深的山谷》是中华人民共和国成立后长篇叙事诗的优秀作品。《团泊洼的秋天》等晚期诗作表现出作者不畏邪恶的高尚情操,内容深刻、语言流畅。

郭小川

可记得？我们曾经有过一种有趣的梦幻：
革命胜利以后，我们一道拄着白须、游遍江南；
可记得？我们曾经有过一点渺小的心愿：
到了社会主义时代，狠狠心每天抽它三支香烟。

可记得？我们曾经有过一个坚定的信念：
即使死了化为粪土，也能叫高粱长得秆粗粒圆；
可记得？我们曾经有过一次细致的计算：
只要青纱帐不到，共产主义肯定要在下代实现。

可记得？在分别时，我们定过这样的方案：
将来，哪里有严重的困难，我们就在哪里见面；
可记得？在胜利时，我们发过这样的誓言：
往后，生活不管甜苦，永远也不忘记昨天和明天。

我年青时代的战友啊，青纱帐里的亲人！
我们有的当了厂长、学者，有的做了编辑、将军，
能来甘蔗林里聚会吗？——不能又有什么要紧！
我知道，你们有能力驾驭任何险恶的风云。

我战争中的伙伴啊，一起在北方长大的弟兄们！
你们有的当了工人、教授，有的做了书记、农民，
能回到青纱帐去吗？——生活已经全新，
我知道，你们有勇气唤回自己的战斗的青春。

南方的甘蔗林哪，南方的甘蔗林！
你为什么这样香甜，又为什么那样严峻？
北方的青纱帐啊，北方的青纱帐！
你为什么那样遥远，又为什么这样亲近？

作/品/赏/析

《甘蔗林——青纱帐》写于1962年，是一首感物抒怀的抒情诗。1962年前后，由于三年连续的自然灾害和工作的失误等原因，国家面临着严峻的考验。如何面对困难的考验，成了每一个中国人都要面对的一个极其严肃的问题，"战士诗人"郭小川就是在这样的情

况下写出了这首赞美战斗的青春和坚强的革命意志的深情颂歌。诗人通过对过去战斗的岁月和现在的革命建设的反复回忆对比,生动形象地表达出一代中国人的革命乐观主义、艰苦奋斗和自我牺牲的精神,这种精神不仅革命战争年代需要,社会主义建设时期同样更需要,诗人正是通过这样的对比,深刻地体现出这两个时代的内在联系,歌颂了代代相传的革命传统和永葆青春的战斗精神。

1962年春天,长期在北方战斗的诗人到了祖国东南沿海,在那里,他见到一片片浓荫密布的甘蔗林。也许是因为外观上的相像,这使得诗人想到了北方的青纱帐。它们本是南北两种普通的植物,但被诗人赋予了美妙的诗情。他从南方的甘蔗林想到了北方的青纱帐,又从北方的青纱帐想到南方的甘蔗林。在诗人的笔下,它们分别成了两个时代的象征。甘蔗林"香甜"而又"严峻",是今天幸福生活的象征,青纱帐"遥远"而又"亲近",是昔日艰辛的革命斗争岁月的象征。

诗人以设问开篇,展开丰富的联想,赋予甘蔗林、青纱帐浓厚的感情色彩,紧接着的三节比较了"甘蔗林"和"青纱帐"的相同和不同点,将诗情推进一步,深化一步,为后面回忆昔日的革命斗争生活做好了过渡。接下来用八个"可记得"的排比句铺叙,把读者带到了青纱帐里的革命斗争生活,回顾了老战友们在极其艰难的环境里乐观向上的革命气质,并且以"高粱秸比甘蔗还要香甜",北京、上海"都不如这高粱地更叫人留恋"来突出战争年代那种不畏艰难困苦、乐观向上的精神。第九节和第十节,诗人将历史与现实联系起来,托物言志,点明主题,号召战友们"驾驭任何险恶的风云""唤回自己的战斗的青春"。最后一节重复第一节,加强读者对诗情的体会,同时使抒情更含蓄有味,结构更加严谨、统一。

《甘蔗林——青纱帐》的艺术构思新颖独特,诗人通过提问和联想,将艰苦的战争年代的胸怀理想、以苦为乐的革命生活展现在读者面前,使人们不由地想起过去的困难,反思眼前的困难,从而感到一种革命精神的心心相通的亲近,焕发出新的战胜困难的精神力量。诗人巧妙地选取抒情的象征物,非常恰当和富于诗意,从而增加了作为战斗颂歌的艺术美感,而不至于流于空洞。甘蔗林与青纱帐不仅在形象上是相似的,而且内在的精神也是相同的,诗人大量运用对仗、排比、反复等手法,状物言志,非常随意而舒展,语言如滔滔的河水,气势雄浑,感情浓烈,具有很强的艺术感染力。

桂林山水歌

/ 贺敬之

云中的神呵,雾中的仙,
神姿仙态桂林的山!

情一样深呵,梦一样美,
如情似梦漓江的水!

水几重呵,山几重?
水绕山环桂林城……

是山城呵,是水城?
都在青山绿水中……

呵!此山此水入胸怀,
此时此身何处来?

黄河的浪涛塞外的风,
此来关山千万重。
马鞍上梦见沙盘上画:
"桂林山水甲天下"……

呵!是梦境呵,是仙境?
此时身在独秀峰!

心是醉呵，还是醒？
水迎山接入画屏！

画中画——漓江照我身千影，
歌中歌——山山应我响回声……

招手相问老人山，
云照江山几万年？

——伏波山下还珠洞，
室珠久等叩门声……

鸡笼山一唱屏风开，
绿水白帆红旗来！

大地的愁容春雨洗，
请看穿山明镜里——

呵！桂林的山呵漓江的水——
祖国的笑容这么美！

桂林山水入胸襟，
此情此景战士的心——
江山多娇人多情，
使我白发永不生！

对此江山人自豪，
使我青春永不老！

七星岩去赴神仙会,
招呼刘三姐打从天上回……

人间天上大路开,
要唱新歌随我来!

三姐的山歌十万八千箩,
战士呵,指点江山唱祖国……

红旗万梭织锦绣,
海北天南一望收!

塞外的风砂呵黄河的浪,
春光万里到故乡。

红旗下:少年英雄遍地生——
望不尽:千姿万态"独秀峰"!

——意满怀呵,情满胸,
恰似漓江春水浓!

呵!汗雨挥洒彩笔画:
桂林山水满天下!

· 作者简介 ·

贺敬之

贺敬之,1924年生于山东省峄山县(今属枣庄市)一个贫苦农民家庭。抗日战争爆发以后流亡湖北、四川一带,一面在中学教书,一面积极参加抗日救亡运动。1940年奔赴延安,进入鲁迅艺术文学院文学系学习。解放以前创作的诗歌均收入《乡村的夜》和《朝阳花开》两本诗集中。1945年与丁毅等集体创作,写成我国第一部新歌剧《白毛女》。这部大型歌剧以其深刻的时代主题与群众喜闻乐见的形式产生过巨大的影响。

中华人民共和国成立以后,贺敬之在担任文艺行政和刊物编辑工作的同时,继续从事诗歌创作,写了《回延安》《桂林山水歌》《雷锋之歌》《中国的十月》等脍炙人口的诗篇。他的诗歌创作以"量少质精"著称。为数不多,影响颇大。诗人善于把握和表现重大主题,诗作具有雄浑豪放气势和浓烈的时代精神。他采用多种形式,尤其擅长"楼梯式"。诗句简短错落、热情奔放,富于民族特色。

作/品/赏/析

举世闻名的桂林山水，吸引着多少诗人词客，留下了多少脍炙人口的诗篇。当代诗人贺敬之20世纪五六十年代写成的《桂林山水歌》，比起同类题材，堪称不可多得的佳作。它既是一首优美的风景诗，又是一曲深情的祖国颂。

诗人笔下的桂林山水多美："云中的神呵，雾中的仙，神姿仙态桂林的山！情一样深呵，梦一样美，如情似梦漓江的水！"诗一开头就把读者引向一种令人神往的艺术境界。神姿仙态，如情似梦，山环水绕，让人陶醉。这样诗句既抓住桂林山水的自然特征，又富有浪漫主义的传奇色彩。

诗人没有一味单纯描摹桂林山水，而是借以抒发自己对自然景物的独特感受。诗人寄情山水，心潮起伏，进而抒发了一个革命战士对于祖国的深挚感情。景美情深，诗意浓郁。

诗的结尾更是神来之笔："——意满怀呵，情满胸，恰似漓江春水浓！呵！汗雨挥洒彩笔画：桂林山水满天下！"这里"满天下"与"甲天下"，虽然只是对唐流传至今的民间俗谚的一字之改，却是推陈出新，启人深思的艺术范例。

诗人为探索我国新诗发展的道路而采用过多种形式，他写政治抒情诗大多采用马雅柯夫斯基的"楼梯式"和热情奔放、约束较少的自由体，而某些抒情短章却常用群众喜闻乐见的民歌体。这些均根据题材内容与表达感情的需要而定。这首《桂林山水歌》具有浓郁的民歌风味，大体采用陕北民歌信天游的形式，诗句均由两行一节组成，语言自然流利，有如行云流水，音韵节奏和谐，便于吟咏歌唱。

桂林象鼻山

众荷喧哗 /洛夫

众荷喧哗
而你是挨我最近
最静,最最温婉的一朵
要看,就看荷去吧
我就喜欢看你撑着一把碧油伞
从水中升起

我向池心
轻轻扔过去一粒石子
你的脸
便哗然红了起来
惊起的
一只水鸟
如火焰般掠过对岸的柳枝
再靠近一些
只要再靠我近一点
便可听到
水珠在你掌心滴溜溜地转

你是喧哗的荷池中
一朵最最安静的
夕阳
蝉鸣依旧
依旧如你独立众荷中时的寂寂

· 作者简介 ·

洛夫,中国台湾现代诗人。1928年生于湖南衡阳东乡相公堡,本名莫洛夫,原名莫运端。1940年举家迁至衡阳市。1946年转学私立岳云中学,开始新诗创作。1949年赴台。台湾淡江大学英文系毕业,曾任教东吴大学外文系,曾从军,当过编辑、翻译、秘书。1954年与张默、痖弦共同创办《创世纪》诗刊,洛夫任总编辑数十年,对台湾现代诗的发展影响深远。作品被译成英、法、日、韩、荷兰、瑞典等文,并收入各大诗选,包括(台)《中国当代十大诗人选集》。出版诗集《时间之伤》等二十种,散文集《一朵午荷》等三部,评论集《诗人之镜》等四部,译著《雨果传》等八部。他的名作《石室之死亡》广受诗坛重视。曾获"第五届时报叙事诗推荐奖"及"吴三连文艺奖"。

我走了,走了一半又停住
等你
等你轻声唤我

作/品/赏/析

　　这是一首状物言情的诗,诗人洛夫的高妙之处在于,将他所描绘的那朵荷花从"众荷"中独立出来,并赋予它人的情态,一步一步予以精妙的刻画,以达到传神而清新宜人、活灵活现的效果。诗的第一节,诗人完成了这个独立:"众荷喧哗/而你是挨我最近/最静,最最温婉的一朵/要看,就看荷去吧/我就喜欢看你撑着一把碧油伞/从水中升起"。我们注意到,诗人这里用到几个人所特有的动词:"挨""撑"和"升",在"温婉"等形容词的配合下,这朵特别的荷花就活了起来。在第二节里,诗人继续深入

洛夫

这朵荷花的"内心世界""我向池心/轻轻扔过去一粒石子/你的脸/便哗然红了起来",原来荷花也可以羞涩!"再靠近一些/只要再靠我近一点/便可听到/水珠在你掌心滴溜溜地转",诗人不光写荷花的内心,也写自己的内心,这是一颗能听到"水珠在你掌心滴溜溜地转"的专注而细腻的心。诗人所描写的这朵荷花相比之下具有自己独立的品质:"你是喧哗的荷池中/一朵最最安静的/夕阳/蝉鸣依旧/依旧如你独立众荷中时的寂寂"。正因为这朵荷花别样的魅力,使诗人神往,所以,"我走了,走了一半又停住/等你/等你轻声唤我"。可以说,写到这里,诗人已经完全融入这种情迷的物我两忘的境界,读者也不觉被引入了这样的美妙意境中。

　　诗人运用"拟人""移情"等手法,使荷有了"最静、最最温婉"的情态,有了"撑着一把碧油伞/从水中升起"如少女般亭亭的情态,有了"你的脸/便哗然红了起来"的娇羞。写荷而写其神,结束"等你轻声唤我",痴人傻语,原因自可寻。

乡愁 /余光中

小时候
乡愁是一枚小小的邮票
我在这头
母亲在那头

长大后
乡愁是一张窄窄的船票
我在这头
新娘在那头

后来啊
乡愁是一方矮矮的坟墓
我在外头
母亲在里头

而现在
乡愁是一湾浅浅的海峡
我在这头
大陆在那头

作/品/赏/析

　　乡愁，在中国的诗歌史上是成千上万首诗表现的主题。然而，将之作为一个长期写作的主题，在中国文学史上，余光中恐怕还是第一人。在他众多写乡愁的诗中，《乡愁》一诗毫无疑问是流传最广、最为委婉动人的一首。

　　那一寸见方的邮票承载了诗人小时候的依恋，在互通音信中诗人获得了母亲的安慰。一张窄窄的船票承载了诗人对爱人的相思和依偎；在来来往往中，诗人填补了感情的缺口，其中滋味自在不言中。一抔黄土割断了诗人和母

余光中

·作者简介·

余光中生于1928年,福建永春人,中国台湾当代著名诗人。出生在中国传统的重阳节,父亲是一名国民党政府官员。抗战期间,举家搬到重庆。1947年诗人同时考取北京大学和金陵大学,由于不想离开母亲,诗人选择了后者。1949年转入厦门大学。1950年随全家前往台湾。1951年,诗人得到梁实秋的指点。1952年诗人从台大毕业,出版其第一部诗集《舟子的悲歌》,反响不大。次年,进部队担任编译官。1956年,诗人退役,开始在一些学校教书,同时主编《蓝星》等文学杂志;同年9月诗人与表妹范我存结婚。1958年、1966年,诗人两次前往美国。1974年,诗人前往香港教书,1981年和黄药眠、辛笛等诗人会晤,相互间作了亲切的交流。1992年,他终于盼到了他日思夜想的一天,他与妻子一道,回到家乡故土。诗人的作品除上面提到的外,还有《蓝色的羽毛》《白玉苦瓜》《隔水观音》及散文集《逍遥游》等。

亲的相见。诗人的心归往何处?那乡愁竟是不能圆的梦了!"这头"和"那头"终于走向了沉重的分离,诗人的心一下子沉入了深深的黑暗里。

诗人在这强烈的情感中转入对现在的叙述。现在,那湾浅浅的海峡,竟成了一个古老民族的深深伤痕,也是诗人心中的伤痕,是和诗人一样的千千万万中华儿女的伤痕。诗的意境在这里突然得到了升华。那乡愁已不仅仅是诗人心中的相思和苦闷,它还是千千万万中华儿女的相思和苦闷。诗歌由此具有了一种深层的象征意义。那母亲难道不是祖国的象征?那情人难道不是诗人的自喻?

诗人在大千世界之中,精练地提取了几个单纯的意象:邮票、船票、坟墓、海峡。这些意象和"这""那"简单的词融合在一起,将彼此隔离的人、物、时间和空间紧紧联系在一起,若有若无的距离和联系,给那些整日在相思、别离和相聚间奔波的人们一种强烈的共鸣,给人们一种难以言表的哀愁和欢欣。正如诗人所言:"纵的历史感,横的地域感。纵横相交而成十字路口的现实感。"诗歌以时间的次序为经,以两地的距离为纬,在平铺直叙中自有一种动人心魄的魅力,引起人们无限的哀愁,无尽的相思。

诗歌在艺术上呈现出结构上的整饰美和韵律上的音乐美:在均匀、整齐的句式中追求一种活泼、生机勃勃的表现形式;在恰当的意象组合中完美地运用了词语的音韵,使诗歌具有一种音乐般的节奏,回旋往复,一唱三叹。诗人就是用自己真实的感受,用音乐般的语言唱出了心中对祖国和祖先的深深眷恋之情。这种融合了中国传统审美特征的现代诗风在台湾引起了很大的反响。可以说,余光中的诗使得台湾诗坛的现代诗臻于成熟。

等你，在雨中 /余光中

等你，在雨中，在造虹的雨中
蝉声沉落，蛙声升起
一池的红莲如红焰，在雨中

你来不来都一样，竟感觉
每朵莲都像你
尤其隔着黄昏，隔着这样的细雨

永恒，刹那，刹那，永恒
等你，在时间之外
在时间之内，等你，在刹那，在永恒

如果你的手在我手里，此刻
如果你的清芬
在我的鼻孔，我会说，小情人

诺，这只手应该采莲，在吴宫
这只手应该
摇一柄桂桨，在木兰舟中

一颗星悬在科学馆的飞檐
耳坠子一般地悬着
瑞士表说都七点了，忽然你走来

步雨后的红莲，翩翩，你走来
像一首小令
从一则爱情的典故里你走来

从姜白石的词里，有韵地，你走来

作/品/赏/析

《等你，在雨中》是一首爱情诗。从构思上来讲，这首诗堪称精妙，诗人在"等你"，但是他又说"你来不来都一样"，那么诗人的理由在哪里呢？首先，"等你"本身是一件甜蜜幸福的事情，况且又是在一个非常美妙的画境之中。应该说，诗人笔下的这个美景只需要佳人出现就可以达到完美了，但是佳人毕竟还没有出现，而诗人竟认为"你来不来都一样"，因为诗人感到"每朵莲花都像你／尤其隔着黄昏，隔着这样的细雨"。不仅如此，诗人在第三节里这样写："永恒，刹那，刹那，永恒／等你，在时间之外／在时间之内，等你，在刹那，在永恒。"对诗人而言，他们的爱是永恒的，而等，只是刹那，所以，来与不来，情人都给诗人以美的愉悦和欢喜，这种美妙的感受使诗人如痴如醉，以至于物我两忘。当梦幻和想象中的她真的来了时，诗人感到她是一朵红莲、一首小令或者一则爱情典故里的主人公，或者"从姜白石的词里，有韵地，你走来"。情景交融，亦真亦幻，跨越内心与外在世界的界限，是本诗最大的妙处所在。

春天，遂想起 /余光中

春天，遂想起
江南，唐诗里的江南，九岁时
采桑叶于其中，捉蜻蜓于其中
（可以从基隆港回去的）
江南
小杜的江南
苏小小的江南
遂想起多莲的湖，多菱的湖
多螃蟹的湖，多湖的江南
吴王和越王的小战场
（那场战争是够美的）
逃了西施
失踪了范蠡
失踪在酒旗招展的
（从松山飞三个小时就到的）

乾隆皇帝的江南

春天,遂想起遍地垂柳
的江南,想起
太湖滨一渔港,想起
那么多的表妹,走在柳堤
(我只能娶其中的一朵!)
走过柳堤,那许多的表妹
就那么任伊老了
任伊老了,在江南
(喷射云三小时的江南)
即使见面,她们也不会陪我
陪我去采莲,陪我去采菱
即使见面,见面在江南
在杏花春雨的江南
在江南的杏花村
(借问酒家何处)
何处有我的母亲
复活节,不复活的是我的母亲
一个江南小女孩变成的母亲
清明节,母亲在喊我,在圆通寺

喊我，在海峡这边
喊我，在海峡那边
喊，在江南，在江南
多寺的江南，多亭的
江南，多风筝的
江南啊，钟声里
的江南
（站在基隆港，想——想——
想回也回不去的）
多燕子的江南

作/品/赏/析

  这是余光中的一首乡愁诗歌，但是这首诗在乡愁的主题中又包含着多义。诗人在春天展开了对故乡江南的想象，在这想象里充满了博大古典人文色彩的诗情画意，诗人的乡愁在这里表现得非常具体而深入人心。因为现实中远离江南，所以，诗人想江南，写江南，开篇就从唐诗开始写起，从唐诗的意境里进入记忆或想象中的江南，"小杜的江南""苏小小的江南"、多莲、多菱、多螃蟹多湖泊的江南、多传说的江南，有吴越战争、有西施和范蠡、有风中酒旗飘飘的江南，这样的江南是非常形象具体和引人入胜的。说完了江南的历史人文景观，诗人开始写到生活的、风俗的江南，垂柳和走过柳堤的表妹，在烟雨红颜中苍老，使人生出淡淡的伤感和哀愁，在杏花春雨中，时光在流逝，人在渐渐老去，离开的已经离开，但是诗人却不能接近。于是，在最后一节，诗人直接抒发自己的愿望和心绪："喊我，在海峡这边／喊我，在海峡那边／喊，在江南，在江南。"在这里，乡愁的情绪积聚并升华成为生命的呼喊，引起读者的强烈共鸣。这首乡愁诗的人文底色非常博大，正因为这博大和具体，使这样的感情没有流于空泛，而是深深地印在读者的心底。诗人用括号里的句子传达着这样的一个意思：从客观现实的条件上来讲，诗人是随时可以很方便地到达江南，在那里畅游，但是，"想——想——想回也回不去的"，直接点明了发人深省的遗憾。

雨雪 /金克木

我喜欢下雨下雪,
因为雨雪是你的名字。

我喜欢雨和雨中的小花伞,
我们可以把脸在伞下藏着;
我可以仔细地比比雨丝和你的头发,
我可以大胆一点偷看你的眼睛。

我喜欢有一阵微风迎面走来,
于是你笑了笑把伞转向前面;
我喜欢假装数伞上的花纹,
却偷看伞的红光映上你的脸;
于是我们把脚步放得更慢,更慢,
慢慢地听迎面来的细语的雨点。

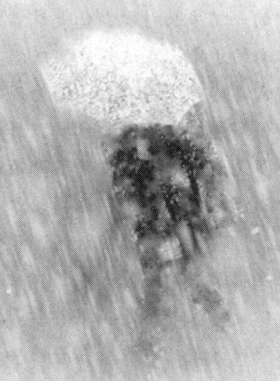

我喜欢春天的江南,江南的春天;
我喜欢微雨的黄昏,黄昏的微雨;
我喜欢微雨中小小的红花纸伞;
我喜欢下雨,因为我喜欢你。
但我更喜欢晶莹的白雪,
愿意作雪下柔软的泥。

· 作者简介 ·

　　金克木,生于1912年,安徽寿县人。1928年任小学教员,1930年到北京求学,开始发表诗文。1935年在北京大学图书馆当职员,半年后离职。1938年曾到香港,为《立报》编辑;次年又到湖南教书。1941年到印度加尔各答,任《印度日报》(中文)编辑。1946年回国后,任武汉大学哲学系教授,1948年任北京大学东语系教授。在20世纪30年代与戴望舒相交论诗,曾于1936年出版诗集《蝙蝠集》;到20世纪80年代,还写了《寄所思二章——纪念戴望舒逝世三十周年作》。他作诗不多,致力于古印度诗歌翻译与研究工作,主要译作有《致法利呵三百咏》、迦利陀沙的《云使》《印度古诗选》,巴勒斯坦诗歌《控诉》、泰戈尔《我的童年》以及《古代印度文艺理论摘译》等。并有专著《梵语文学史》《中印人民友谊史话》等。

作/品/赏/析

金克木

读《雨雪》很容易让人想起戴望舒的《雨巷》。《雨巷》写春雨中的油纸伞,写在雨巷的徘徊和期待、惆怅和愁怨,风格抑郁低沉。金克木是戴望舒当年的诗友,金克木的《雨雪》也写春雨,也写油纸伞,然而明丽清新,欢快活泼,稚气可掬,在这里没有一丝愁绪,心无纤尘,玲珑别透。这在20世纪30年代象征主义诗风兴起的潮流中,是很少有的。

我们看到的金克木的这首诗,与象征主义的忧郁毫无关涉。《雨雪》一诗明丽得如同"五四"时期汪静之等湖畔诗人的情诗,这首诗唤起了人们对少年时代天真美好的记忆,这也许是诗人已经从忧郁里走出来了,也许是诗人读透了叔本华与柏格森,因此能够洒脱地回到少年时代的自我。因此这首诗在当时的诗坛上,是属于别一种境界,别有一番情趣的。

青年时代,情窦初开,正好是临近初恋而又情意朦胧的时节,在这个时期,朦胧的初恋既神秘又美好。每个细微的动作,每一个无意的眼神都带来无穷的遐想与意味。本诗中写在伞的遮盖下,看你的秀发,看你纯净的眼神,看你的微笑,看你脸上青春的红晕,看你摆弄小花伞,放慢脚步谛听雨打纸伞的轻快絮语。这一系列的动作与细节,惟妙惟肖地写尽了青少年纯洁无瑕的心态与纯真的情感。

诗的构思精巧而又自然。诗从喜欢下雨下雪破题——"因为雨雪是你的名字"——很自然地进入了情境。接下来,以小花伞作为中心意象,以两节文字作为铺垫,充分地抒写伞下的情趣。第四节前四句把诗境开扩了一些,把镜头拉开了一些,仿佛要作结尾的样子。等读到最后二句,我们才记起诗题里那个"雪"字,于是,一个突兀的转折,诗意深化了:雨是我所喜欢的,因为在雨中我喜欢上了你,但我更喜欢雪,喜欢你向我做更深入的感情渗透,我渴望是雪下的泥,把你的晶莹一滴滴地全部渗透进我的温柔里。

本诗主情以诗人"我"的形象出现,从我的感官、我的视野,来描写对对方的好感和爱恋,而且多次用"我喜欢""我们可以""我可以"等词语,强调主观的感情。这种看似不成熟的笔法特别适合表达少年时代纯真的初恋。

周总理，
你在哪里？ /柯岩

周总理，我们的好总理，
你在哪里呵，你在哪里？
你可知道，我们想念你，
——你的人民想念你！

我们对着高山喊：
周总理——
山谷回音
"他刚离去，他刚离去，
革命征途千万里，
他大步前进不停息。"

我们对着大地喊：
周总理——
大地轰鸣：
"他刚离去，他刚离去，
你不见那沉甸甸的谷穗上，
还闪着他辛勤的汗滴……"

我们对着森林喊：
周总理——
松涛阵阵：
"他刚离去，他刚离去，

宿营地去上篝火红呵,
伐木工人正在回忆他亲切的笑语。"

我们对着大海喊:
周总理——
海浪声声:
"他刚离去,他刚离去,
你不见海防战士身上,
他亲手给披的大衣……"

我们找遍整个世界,
呵,总理,
你在革命需要的每一个地方,
辽阔大地,
到处是你深深的足迹。

我们回到祖国的心脏,
我们在天安门前深情地呼唤:
周–总–理
广场回答:
"呵,轻些呵,轻些,
他正在中南海接见外宾,
他正在政治局出席会议……"

总理呵,我们的好总理!
你就在这里呵,就在这里。
——在这里,在这里,
在这里…………

你永远和我们在一起
——在一起,在一起,
在一起…………

你永远居住在太阳升起的地方,
你永远居住在人民心里。
你的人民世世代代想念你!
想念你呵,想念你。
想—念—你……

· 作者简介 ·

柯岩，生于1929年，女，满族，当代诗人，原名冯恺，籍贯广东南湾，生于河南郑州。1948年考入苏州社会教育学院戏剧系，次年苏州解放后到北京青年艺术剧院工作，开始发表作品。1956年调儿童艺术剧院从事专业创作，同年加入中国共产党。曾任《诗刊》编委、副主编，《儿童文学》编委，中国文联委员，作协理事，报告文学学会副会长。主要从事儿童诗创作。兼创作剧本、小说、报告文学等。著有诗集《周总理，你在哪里？》《春天的消息》，以及儿童诗集《大红花》《我对雷锋叔叔说》等。

作/品/赏/析

《周总理，你在哪里？》是在粉碎"四人帮"后，周恩来总理逝世一周年之际，诗人为缅怀、追悼周总理而作的一首诗篇。

诗的主旋律十分鲜明，通过反复呼唤寻找周总理，以及祖国大地的声声回响，表达人民对敬爱的周总理的无限怀念和无比崇敬的深情。人痛极了欲呼唤，思极了会产生冥想，这首诗于是便把人们这种哀极、思极的感情通过想象中的不断呼唤，不断寻找的方式予以表达。

第一幅是万里征途雄伟的长卷画。它概括了总理为革命日夜操劳，对革命赤胆忠心的光辉一生。诗人借山谷回音颂扬总理的丰功伟绩，颂扬总理为祖国为共产主义事业战斗一生的崇高品质。

第二、第三、第四幅是一个个特写的镜头。"闪"着的是汗滴，是总理为人民的不朽精神，从沉甸甸的谷穗上"闪"着的汗滴，我们仿佛看到了这位伟大人物与农民一起耕耘，播种幸福。诗人选取了生活中几个典型性的细节，创作了有声有色、有情有景、情景交融的画面。情寓其中，意蓄其内，展现了总理的音容笑貌和高大形象，赞颂了总理与人民血肉相连的品质，令人深思，引人遐想。

作者抓住了"寻找"这根线索进行艺术构思，把到高山找，到大海找，到森林找，到大地找，到祖国的心脏找，到整个世界找等丰富的材料有机地连缀起来，形成浑然一体的诗歌。从时间讲，涉及过去、现在、将来；从空间讲，自祖国心脏到整个世界。然后又紧扣"找"的线索收回来，回到天安门中南海，收放自如。

想象在这首诗的构成中起着重要作用，它不仅是诗中大量拟人形象描写的凭借，而且也是表达主题、强化感情、结构全篇的主要依据。诗中，作者把人民对于总理的深情怀念，通过想象中人民在四极八荒把周总理寻找这一构思来体现；而在这八荒四极的空间描写时，作者又把它具体化、人格化，把它化为能和人民心灵相通的高山、大地、森林、海洋等拟人化的形象，让它们与人民一起悲泣，同人民一起和唱。因而诗的形象感染力极强，富有绘画美和音乐美，使人读后仿佛眼前出现一幅幅轮廓鲜明、色调和谐的图画，仿佛耳畔响起一支旋律动人的乐曲。

秋歌——给暖暖 /痖弦

落叶完成了最后的颤抖
荻花在湖沼的蓝睛里消失
七月的砧声远了
暖暖

雁子们也不在辽夐的秋空
写它们美丽的十四行诗了
暖暖

马蹄留下踏残的落花
在南国小小的山径
歌人留下破碎的琴韵
在北方幽幽的寺院

秋天,秋天什么也没留下
只留下一个暖暖
只留下一个暖暖
一切便都留下了

· 作者简介 ·

痖弦，1932 生于河南省南阳县（今南阳市宛城区），本名王庆麟，1949 年 8 月在湖南参加国民党军队，不久随军撤至台湾，后进国民党政工干校的影剧系学习，1953 年毕业后分配到国民党海军工作，1961 年任晨光广播电台台长，1966 年以少校军衔退伍，1969 年任台湾"中国青年写作协会"总干事，1974 年兼任华欣文化事业中心总编辑及《中华文艺》总编辑，1975 年任幼狮文化公司期刊总编辑，1977 年出任台湾《联合报》副刊主编。其间痖弦曾应邀参加爱荷华大学国际创作中心，并进入威斯康辛大学学习。痖弦是当代台湾最为重要的诗人之一，他的诗歌执着于形象的表现和意境的营造，语言典雅凝练，风格质朴亲切，给人一种欣悦和温婉的感受。

作/品/赏/析

《秋歌》是题赠"暖暖"的一首诗，诗中数次出现这个名字，但是"暖暖"的具体身份诗中并没有明确地表达出来，可是这并不妨碍读者对诗歌的欣赏，并且这种暧昧还在某种意义上打开了更为广阔的阅读空间。

这首诗篇幅不长，但意境悠远，远到你的想象力、理解力发挥尽了，还不能将它的余味挖掘完整，它印证了诗歌创作"言有尽而意无穷"的千古定律。

这首诗呈现出了现代诗歌中少有的古典气象，而这些意象所组合出来的意境空间，我们经常可以在古诗词中感受到，在这首诗中，有一些词语像是不经意地从古诗词中"借"来的，如"砧声"、辽夐等，但是，诗中的情感却是现代的，离我们很近，是鲜活存在的。诗人像在追求暖暖，又像在歌颂暖暖，给清远清凉的古典意境涂上温暖的色彩。"只留下一个暖暖／一切便都留下了"堪称点睛之笔，抒情、哲理、人生，尽在其中。

落叶，荻花，砧声，飞雁，残花，山径，琴韵，寺院，诗人绘制了一幅非常具有古典情韵的秋景图，而图画上的每一种景物，都留下了诗人那种略带忧伤而复以幽婉的微妙情感。虽然是秋歌，作者却一改伤春悲秋的落寞伤感情怀，秋天什么也没留下，只留下一个暖暖；只留下一个暖暖，一切便都留下了。秋天与暖暖之间，暖暖与诗人之间，含蓄着诗歌潜藏于内里的深层意蕴，耐人思索，余味不尽。

错误 / 郑愁予

我打江南走过
那等在季节里的容颜如莲花的开落

东风不来，三月的柳絮不飞
你的心如小小的寂寞的城
恰若青石的街道向晚
跫音不响，三月的春帷不揭
你的心是小小的窗扉紧掩

我达达的马蹄是美丽的错误
我不是归人，是个过客……

郑愁予

作/品/赏/析

在诗的开头，诗人说："我打江南走过。"简单的"江南"二字，一下子就将人们带入充满诗情画意的境地——那蒙蒙的烟雨，那翠绿的河岸和灵秀的山水，当然还有深闺和那思念的人儿。然而，诗人心中的江南是消瘦的江南，留下的风景已经变换了数旬，已经如莲花，在开开落落之间只剩下了一支干枯的荷梗。

这是怎样的季节呢？该是春季吧，早春，一切都在焦急的等待中。东风滞留在遥远的地方，柳絮在柔柔的柳枝中沉沉睡去，不管人间的等待和梦。在这样的季节里，在江南那小小的城市的阁楼中，妇人的心扉紧闭，如幽深的青石小巷，笼罩在氤氲的暮色中，寂寞中伴着深深的愁思。

·作者简介·

郑愁予，生于1933年，原名郑文韬，河北人，中国台湾当代诗人。其父为国民党军官，诗人青少年时期随父亲奔走于战场中，在炮火声中度过。1949年诗人去台湾，1955年服役。1958年毕业于台湾中兴大学商学院，在基隆港务局任职。诗人从15岁就开始发表诗歌，1956年参与创立现代派诗社，任《现代派》刊物编辑。1968年到美国爱荷华大学学习，毕业获硕士学位并留校任讲师。后任耶鲁大学教授。1965年，诗人停止写作，到20世纪80年代才重操诗笔。有诗集《梦土上》《衣钵》《寂寞的人坐着看花》等。诗人有"中国的中国诗人"称号，其诗风深受宋词风格的影响。

一切都静静的，连一个足音都没有。春天或许已经来了，那绿树和鲜花已经在绚烂地开着了。然而，没有心灵盼望的足音，春天等于没来，春色仍藏在深深的帷幕中。"你"的心扉如同那深深庭院的一扇窗扉，紧紧地关着一颗寂寞的心，含着深深的愁怨。

这时，"我"的足音，清脆的马蹄声在江南的青石板路上达达而过。这"美丽的错误"更生动新颖地写出了思妇的怀人心情，写出了那心中的寂寞和盼望。

边界酒店 /郑愁予

秋天的疆土，分界在同一个夕阳下
接壤处，默立些黄菊花
而他打远道来，清醒著喝酒
窗外是异国

多想跨出去，一步即成乡愁
那美丽的乡愁，伸手可触及

或者，就饮醉了也好
（他是热心的纳税人）
或者，将歌声吐出
便不只是立著像那雏菊
只凭边界立看

作 / 品 / 赏 / 析

郑愁予的诗歌总是含着一种幽婉的古典韵味，语言精练，诗意极美，美中携带着一缕惆怅，撩惹着人们心中情感的涟漪。边界是一个奇异的地理位置，窗内是我乡，窗外是异国，那凭界而立的黄菊花，是身在他乡的游子的身影，秋的夕阳下，正是乡愁最浓时。"多想跨出去，一步即成乡愁／那美丽的乡愁，伸手可触及"，这样美丽绝伦的诗句，令人见识了什么是诗人的想象，什么是精湛的诗意。即使这仅仅一步的乡愁，却也如酒般的浓酽，醉着人，令眷眷的游子心中默默地翘望，故园何方，归程何处？

青春

/席慕蓉

所有的结局都已写好
所有的泪水也都已启程
却忽然忘了是怎么样的一个开始
在那个古老的不再回来的夏日

无论我如何地去追索
年轻的你只如云影掠过
而你微笑的面容极浅极淡
逐渐隐没在日落后的群岚

遂翻开那发黄的扉页
命运将它装订得极为拙劣
含着泪,我一读再读
却不得不承认
青春是一本太仓促的书

· 作者简介 ·

席慕蓉,蒙古族女诗人。原籍内蒙古自治区察哈尔盟明安旗。名字全称穆伦·席连勃,意为浩荡大江河。1943年农历十月十五日生于四川重庆城郊金刚坡。13岁起在日记中写诗,14岁入台北师范艺术科,后又入台湾师范大学艺术系。1964年入比利时布鲁塞尔皇家艺术学院专攻油画。毕业后任台湾新竹师专美术科副教授。举办过数十次个人画展,出过画集,多次获多种绘画奖。1981年,台湾大地出版社出版席慕容的第一本诗集《七里香》,一年之内再版七次,人称"台湾诗坛女旋风",其诗集还有《无怨的青春》《时光九篇》,散文集《心灵的探索》《成长的痕迹》《画出心中的彩虹》《有一首歌》《三弦》(与人合著)等。这些诗集也是一版再版。席慕蓉多写爱情、人生、乡愁,写得极美。典雅幽丽,宁静平和,为广大读者所喜爱。清新、易懂、好读也是她拥有大量读者的重要原因之一。

席慕蓉

作/品/赏/析

因为美和时间打的永远是一场失败的战争,所以诗人含着泪"不得不承认/青春是一本太仓促的书"。然而,需要我们很好总结的仍然很多。尤其我们青春的爱情,难道不是我们一生都享受不尽的财富吗?有了这份财富,诗神就永远青睐我们,不管是四十岁、六十岁,以至最后我们不得不辞别人世,照样可以说:我拥有过无怨的青春。

青春是一首长诗,这里选取其中的一首,也是著名的一首。

追怀青春,是人之常情,历来以此为主题的诗甚多。席慕蓉这首《青春》,是独出机杼之作。

"所有的结局都已写好"——人生的旅程已快结束,前景不会发生什么变动了;"所有的泪水也都已启程"——该留的泪都已流了,人生的滋味已都尝遍,不会再遭逢什么希望未曾遭逢过的悲欢了。

青春已经过去,它如今已成回忆。诗把茫茫的回忆集中在那个"夏日",这是精巧的选择。因为夏天最热烈,火热的青春中的热烈夏日,自然最令人难忘。但它已"不再回来",离开现在已很远,很远。

第二节中的"你"不是指第二个人,而是指代青春时代的"我"。"你只如云影掠过"——青春岁月匆促短暂得很;"你微笑的面容极浅极淡"——"我"当时未尽情享受青春的欢乐,"你"已"逐渐隐没在日落后的群岚",消失于迷茫之中,青春时代就这样结束了!诗行中,弥漫着悠悠的遗憾。

惆怅与遗憾之情,凝结成一个新鲜的意象——青春是"装订得极为拙劣"的"一本太仓促的书"。由于太仓促,所以才"装订得极为拙劣";而"太仓促"正是对上文"如云影掠过"的描述的回应。扉页已"发黄",表明这本书已很"古老",而"我"还"含着泪""一读再读",舍不得丢开,对青春的无限依恋之情被形象地表现出来。

意象源于生活,来自感情,出于构思。以书来比喻青春,席慕蓉是诗界中的第一人。可谓"人人心中所有,人人笔下所无",前者指诗容易引起众多人的共鸣;后者指诗写得有特色,乐于为人们所接受。这首诗正是内容上的共性与表现手法上个性的统一,以独特的方式来表达人们所共有的感受——对青春的怀恋。

如 果

/席慕蓉

四季可以安排得极为黯淡
如果太阳愿意
人生可以安排得极为寂寞
如果爱情愿意
我可以永不再出现
如果你愿意
除了对你的思念
亲爱的朋友　我一无长物
然而　如果你愿意
我将立即使思念枯萎　断落

如果你愿意　我将
把每一粒种子都掘起
把每一条河流都切断
让荒芜干涸延伸到无穷远
今生今世　永不再将你想起
除了　除了在有些个
因落泪而湿润的夜里　如果
如果你愿意

作／品／赏／析

"如果"是一个大胆的假设，这个假设是诗人有了展示自己深刻情感的机会。我们通过这个如果，看到了爱情消失后的可怕情形，从而更为真切直接地感受到这份情感的重量。"如果太阳愿意"，"四季"便会因此而"极为暗淡"，"如果爱情愿意"，"人生"将"极为寂寞"；而"如果你愿意"，"我"可以"永远不再出现"，并且"将立即使思念枯萎，断落"，"我"会因此"把每一粒种子都掘起／把每一条河流都切断／让荒芜干涸延伸到无穷远""今生今世，永远不再将你想起"，但是要除去"因落泪而湿润的夜里"。这里，诗人细腻全面地向我们展示了情感的失败会对人造成的伤害，而这种伤害根本来讲是因为太深的爱。这首诗语言非常质朴，没有奇词丽句，没有夸饰渲染，所有剧烈的情绪都在一种尽可能理智的控制之中，而正因为这样的节制，使其产生了更深入人心的艺术效果。

七里香 /席慕蓉

溪水急着要流向海洋
浪潮却渴望重回土地

在绿树白花的篱前
曾那样轻易地挥手道别

而沧桑的二十年后
我们的魂魄却夜夜归来
微风拂过时
便化做满园的郁香

作/品/赏/析

《七里香》是席慕蓉的诗歌代表作之一。全诗很短，只有八句，语言非常凝练，语言典雅而流露着婉约的气质。诗歌的力量要求诗人对外在和内在的事物敏感到甚至一粒闪烁在树叶上的光斑或者瞬间的一丝惆怅，没有这样精细敏感的心智，诗歌的创作就不能有良好的收获。

《七里香》从主题上来看是一首怀旧和乡愁的诗，第一节"溪水急着要流向海洋/浪潮却渴望重回土地"直接点题，说明了这首诗歌的写作主旨，体现出诗人在走向未来和眷恋过去时光之间的矛盾心理，但是作者依然把感情的重心放在了回顾过去的时光上。在第二节中，作者记忆里浮现出旧年的美好事物："在绿树白花的篱前/曾那样轻易地挥手道别"。这种人生的经验是具有普遍性的，因为少年时我们都热切地希望奔向未来的生活世界，于是"轻易"地离开那些美好的时光，如今在回忆里，才发现那些事物竟是那样的珍贵，使人眷恋，但是生活是回不去的，回不去的我们只好在沧桑的人生道路上一直向前，只有在经年的岁月之后，灵魂随着梦或记忆"归来"，"微风拂过时/便化做满园的郁香"。

席慕蓉的诗歌非常注意通过诗情画意的纯美事物，在读者面前展现出一个梦幻般美好的画面，比如"挥手道别"时所看到的"绿树白花"的篱笆，"微风拂过时""满园的郁香"。读她的诗歌，我们所获得的就是至纯至美的享受和心灵相通的人生体验。

回 答 /北岛

卑鄙是卑鄙者的通行证,
高尚是高尚者的墓志铭。
看吧,在那镀金的天空中,
飘满了死者弯曲的倒影。

冰川纪过去了,
为什么到处都是冰凌?
好望角发现了,
为什么死海里千帆相竞?

我来到这个世界上,
只带着纸、绳索和身影,
为了在审判之前,
宣读那被判决了的声音:

告诉你吧,世界,
我——不——相——信!
纵使你脚下有一千名挑战者,
那就把我算作第一千零一名。

我不相信天是蓝的;
我不相信雷的回声;
我不相信梦是假的;
我不相信死无报应。

如果海洋注定要决堤,
就让所有的苦水都注入我心中;
如果陆地注定要上升,
就让人类重新选择生存的峰顶。

新的转机和闪闪的星斗,
正在缀满没有遮拦的天空,
那是五千年的象形文字,
那是未来人们凝视的眼睛。

· 作者简介 ·

北岛,生于1949年,原名赵振开,祖籍浙江,生于北京,中国当代著名诗人。1969年中学毕业后在建筑公司当工人。1970年开始写诗,1979年开始发表诗歌,不久在杂志社任编辑,曾参与著名民间诗刊《今天》的创办和编辑工作。1989年起北岛出国,先后旅居德国、挪威、瑞典、丹麦、荷兰、法国、美国等国家,现居住在美国。已出版《北岛·顾城诗选》(瑞士出版)、《太阳城札记》《在天涯》《零度下的风景》《北岛诗选》等诗集。

北岛

作/品/赏/析

这首诗是北岛早期的诗歌,也是诗人的代表作。

要"回答",就要有回答的起因,回答的对象。诗人的回答对象很明显,就是那沉闷的社会现实,充满悖谬的十年浩劫。诗的开头就是对那现实的描写:"卑鄙是卑鄙者的通行证/高尚是高尚者的墓志铭"——这是怎样的世界呀!那虚伪的天空中,到处是用金词丽句、空洞赞颂涂抹的东西,到处是通行者的乐园。当然,还有死者,那不屈的身影已经弯曲,绷得很紧,充满着力量的美,显得更加不屈。

诗人要问,要控诉,愤懑之情溢于言表。不是冰川纪,何以到处都是冰凌?新的航道已经发现了,为什么千万艘船只还在死水一潭的死海中盘桓、相竞,眼睁睁地等着沉没?这些就是那个时代的写照。

诗人要回答这样的疑问。诗人来到这个世界上,为了什么,要做什么?诗人说,他是来判决这世界的。诗人只带了纸、绳索和身影。诗人要用自己的诗来审判这世界吗?诗人要用绳索来处决那虚伪的世界或者那些卑鄙者吗?诗人准备用自己的生命来殉自己的理想吗?反正诗人不相信这样的社会,诗人准备反抗。

诗人心情激动,大声疾呼,唱出了心中对虚伪现实的怀疑和否定。这是一种决绝的怀疑和反抗,没有丝毫的犹豫和同情。即使有太多的反抗者和挑战,诗人仍然愿意做其中的一员,为挑战者的队伍增添一份力量。

如果虚假的世界如海洋的大堤在海浪的冲击下崩溃,如果平地因为地心岩浆的奔突而被撕裂,诗人愿意承受所有的苦难,咽下所有的苦水,诗人愿意做被撕扯的胸膛,让人类选择更好的顶峰。诗人的心中充满着英雄式的悲剧情结。同样,诗人的心中也充满了希望,来自古老祖先的希望。从祖先留下的精神财富中,诗人仿佛看到一片纯洁的天空,闪现着漫天星斗的天空。

诗歌大量运用象征手法,那些象征性的形象又带有明确的意义指向。尽管这象征的形象相对直白,但是并没有影响诗歌的感性特征。"冰凌""死海"等形象生动地写出了现实生活的困境和艰难。诗中那新颖的意象和丰富的情感的巧妙组结,带有明显的朦胧诗特点,诗歌的思想倾向也带有明显的朦胧诗的特征。

致橡树 /舒婷

我如果爱你——
绝不像攀援的凌霄花,
借你的高枝炫耀自己;
我如果爱你——
绝不学痴情的鸟儿,
为绿荫重复单调的歌曲;
也不止像泉源,
常年送来清凉的慰藉;
也不止像险峰,
增加你的高度,衬托你的威仪。
甚至阳光,
甚至春雨。
不,这些都还不够!
我必须是你近旁的一株木棉,
做为树的形象和你站在一起。
根,紧握在地下,
叶,相触在云里。
每一阵风过,
我们都互相致意,
但没有人
听懂我们的言语。
你有你的铜枝铁干

· 作者简介 ·

舒婷,生于1952年,原名龚佩瑜,福建漳州人,中国当代著名诗人。诗人从小对书情有独钟,在书中诗人找到了无穷的乐趣。1968年,诗人在闽西的一个落后山村插队,接受贫下中农再教育。在那里,诗人开始练习写作,主要用日记、书信记录下心中每一天的思想和情感。1971年,诗人发表第一篇作品《寄杭城》。1972年,诗人回城,开始从事临时工、染纱工、挡车工等工作;1979年诗人开始在民间刊物《今天》发表诗作,同年,在《诗刊》正式发表作品。1980年《福建文艺》编辑部对诗人的作品展开了近一年的讨论。1981年起,诗人进入福建省文联从事专业创作,现为中国作协理事,作协福建分会副主席,两次获全国性诗歌奖。1982年出版诗集《双桅船》和《舒婷、顾城抒情诗作》,1986年出版《会唱歌的鸢尾花》。

像刀，像剑，
也像戟；
我有我红硕的花朵，
像沉重的叹息，
又像英勇的火炬。
我们分担寒潮、风雷、霹雳；
我们共享雾霭、流岚、虹霓。
仿佛永远分离，
却又终身相依。
这才是伟大的爱情，
坚贞就在这里：
爱——
不仅爱你伟岸的身躯，
也爱你坚持的位置，足下的土地。

作/品/赏/析

舒婷

这是一首爱情诗，诗人以橡树为对象倾诉了自己的爱情和爱情的热烈、诚挚和坚贞。诗中的橡树毫无疑问不是一个具体的对象，而是诗人理想中的形象，是诗人心目中的情人象征。因此，这首诗一定程度上又不是单纯倾诉自己的热烈爱情，而是要表达一种爱情的理想和信念，通过具体可感的形象来表达。

首先，橡树是高大的，有威仪的，有着丰富的内涵——那绿荫就是一种意指。诗人不愿要附庸的爱情，不愿做攀援在大树上的凌霄花，依附在橡树的高枝上而沾沾自喜。诗人也不愿要奉献的爱情，不愿做整日为绿荫鸣唱的小鸟，不愿做无私的泉源，不愿做支撑橡树的高大山峰。诗人不愿在这样的爱情中丧失自己。

诗人要怎样的爱情呢？诗人要的是那种两人比肩站立，共同迎接生活中风风雨雨的爱情。诗人将自己比喻为一株木棉，在橡树近旁和橡树并排站立的一株木棉，两棵树的根和叶紧紧相连。诗人爱情的坚定并不比古人"在天愿做比翼鸟，在地愿为连理枝"逊色，它们就那样静静地站着，有风吹过，它们摆动一下枝叶，相互致意，便心心相通了。那是他们两人的言语，是心灵的契合，是无语的会意。

二人就这样站着，两棵坚毅的树，两个新鲜的生命，两颗高尚的心。一个像士兵，每一条枝干都随时准备承受来自外面的袭击;一个是热情的生命,开着红硕的花朵,愿意在他战斗时为其照亮前程。他们共同分担外面的威胁,承担任何困境;同样,他们共享人生的美丽和大自然的壮丽风景。

诗人要的就是这样的伟大爱情,有共同的伟岸和高尚,有共同的土地。他们互相爱着,扎根于同一块根基上。

诗歌以新奇的意象、贴切的比喻表达了诗人心中理想的爱情观。诗中的比喻和奇特的意象组合都代表了当时的诗歌新形式,具有开创性意义。另外,尽管诗歌采用了新奇的意象,但诗的语言并不难懂晦涩,而是具有口语化的特征,新奇中带着一种清新的灵气。

一代人 / 顾城

黑夜给了我黑色的眼睛
我却用它寻找光明

作 / 品 / 赏 / 析

全诗只有两句,而且诗中出现的意象都是日常生活中极为常见的现象:黑夜、眼睛、光明。也许正因为如此,才使得这首诗歌具有了引起人们广泛关注、深思的魅力。

这种相悖的逻辑正是这短短两句诗的精华所在。相悖是在两个层面上的。

第一个层面是诗歌整体的意象呈现方式与人们日常经验中它们的呈现方式相悖。这主要集中在眼睛的意象上。在茫茫的黑暗里,眼睛可能是唯一的明灯。在人们的经验中,眼睛始终是透明的象征。然而,诗中的眼睛却是"黑色的眼睛"。这是诗人心中的感受,也是诗人的深刻反思。

顾城

第二个层次的相悖是诗歌内在的相悖。这主要集中在"光明"这一意象上。那样的时代,那样的环境,那样深沉的黑夜,诗人要寻找光明。诗人正要用那黑色的眼睛寻找光明。这是诗人奏响的反叛黑夜的一声号角。这个层次也是这首诗歌的主旨所在:诗人不仅要反思黑夜般的过去和倾诉心中的苦痛,诗人更要寻觅。

· 作者简介 ·

顾城(1956-1993),北京人,中国朦胧诗派的代表人物之一。1969年,诗人的父亲被下放到山东一个农场劳动,诗人也随之去了那里,开始了艰苦而匮乏的生活,同时开始诗歌创作,自编了诗集《无名的小花》和旧体诗集《白云梦》等。1974年,诗人随全家搬回北京,当了工人。1987年,诗人应邀前往德国参加诗歌节。1988年,诗人被聘为新西兰奥克兰大学亚语系研究员,讲授中国古典以及现代文学,后住在附近的小岛上悉心创作。1992年,诗人重返欧美讲学和创作。1993年离世。

诗人自小对文学、哲学、美术、书法有突发的无师自通的领悟力,被称为当代仅有的"唯灵"浪漫主义诗人,已出版的作品有《黑眼睛》《顾城新诗自选集》等11本。

远和近 / 顾城

你
一会看我
一会看云

我觉得
你看我时很远
你看云时很近

作/品/赏/析

这是一首简短的小诗,语义简隽,表达集中。诗中展现了两种看的姿态——看云和看"我","我觉得/你看我时很远/你看云时很近"。一个是"我",一个是云,在距离上,哪一个远,哪一个近,是很显然的,可是"你"看的姿态却与这自然的距离恰恰相反,看云时近,看"我"时远。诗人以这一种逆反式的对比来表达人与人之间的隔膜,虽然彼此就在身边,但是情感疏远,态度冷漠,距离虽近,却比不上对那远在天边的云更为亲切,而在更深一个层面上,即使在亲密的人之间,也存在着远和近的问题,那是人与人心灵的距离。自然界中的距离,再遥远,也是有个度量的,可是人与人之间的心理距离,有时是远不可测的。从这个意义上来讲,人,注定了是孤独的,尤其是那些具有特异之心灵的人。

面朝大海,春暖花开 /海子

从明天起,做一个幸福的人
喂马,劈柴,周游世界
从明天起,关心粮食和蔬菜
我有一所房子,面朝大海,春暖花开

从明天起,和每一个亲人通信
告诉他们我的幸福
那幸福的闪电告诉我的
我将告诉每一个人

给每一条河每一座山取一个温暖的名字
陌生人,我也为你祝福
愿你有一个灿烂的前程
愿你有情人终成眷属
愿你在尘世获得幸福
我只愿面朝大海,春暖花开

· 作者简介 ·

海子(1964-1989),原名查海生,中国当代诗人。出生于安徽省安庆城外的一个农民家庭。1979年考入北京大学法律系。1982年开始诗歌创作。1983年毕业后在中国人民大学政治系哲学教研室任教。在随后的数年中,诗人写下了大量的优秀诗歌,先后自印诗集《河流》《传说》《但是水、水》《麦地之翁》(与西川合印)、《太阳,断头篇》等。尽管诗人也曾获北京大学第一届艺术节"五四"文学大奖特别奖、第三届《十月》文学奖荣誉奖等奖项,但诗人的诗歌一直没有受到很公正的对待。1988年写出仪式诗剧三部曲之一《刹》。另外,诗人的作品还有长诗《土地》。诗人在积极创作的同时,也一直面临着中国诗歌没落的困境。1989年3月26日,诗人在河北省山海关卧轨自杀。诗人死后,其诗歌开始受到人们的广泛关注,诗人的名字也与他那杰出的诗歌一起传遍了中国大地。从1993年起,北京大学每年举行诗歌节,以纪念海子。

作/品/赏/析

海子

《面朝大海，春暖花开》写于 1989 年 1 月 13 日，即诗人离开人世前的两个月。诗人长期处于精神的思索之中，在沉沉的精神现实的重压下，诗人的心灵和躯体得不到依托和放松。诗人的内心再也载不动那么多的追求和精神现实，最终，以 25 岁的年龄就离开了人世，然而，在这首诗中，我们看到的却是另一个海子，幸福、温馨、纯美的海子。

在一个冬季，或许在阳光的沐浴下，在干燥净爽的午后，诗人走出了他长期蛰伏的书房。面对那样的情景，诗人那一直绷紧的精神突然融化了，融化在自然的世界，融化在尘世的幸福中。在那样的瞬间，诗人决定要做一个幸福的人，享受平凡的幸福。喂马、劈柴，从简朴的生活、亲身的劳作中体味生命的存在；周游世界，在大自然里寻找快乐的源泉。诗人要关心人生最简单的生活，在这样的关心中找到幸福。诗人渴望拥有一所房子，"面朝大海，春暖花开"。

诗人心灵坦荡，胸怀博大。诗人那美丽的心灵被幸福的闪电击中。那样的顿悟本身就该是幸福的事。诗人愿意天下人都能得到这样的顿悟和这顿悟的幸福。诗人要把这样的感觉、幸福告诉每一个亲人，告诉每一个人。诗人还要给每一条河每一座山起一个温暖的名字，让人们从那些温暖的名字中体味诗人的幸福，让人们在自然的世界更容易接近幸福。诗人还要祝福陌生人，愿他们过着简朴的生活，愿他们每一个平凡的心愿都能实现。最后一段，诗人表达了自己真诚的祝愿：

愿你有一个灿烂的前程

愿你有情人终成眷属

愿你在尘世获得幸福

我只愿面朝大海，春暖花开

诗歌以淳朴直白的诗句、清新明快的意象，描绘了一个浪漫、略带梦幻色彩的世界。诗人凭借自己的乡村生活的经验，提炼出优美的意象，描绘出一个质朴、单纯的世界。诗人善于以超越现实的冲动和努力，审视个体生命的存在价值。他的诗往往有着浓重的浪漫色彩，诗中描绘的情景明显带着诗人自己的梦想和纯真。总之，诗人用朴素明朗、隽永清新的语言和意境，唱出了他对平凡生活的真诚和向往，反映了他那积极昂扬的情感世界和博大开阔的胸怀。

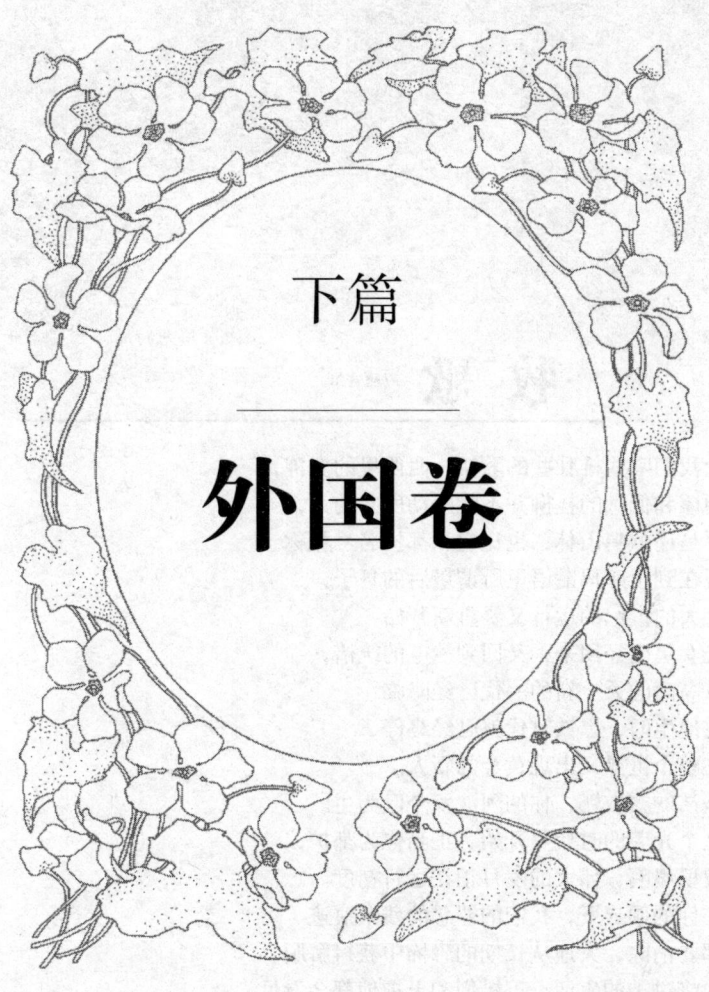

下篇

外国卷

牧 歌 /维吉尔

让我们唱些雄壮些的歌调,西西里的女神,
荆榛和低微的柽柳并不能感动所有的人,
要是还歌唱山林,也让它和都护名号相称。
现在到了库玛谶语里所谓最后的日子,
伟大的世纪的运行又要重新开始,
处女星已经回来,又回到沙屯的统治,
从高高的天上新的一代已经降临,
在他生时,黑铁时代就已经终停,
在整个世界又出现黄金的新人。
圣洁的露吉娜,你的阿波罗今已为主。
这个光荣的时代要开始,正当你为都护,
波里奥啊,伟大的岁月正在运行初度。
在你的领导下,我们的罪恶的残余痕迹
都要消除,大地从长期的恐怖中获得解脱。
他将过神的生活,英雄们和天神他都会看见,

· 作者简介 ·

普布里乌斯·维吉尔·马洛(公元前70-公元前19),古罗马诗人。幼年时的农村生活对维吉尔以后的文学创作产生了很大影响。在家乡受过基础教育后,维吉尔去了南意大利,攻读哲学及数学、医学,回到家乡后开始从事诗歌创作。当他的成名作品《牧歌》取得成功后,受到了恺撒大帝甥孙屋大维的赞赏和维护。维吉尔晚年创作了大型史诗《埃涅阿斯纪》。

他自己也将要看见在他们中间，
他要统治着祖先圣德所致太平的世界。
孩子，为了你那大地不用人力来栽，
首先要长出那蔓延的常春藤和狐指草，
还有那埃及豆和那含笑的莨苕；
充满了奶的羊群将会自己回家，
巨大的狮子牲口也不必再害怕，
你的摇篮也要开放花朵来将你抚抱，
蛇虺将都死亡，不再有骗人的毒草，
东方的豆蔻也将在各地生得很好。
当你长大能读英雄颂歌和祖先事迹，
当你开始能够了解道德的意义，
那田野将要逐渐为柔穗所染黄，
紫熟的葡萄将悬挂在野生的荆棘上，
坚实的栎树也将流出甘露琼浆。
但是往日的罪恶的遗迹那时还有余存，
人还要乘船破浪，用高墙围起城镇，
人也还要把田地犁成一道道深沟，
还要有提菲斯，还要有阿戈的巨舟，
载去英雄的精锐，还要有新的战争，
还要有英雄阿喀琉斯作特洛伊的远征。
但当坚实的年代使你长大成人的时候，
航海的人将离开海，那枯木的船艘
将不再运货，土地将供应一切东西，
葡萄将不需镰刀，田畴将不需锄犁，
那时健壮的农夫将从耕牛上把轭拿开；
羊毛也不要染上种种假造的颜色，
草原上的羊群自己就会得改变色彩，
或者变成柔和的深紫，或鲜艳的黄蓝，
吃草的幼羔也会得自己带上朱斑。
现在司命神女根据命运的不变意志，
对她们的织梭说："奔驰吧，伟大的日子。"
时间就要到了，走向伟大的荣誉，
天神的骄子啊，你，上帝的苗裔，
看呀，那摇摆的世界负着苍穹，
看大地和海洋和深远的天空，
看万物怎样为未来的岁月欢唱，

古罗马著名诗人维吉尔

我希望我生命的终尾可以延长,
有足够的精力来传述你的功绩,
色雷斯的俄耳甫的诗歌也不能相比,
林努斯也比不过,即使有他父母在旁,
嘉流贝帮助前者,后者美容的阿波罗帮忙,
甚至山神以阿卡狄为评判和我竞赛,
就是山神以阿卡狄为评判也要失败;
小孩子呀,你要开始以笑认你的生母。
(十个月的长时间曾使母亲疲乏受苦),
开始笑吧,孩子,要不以笑容对你的双亲,
就不配与天神同餐,与神女同寝。

杨宪益 译

作/品/赏/析

古罗马诗人维吉尔生于阿尔卑斯山南高卢曼图亚附近的安得斯村,在家乡受过基础教育后,去罗马和南意大利攻读哲学及数学、医学,约公元前44年回到故乡,一面务农,一面从事诗歌创作。他是古罗马奥古斯都时期最重要的诗人,乡村的田园生活是他创作田园诗的重要依据。牧歌(一称田园诗)始于公元前3世纪时的亚历山大诗歌,代表诗人是特奥克里托斯,约在公元前1世纪传入罗马。维吉尔第一部公开发表的诗集《牧歌》共收诗10首,其中的各首诗具体写作年代不详。维吉尔的牧歌主要是虚构一些牧人的生活和爱情,通过对话或对唱,抒发田园之乐,有时也涉及一些政治问题。在牧歌中,诗人描述的是人与神和谐共处的美好的家园,这里风光优美,和平而宁静,人们安居乐业,生活富足。这些,

维吉尔(中)两旁站着英雄史诗缪斯与悲剧缪斯

这幅古罗马的镶嵌画体现了当时人们对诗人维吉尔的敬重。

都是神灵的庇佑,所以诗人的歌唱从对神的赞美开始:"伟大的世纪的运行又要重新开始,处女星已经回来,又回到沙屯的统治,从高高的天上新的一代已经降临,在他生时,黑铁时代就已经终停,在整个世界又出现黄金的新人。"诗人所热情歌颂的正是这样的新人和新的时代,一个新的正在运行的纪元,人们生活在天赐的乐园里,一切美好的东西都在旺盛地生长,一切坏的东西都就此死亡。维吉尔的语言非常壮观优美,极富民族特色和音乐性,在情绪上舒缓起伏,韵律优美动人,内涵博大而深远:"天神的骄子啊,你,上帝的苗裔,看呀,那摇摆的世界负着苍穹,看大地和海洋和深远的天空,看万物怎样为未来的岁月欢唱。"所有这些诗句都是非博大的学识、高贵的气质和天赋的才华所不能得的。

神曲（节选） /但丁

地狱篇
第五歌　里米尼的弗兰采斯加

在我听到我的老师历数
古代英雄美人的名字以后，
我心中生出怜悯，仿佛又迷惑起来。
我开始说："诗人，我极愿
和那两个在一起行走，并显得
在风上面那么轻的人说话。"
他对我说："他们靠得更近时，
你将看到；那时，凭那引导他们的爱，
恳求他们；他们就会过来。"
一等到风把他们折向我们时，
我扬声说道："疲倦的灵魂啊！
假使没有人禁止，请来和我们说话。"
如同斑鸠为欲望所召唤，
振起稳定的翅膀穿过天空回到爱巢，
为它们的意志所催促：
就像这样，这两个精灵离开了
狄多的一群，穿过恶气向我们飞来：
我的有深情的叫声就有这种力量。
"宽宏而仁慈的活人啊！
你走过黑暗的空气，
来访问用血玷污土地的我们；
假使宇宙之王是我们的友人，
我们要为你的平安向他祈祷；

·作者简介·

但丁·阿利基埃里(1265-1321)，意大利伟大的诗人、文学家、文艺复兴的先驱，被恩格斯誉为"中世纪的最后一位诗人，同时又是新时代的最初一位诗人"。

但丁出身于佛罗伦萨一个没落贵族家庭，1302年，被罗马教廷的反动势力放逐，最后死于拉韦纳。但丁一生著作甚丰，《神曲》是其代表作。除《神曲》外，《新生》《论俗语》《飨宴》及《诗集》等也是不朽的名作。但丁的很多作品都大胆地谴责了教皇和教士的专横贪婪，反映了中世纪后期意大利的社会矛盾，表露了人文主义思想，具有很高的研究价值。

因为你怜悯我们不幸的命运。
当风像现在这样为我们沉寂时,
凡是你乐于听取或说出的,
我们都愿意倾听和述说。
我诞生的城市,是坐落在
玻河与它的支流一起
灌注下去休息的大海的岸上。
爱,在温柔的心中一触即发的爱,
以我现在被剥夺了的美好的躯体
迷惑了他;那样儿至今还使我痛苦。
爱,不许任何受到爱的人不爱,
这样强烈地使我欢喜他,以致,
像你看到的,就是现在他也不离开我。
爱使我们同归于死;
该隐狱在等待那个残害我们生命的人。"
他们向我们说了这些话。
我听到这些负伤的灵魂的话以后,
我低下了头,而且一直低着,
直到那诗人说:"你在想什么?"
我回答他,开始说道:"唉唉!
什么甜蜜的念头,什么恋慕
把他们引到了那可悲的关口!"
于是我又转过身去向他们,

《神曲》插图,描绘《神曲》书中"地狱"一幕。

开始说道:"弗兰采斯加,你的痛苦
使得我因悲伤和怜悯而流泪。
可是告诉我:在甜蜜地叹息的时候,
爱凭着什么并且怎样地
给你知道那些暧昧的欲望?"
她对我说:"在不幸中回忆
幸福的时光,没有比这更大的痛苦了;
这一点你的导师知道。
假使你一定要知道
我们爱情的最初的根源,
我就要像一边流泪一边诉说的人那样追述。
有一天,为了消遣,我们阅读
兰塞罗特怎样为爱所掳获的故事;
我们只有两人,没有什么猜疑。
有几次这阅读使我们眼光相遇,
又使我们的脸孔变了颜色;
但把我们征服的却仅仅是一瞬间。
当我们读到那么样的一个情人
怎样地和那亲切的微笑着的嘴接吻时,
那从此再不会和我分开的他
全身发抖地亲了我的嘴:这本书
和它的作者都是一个'加里俄托';
那天我们就不再读下去。"
当这个精灵这样地说时,
另一个那样地哭泣,我竟因怜悯
而昏晕,似乎我将濒于死亡;
我倒下,如同一个尸首倒下一样。

炼狱篇
第六歌　意大利"暴风雨的声音"

唉,奴隶般的意大利,你哀痛之逆旅,
你这暴风雨中没有舵手的孤舟,
你不再是各省的主妇,而是妓院!
那高贵的灵魂,只是听到人家
提起他故乡的可爱名字,就急于
在那里向他的同乡人备致问候;

而你的活着的人民住在你里面，
没有一天不发生战争，为一座城墙
和一条城壕围住的人却自相残杀。
你这可怜虫啊！你向四下里看看
你国土的海岸，然后再望你的腹地，
有没有一块安享和平幸福的土地。
假如那马鞍空着没有人骑，
查士丁尼重理你的缰绳又有何益？
没有这件事你的羞耻倒要少些。
唉，人们啊！若是你们好好地理会
上帝向你们写下的意旨，你们是
应该服从，让恺撒坐在鞍上的啊！
自从你们把手放上那缰绳以来，
你们看这头畜生变得难骑了，
就因为没有用靴刺来惩罚它。
日尔曼的阿尔柏啊，你遗弃了
那个日益变得放荡不羁的女人，
你应该骑跨在她的鞍子前穹上，
但愿公正的审判从星辰里降临
在你的血上，这审判要奇异彰明，
你的继位者才能从中感到畏惧；
因为你和你的父亲，由于贪恋
阿尔卑斯山彼方的土地乐而忘返，
听任这座帝国的花园荒芜不堪。
你这疏忽的人啊，来看看蒙塔求家
和卡彪雷家，莫那狄家和费彼希家：
前者悲痛不已，后者在胆战心惊。
来吧，残酷无情的人啊，来看看
你的贵族受的迫害，治他们的创伤，
你将看到圣飞尔是如何安全。
来看看你的罗马吧，她是多么
孤苦伶仃，流着泪，在日夜叫号：
"我的恺撒啊，你为什么不陪着我？"
来看看你的人民是多么相亲相爱；
若是你对我们没有丝毫怜悯，
也要来为你的声誉感到羞耻。
在人世为我们被钉上十字架的

但丁介绍他的神曲
但丁手持《神曲》为人们展示它的内容,他身后塔形的建筑就是炼狱的七层。

至上的乩夫啊,你是否准许我问,
你公正的眼是转向别处去了呢?
抑或是你在深思熟虑之中,
为了某一个我们完全见不到的
仁慈的目的,在作什么准备?
因为在意大利所有的城市中,
到处是暴君,扮演党派角色的人;
莫不变成再生的马塞拉斯。
我的佛罗伦萨啊,听了这一段
与你无关的题外话,你也许高兴,
这要归功于你的有先见的人民。
许多人把正义藏在他们心中,
经过考虑才放上弓弦慢慢射出;
你的人民却永远把它放在口头。
许多人不肯担负公共的重任;
你的人民却不用召唤就挺身而出,
口中叫道:"看我们挑起这担子来。"
如今你且高兴吧,因为你极应该这样:
有钱的你,安宁的你,聪明的你啊。
我若说的是真话,事实会替我证明。
制订了古代的法律而以修文偃武
而显得卓越的雅典和拉西提蒙,

在人民的幸福生活上和你相比时,
真是微不足道,你准备的东西
确实精细周到,你在十月里
纺的线甚至引不到十一月中旬。
在你记忆犹及的过去时代里,
你曾有多少次改变了法律,币制,
官职,和风俗,也调换了你的成员!
假如你好好想一下,又仔细地看,
你必将看到自己像一个病妇,
在柔软的床上怎样都不能睡去,
只是翻来覆去以减少她的痛苦。

朱维基 译

作/品/赏/析

  《神曲》是中世纪最伟大的文学作品,但丁一生包括爱情、政治、人生观、宗教观、宇宙观在内的所有经验在《神曲》中均有反映,但丁企图将自己的哲学、宗教、政治、道德等观念,全部熔于一炉。

  《神曲》原名《神的喜剧》,之所以称为喜剧,是因为整个故事叙述由罪恶、不幸到幸福、救赎的过程,在经历恐怖后,终能到达愉悦、理解真理的境界。《神曲》共分三篇:地狱、净界(炼狱)、天堂,每一部分由三十三章组成,加上最前面的序章,共计一百章。《神曲》本身是一个大隐喻,从黑暗的树林,到地狱、净界、天堂的整个过程,代表由懵懂、挣扎、渴望到救赎的历程。但丁希望借此书传递其个人的经验和认知,引导读者省察人性的罪恶,思索当代混乱的局势,并试着提出解决之道,希望能使人免于悲惨,达到幸福的境地。

爱的印迹 /彼特拉克

假如,天真的心灵,一往情深,
  柔和的温馨,礼貌地克制的欲望,
   美好的意愿,闪射着圣火的光芒,
黑暗的曲径上不断延伸的旅行;

假如,额头上显露出一种思忖,
  无力的话语,破碎的叹息悠长,
   被恐惧和羞涩困扰;假如,脸庞
不如苍白的紫罗兰,不见红润;

假如,对他人关切胜过自己,
  假如,永远沉溺于叹息和哀伤,
假如,咀嚼着痛苦、愤怒和悲戚,

假如,燃烧在远处,冰冻在近旁,——
那末,这就是我刻骨的爱的印迹,
  姑娘呵,看你的过失,我的绝望!

屠岸 译

·作者简介·

  彼特拉克(1304-1374),意大利诗人、学者,欧洲文艺复兴的先驱,与但丁和薄伽丘并称为佛罗伦萨文艺复兴前期的三杰。彼特拉克提出以"人的思想"代替"神的思想",由此被誉为"人文主义之父"。彼特拉克对欧洲抒情诗歌的发展和十四行诗体的成熟做出了卓越的贡献,有"桂冠诗人"的称号。

作/品/赏/析

  这是一首倾注了诗人深切情感的十四行诗。诗中的话语柔和而又缠绵,寄托着诗人无尽的情思,忧伤,悲戚,乃至绝望。这一片赤诚的爱情,生发于天真的心地,无比地纯洁和美好,只是这种爱不能够实现,而只能化为诗人心中破碎的叹息和默默的悲戚。在彼特拉克那里,已寻不到对于神的赞许,而表达的完全是人的情感世界,抒发的是对至美之人情的颂歌。

有一天，我把她名字写在沙滩 /斯宾塞

有一天，我把她名字写在沙滩，
但海浪来了，把那个名字冲跑；
我用手再一次把它写了一遍，
但潮水来了，把我的辛苦又吞掉。
"自负的人啊，"她说，"你这是徒劳，
妄想使世间凡俗的事物不朽；
我本身就会像这样云散烟消，
我的名字也同样会化为乌有。"
"不，"我说，"让低贱的东西去筹谋
死亡之路，但你将靠美名而永活：
我的诗将使你罕见的美德长留，
并把你光辉的名字写入天国。
死亡可以征服整个的世界，
我们的爱将长存，生命永不灭。"

胡家峦 译

·作者简介·

斯宾塞（1552？—1599），英国文艺复兴时期最杰出的诗人，生于伦敦。在剑桥读书时，斯宾塞写出具有柏拉图思想影响的《爱与美的赞歌》。斯宾塞对英国文学的发展做出了突出的贡献，他创作的长诗《仙后》，是16世纪英国文艺复兴时期人文主义诗歌的传世杰作，这部作品的出现标志着伊丽莎白女王时代英国诗歌历史上一个黄金时期的开端。

作/品/赏/析

在这首诗中，斯宾塞歌颂了爱情的不朽，也赞美了艺术的永恒。"死亡之路""让低贱的东西去筹谋"，"但你将靠美名永活：我的诗将使你罕见的美德长留，并把你光辉的名字写入天国"。死亡虽然可以征服整个世界，但是"我们的爱将长存，生命永不灭"。爱情使生命不朽，而艺术使精神永生。诗人表达了自我对于爱情的最高意义的肯定，也表达了对于艺术和美的无限热爱。

你的长夏永远不会凋谢

/ 莎士比亚

我怎能够把你来比拟作夏天?
你不独比他可爱也比他温婉;
狂风把五月宠爱的嫩蕊作践,
夏天出赁的期限又未免太短;
天上的眼睛有时照得太酷烈,
他那炳耀的金颜又常遭掩蔽;
给机缘或无偿的天道所摧残,
没有芳颜不终于凋残或销毁。
但你的长夏将永远不会凋落,
也不会损失你这皎洁的红芳;
或死神夸口你在他影里漂泊,
当你在不朽的诗里与时同长。
只要一天有人类,或人有眼睛,
这诗将长在,并且赐给你生命。

梁宗岱 译

· 作者简介 ·

　　莎士比亚（1564-1616），英国伟大的戏剧大师、诗人，欧洲文艺复兴时期的文学巨匠。出生于离伦敦不远的斯特拉福镇一个富裕市民家庭，父亲除务农外还经营手套生意，担任过当地的议员和镇长。莎士比亚自幼即对戏剧表现出明显的兴趣，在学习时很注意古罗马的诗歌和戏剧。后来家庭破产，他辍学谋生。1585年前后，他去了伦敦，先在剧院里打杂和在剧院外看管马匹，后来从事剧本创作受到注意，成为剧院编剧，还获得了一部分剧院的股份。逐渐地，他接触到文艺复兴的先进文化、思想，写出了很多伟大的作品。他的创作使他获得了丰厚的收入和世袭绅士的身份。1608年左右，他回到家乡定居，1616年4月逝世。诗人的一生作品甚多，共有37部戏剧，1卷十四行诗集，2首叙事长诗。这其中包括著名的《罗密欧与朱丽叶》《威尼斯商人》《无事生非》《哈姆雷特》《李尔王》等。

作/品/赏/析

　　莎士比亚所处的英国伊丽莎白时代是爱情诗的盛世，写十四行诗更是一种时髦。莎士比亚的十四行诗无疑是那个时代的佼佼者，其十四行诗集更是流传至今，魅力不减。他的十四行诗一扫当时诗坛的矫揉造作、绮艳轻糜、空虚无力的风气。据说，莎士比亚的十四行诗是献给两个人的：前126首献给一个贵族青年，后面的献给一个黑肤女郎。这首诗是十四行诗集中的第18首，属前者。也有人说，他的十四行诗是专业的文学创作。当然，这些无关宏旨，诗歌本身是伟大的。

莎士比亚

　　莎士比亚的十四行诗总体上表现了一个思想：爱征服一切。他的诗充分肯定了人的价值，赞颂人的尊严、个人的理性作用。诗人将抽象的概念转化成具体的形象，用可感可见的物质世界，形象生动地阐释了人文主义的命题。

　　诗的开头将"你"和夏天相比较。自然界的夏天正处在绿的世界中，万物繁茂地生长着，繁阴遮地，是自然界的生命最昌盛的时刻。那醉人的绿与鲜艳的花一道，将夏天打扮得五彩缤纷，艳丽动人。但是，"你"却比夏天可爱多了，比夏天还要温婉。五月的狂风会作践那可爱的景色，夏天的期限太短，阳光酷烈地照射在繁阴斑驳的大地上，那熠熠生辉的美丽不免要在时间的流动中凋残。这自然界最美丽的季节和"你"相比也要逊色不少。

　　而"你"能克服这些自然界的不足。"你"在最灿烂的季节不会凋谢，甚至"你"美的任何东西都不会有所损失。"你"是人世的永恒，"你"会让死神的黑影在遥远的地方呆着，任由死神的夸口也不会死去。"你"是什么？你与人类同在，你在时间的长河里不朽。那人类精神的精华——诗是你的形体吗？或者，你就是诗的精神，就是人类的灵魂。

　　全诗用新颖巧妙的比喻、华美而恰当的修饰使人物形象鲜明，生气鲜活。诗人用形象的表达使严谨的逻辑推理变得生动有趣，曲折跌宕，最终巧妙地得出了人文主义的结论。

墓畔哀歌 /格雷

晚钟响起来一阵阵给白昼报丧,
牛群在草原上迂回,吼声起落,
耕地人累了,回家走,脚步踉跄,
把整个世界留给了黄昏与我。

苍茫的景色逐渐从眼前消退,
一片肃穆的寂静盖遍了尘寰,
只听见嗡嗡的甲虫转圈子纷飞,
昏沉的铃声催眠着远处的羊栏。

只听见常春藤披裹的塔顶底下
一只阴郁的枭向月亮诉苦,
怪人家无端走进它秘密的住家,
搅扰它这个悠久而僻静的领土。

峥嵘的榆树底下,扁柏的荫里,
草皮鼓起了许多零落的荒堆,
各自在洞窟里永远放下了身体,
小村里粗鄙的父老在那里安睡。

香气四溢的晨风轻松的呼召,
燕子从茅草棚子里吐出的呢喃,
公鸡的尖喇叭,使山鸣谷应的猎号
再不能唤醒他们在地下的长眠。

在他们,熊熊的炉火不再会燃烧,
忙碌的管家妇不再会赶她的夜活;
孩子们不再会"牙牙"的报父亲来到,
为一个亲吻爬倒他膝上去争夺。
往常是:他们一开镰就所向披靡,

顽梗的泥板让他们犁出了垄沟；
他们多么欢欣地赶牲口下地！
他们一猛砍，树木就一棵棵低头！

"雄心"别嘲讽他们实用的操劳，
家常的欢乐，默默无闻的命运；
"豪华"也不用带着轻蔑的冷笑
来听讲穷人的又短又简的生平。

门第的炫耀，有权有势的煊赫，
凡是美和财富所能赋予的好处，
前头都等待着不可避免的时刻：
光荣的道路无非是引导到坟墓。

骄傲人，你也不要怪这些人不行，
"怀念"没有给这些人建立纪念堂，
没有让悠长的廊道、雕花的拱顶
洋溢着洪亮的赞美歌，进行颂扬。

栩栩的半身像，铭刻了事略的瓮碑，
难道能恢复断气，促使还魂？
"荣誉"的声音能激发沉默的死灰？
"献媚"能叫死神听软了耳根？

也许这一块地方，尽管荒芜，
就埋着曾经充满过灵焰的一颗心；
一双手，本可以执掌到帝国的王笏
或者出神入化地拨响了七弦琴。

可是"知识"从不曾对他们展开

· 作者简介 ·

格雷（1716-1771），英国新古典主义后期的重要诗人，生于一个经纪人家庭，曾在伊顿公学和剑桥大学学习，并随同友人游历欧洲大陆。格雷的后半生在剑桥大学担任历史学和语言学教授，但并不从事讲学活动，也少有著述，而是潜心读书，过着隐居般的生活。格雷淡薄名利，曾谢绝桂冠诗人的称号。在诗歌之外，他的书信也被视为英语散文中的精品。格雷留传下来的诗作仅有十几首，其中以《墓畔哀歌》最为著名。这首诗引起人们的争先效仿，影响蔚为一时，形成所谓"墓园诗派"。

它世代积累而琳琅满目的书卷；
"贫寒"压制了他们高贵的襟怀，
冻结了他们从灵府涌出的流泉。

世界上多少晶莹皎洁的珠宝
埋在幽暗而深不可测的海底；
世界上多少花吐艳而无人知晓，
把芳香白白地散发给荒凉的空气。

也许有乡村汉普顿在这里埋身，
反抗过当地的小霸王，胆大，坚决；
也许有缄口的米尔顿，从没有名声；
有一位克伦威尔，并不曾害国家流血。

要博得满场的元老雷动的鼓掌，
无视威胁，全不顾存亡生死，
把富庶，丰饶遍播到四处八方，
打从全国的笑眼里读自己的历史——

他们的命运可不许：既不许罪过
有所放纵，也不许发挥德行；
不许从杀戮中间涉登宝座
从此对人类关上仁慈的大门；

不许掩饰天良在内心的发作，
隐瞒天真的羞愧，恬不红脸；
不许用诗神的金焰点燃了香火
锦上添花去塞满"骄""奢"的神龛。

远离了纷纭人世的勾心斗角，
他们有清醒愿望，从不学糊涂，
顺着生活的清凉僻静的山坳，
他们坚持了不声不响的正路。

可是叫这些尸骨免受到糟踏，
还是有脆弱的碑牌树立在近边，
点缀了拙劣的韵语、凌乱的刻划，

请求过往人就便献一声婉叹。

无闻的野诗神注上了姓名、年份,
另外再加上地址和一篇悼词;
她在周围撒播了一些经文,
教训乡土道德家怎样去死。

要知道谁甘愿舍身哑口的"遗忘",
坦然撇下了忧喜交织的此生,
谁离开风和日暖的明媚现场
而能不依依地回头来顾盼一阵?

辞世的灵魂还依傍钟情的怀抱,
临闭的眼睛需要尽哀的珠泪,
即使坟冢里也有"自然"的呼号
他们的旧火还点燃我们的新灰。

至于你,我关心这些默默的陈死人,
用这些诗句讲他们质朴的故事,
假如在幽思的引导下,偶然有缘分,
一位同道来问起你的身世——

也许会有白头的乡下人对他说,
"我们常常看见他,天还刚亮,
就用匆忙的脚步把露水碰落,
上那边高处的草地去会晤朝阳;

"那边有一棵婆娑的山毛榉老树,
树底下隆起的老根盘错在一起,
他常常在那里懒躺过一个中午,
悉心看旁边一道涓涓的小溪。

"他转游到林边,有时候笑里带嘲,
念念有词,发他的奇谈怪议,
有时候垂头丧气,像无依无靠,
像忧心忡忡或者像情场失意。
"有一天早上,在他惯去的山头,

灌木丛,他那棵爱树下,我不见他出现;
第二天早上,尽管我走下溪流,
上草地,穿过树林,他还是不见。

"第三天我们见到了送葬的行列,
唱着挽歌,抬着他向坟场走去——
请上前看那丛老荆棘底下的碑碣,
(你是识字的)请念念这些诗句":

墓铭

这里边,高枕地膝,是一位青年,
生平从不曾受知于"富贵"和"名声";
"知识"可没轻视他出身的微贱,
"清愁"把他标出来认作宠幸。

他生性真挚,最乐于慷慨施惠,
上苍也给了他同样慷慨的报酬;
他给了"坎坷"全部的所有,一滴泪;
从上苍全得了所求,一位朋友。

别再想法子表彰他的功绩,
也别再把他的弱点翻出了暗窖
(他们同样在颤抖的希望中休息)。
那就是他的天父和上帝的怀抱。

卜珊 译

作 / 品 / 赏 / 析

《墓畔哀歌》是英国文学史上的一篇杰作,堪称感伤主义的典范作品。这首诗的创作初衷是为了悼念诗人在伊顿公学读书时的好友理查德·维斯特,但是诗作的内容已远远超越了对一个具体人物的哀思,诗人通过对一处乡村墓园的描写,表达了对于默默无闻的下层人民的深切同情和哀思,并且对他们的善良淳朴的品质进行由衷的赞扬,同时也嘲讽了人们对于虚荣的追求,批判了权贵阶层的奢侈淫逸,体现了诗人鲜明的民主思想。全诗弥漫着感伤哀婉的情绪,语言具有雕琢般的精致,是新古典主义文学成就的杰出代表,也开启了浪漫主义新的一页。

相逢与别离 /歌德

我的心在跳，赶快上马！
霎时间立即奔上征途；
黄昏已把大地摇入睡乡，
群山笼罩着一片夜幕；
橡树已披上云雾的衣裳，
像屹立着的巨人一样，
幽暗从那边的茂林之中
睁着无数黑眼睛张望。

月亮从山一样的云端里
分开薄雾凄凉地窥瞧；
山风鼓动着轻捷的羽翼，
在我耳边凄厉地呼号。
黑夜创造出无数的怪象，
我的心却快乐而高兴；
我的血管里燃烧着火焰！
我的心房里充满热情！

我看到你，从你的秋波里
就倾泻出温和的欢喜；
我的心完全守在你身旁，
我一呼一吸都是为你。
一种蔷薇色的春天光彩，

· 作者简介 ·

约翰·沃尔夫冈·歌德（1749-1832），德国18世纪末19世纪初最伟大的诗人、作家和思想家。

歌德生于法兰克福，1765年入莱比锡大学学习，1770年又入斯特拉斯堡大学继续学业，毕业后当了律师，并为《法兰克福学者通讯》撰稿。他的成名作《少年维特之烦恼》就是在这一时期创作的。1789年法国大革命后不久，歌德完成了《浮士德》第一部，并在晚年完成《浮士德》全部。歌德的文学创作贡献杰出，创立了德国近代小说，把德国诗歌带入世界文学之林。歌德一生完成和未完成的作品70多部，如《铁手骑士》《克拉维果》《埃格蒙特》，古典悲剧《伊菲革涅亚在陶里斯》《大科夫塔》《市民将军》等。

笼罩着你可爱的面庞,
你对我表示的深情——天啊,
我无福消受,徒然巴望!

可是,呵,离愁已随着晨曦
一步步塞满我的忧胸:
在你的亲吻里,充满苦痛!
我去了,你站在那儿俯望,
你目送着我,泪珠满目:
可是,呵,被人爱,多么幸福!
天呵,有所爱,多么幸福!

钱春绮 译

作/品/赏/析

《相逢与别离》是一首爱情诗,写于1771年春,当时歌德22岁,正热恋着塞森海姆牧师的女儿芙丽德利凯·布利翁。本诗曾由舒伯特等作曲。在早期,作为德国狂飙运动的代表人物,歌德的诗歌中充满浪漫热烈的情感和叛逆精神,语言奔放,多表达对自由的向往和对人性的高度颂扬。《相逢与别离》充满炽烈的爱的激情,很能体现歌德早期诗作的特点。全诗共四节,第一、第二节注重自然景物的描写,但是这些景物在获得爱情的诗人的笔下已经披上了浓重的情感色彩,充满浪漫的气息:"黄昏已把大地摇入睡乡,群山笼罩着一片夜幕;槲树已披上云雾的衣裳,像屹立着的巨人一样,幽暗从那边的茂林之中/睁着无数黑眼睛张望。"黑夜来临,尽管有一种幽暗的恐怖,但是在诗人看来,却如梦似幻,充满美好的诗意:"月亮从山一样的云端里/分开薄雾凄凉地窥瞧;山风鼓动着轻捷的羽翼,在我耳边凄厉地呼号。"这些都是为渲染爱情的浓重笔墨,所以,"黑夜创造出无数的怪象,我的心却欢乐而高兴;我的血管里燃烧着火焰!我的心房里充满热情!"至此,诗人转入对情人的迷人的描述,并且直白热切地表达着内心的情感,"我看到你,从你的秋波里/就倾泻出温和的欢喜;我的心完全守在你身旁,我一呼一吸都是为你。"诗人完全陶醉在这美好的约会中,并在依依不舍的离别之际表达着无限的深情:"可是,呵,被人爱,多么幸福!天呵,有所爱,多么幸福!"将景与情高度融合,是这首诗艺术上的成功之处。

歌德,德国最伟大的诗人,也是自文艺复兴以来,世界文坛上的文学大师。

迷娘歌 /歌德

你可知道，那柠檬花开的地方？
黯绿的密叶中映着橘橙金黄，
骀荡的和风起自蔚蓝的天上，
还有那长春幽静和月柱轩昂——
你可知道吗？
那地方啊！就是那地方，
我心爱的人儿，我要与你同往！

你可知道，那圆柱高耸的大厦，
那殿宇的辉煌，和房栊的光华，
伫立的白石像向我脉脉凝视：
"可怜的人儿，你受了多少折磨？"
你可知道吗？
那地方啊！就是那地方，
庇护我的恩人，我要与你同往！

你可知道，那高山和它的云径？
骡儿在浓雾里摸索它的路程，
黝古的蛟龙在幽壑深处隐潜，
崖崩石转，瀑布在那上面飞溅——
你可知道吗？
那地方啊！就是那地方，
我们启程吧，父亲，让我们同往！

梁宗岱 译

作/品/赏/析

迷娘是歌德的长篇小说《威廉·迈斯特的学习时代》中一个极富浪漫色彩和艺术魅力的人物。在这支《迷娘歌》中，她以心爱的人儿、恩人和父亲三重称呼来倾诉对意大利故土的怀念，同时也表达了她对威廉·迈斯特的依恋与感恩之情。这首诗歌是歌德诗作中的极品之一，曾被另一位德国大诗人海涅誉为是"一支写出了整个意大利的诗歌"。

一朵红红的玫瑰 /彭斯

啊！我爱人像一朵红红的玫瑰,
　　它在六月里初开;
啊,我爱人像一支乐曲,
　　美妙地演奏起来。

你是那么美,漂亮的姑娘,
　　我爱你那么深切;
我要爱你下去,亲爱的,
　　一直到四海枯竭。

一直到四海枯竭,亲爱的,
　　到太阳把岩石烧裂!
我会一直爱你,亲爱的,
　　只要是生命不绝。

再见吧——我唯一的爱人,
　　我和你小别片刻;
我要回来的,亲爱的,
　　即使万里相隔!

袁可嘉 译

·作者简介·

彭斯（1759-1796），苏格兰伟大的民族诗人。生于苏格兰的农民家庭。十一二岁时便和父亲一样干重活,维持家庭生活。母亲是个民歌手,这使他在很小的时候就能熟悉苏格兰民歌的旋律,为以后的创作打下了坚实的基础。1786年,因为和少女琪恩私下恋爱,触犯了教会和女方家庭。教会要制裁他,女方家庭则声称要将他投进监狱,这一切都是因为他的贫穷。诗人本准备前往牙买加,但已没有钱买船票。诗人迫不得已,在一个朋友的建议下,将自己的诗集《主要用苏格兰方言写的诗集》寄给了出版社。没想到这部诗集使诗人一跃成名,很快成了当时文化界的红人。诗人向往法国大革命,曾自费购买小炮运往法国。1792年,诗人因为发表革命言行被上级传讯,1795年,诗人加入反抗英法联军的农民志愿军。1789年,诗人获得一份税务官的职位,每天都要骑马巡行二百多里,同时还要务农。这些使得诗人劳累过度,心脏受损。37岁那年,年轻的诗人离开了人世。

彭斯

作/品/赏/析

这首诗出自诗人的《主要用苏格兰方言写的诗集》,是诗集中流传最广的一首诗。诗人写这首诗的目的是送给他的恋人——少女琪恩。诗人在诗中歌颂了恋人的美丽,表达了诗人的炽热感情和对爱情的坚定决心。

诗的开头用了一个鲜活的比喻——红红的玫瑰,一下子就将恋人的美丽写得活灵活现,同时也写出了诗人心中的感情。在诗人的心中,恋人不仅有醉人的外表,而且有着柔美灵动的心灵,像一段乐曲,婉转动人地倾诉着美丽的心灵。

诗人对恋人的爱是那样的真切、深情和热烈。那是种怎样的爱呀!——要一直爱到海枯石烂。这样的爱情专注使人想到中国的古老民歌:"上邪!我欲与君相知,长命无绝衰。山无陵,江水为竭,冬雷阵阵,夏雨雪,天地合,乃敢与君绝。"诗人的哀婉和柔情又可用《诗经》里的一句来说明:"执子之手,与子偕老。"何等的坚决和悠长!

爱的火焰在诗人的心中强烈地燃烧着,诗人渴望有着美好的结果。但是,此时的诗人已经是囊中羞涩,诗人知道这时的自己并不能给恋人带来幸福,他已经预感到自己要离去。但诗人坚信:这样的离别只是暂别,自己一定会回来的。

这首诗是诗人的代表作,它开了英国浪漫主义诗歌的先河,对济慈、拜伦等人有很大的影响。诗人用流畅悦耳的音调、质朴无华的词语和热烈真挚的情感打动了千百万恋人的心,也使得这首诗在问世之后成为人们传唱不衰的经典。诗歌吸收了民歌的特点,采用口语使诗歌朗朗上口,极大地显示了民歌的特色和魅力,读来让人感到诗中似乎有一种原始的冲动,一种原始的生命之流在流淌。另外,诗中使用了重复的句子,大大增强了诗歌的感情力度。在这首仅仅有16句的诗中,涉及"爱"的词语竟有十几处之多,然而并不使人感到重复和累赘,反而更加强化了诗人对恋人爱情的强烈和情感的浓郁程度。

1985年3月人民文学出版社出版的《彭斯诗选》封面

彭斯是18世纪苏格兰伟大的民族诗人。他吸收苏格兰方言的精华,融入自己的独创见解,发展出一种崭新的诗歌形式,言辞素朴,情感浓烈,思想尖锐,充满音乐魅力。彭斯的诗歌开了英国浪漫主义的先河,对其后的华兹华斯、拜伦、济慈等人影响极大。

欢乐颂   /席勒

一

欢乐啊,美丽的神奇的火花,
　极乐世界的仙姑,
天女啊,我们如醉如狂,
　踏进你神圣的天府。
为时尚无情地分隔的一切,
　你的魔力会把它们重新连结;
只要在你温柔的羽翼之下,
　一切的人们都成为兄弟。

合 唱

万民啊!拥抱在一处,
　和全世界的人接吻!
弟兄们——在上界的天庭,
一定有天父住在那里。

二

谁有那种极大的造化,
　能和一位友人友爱相处,
谁能获得一位温柔的女性,
　就让他来一同欢呼!

· 作者简介 ·

　　席勒(1759-1805),德国伟大的戏剧家、诗人。出生在德国符藤堡公国的一个小城,父亲是医生。13 岁时被强行送进一所管制极严的军事学校,度过了 8 年的囚犯式生活。但诗人还是接触到了进步思想,受"狂飙运动"的影响秘密写作诗歌和剧本。1780 年,诗人从军校毕业,成为一名军医。1781 年,诗人自费出版剧本《强盗》。这出表达了进步思想的戏剧在 1782 年上演,诗人秘密越界观看,事发后被关了禁闭,还被剥夺了写作的权利。诗人设法逃离了符藤堡公国,在各地流浪。同年,诗人出版了著名的《阴谋与爱情》。1786 年,穷困潦倒的诗人受到朋友的接济,才开始过上稳定的生活。1787 年,他定居在魏玛,开始转向哲学研究,写下了《美育书简》等著作。1794 年,诗人与歌德相识,受歌德的影响又回到了文学创作的路子上,开始了诗人最辉煌的创作时期。期间,诗人创作了《华伦斯坦》《威廉·退尔》《奥尔良的姑娘》等作品。1791 年,诗人由于长期的艰苦生活得了重病,于 1805 年去世。

真的——在这世界之上
　总要有一位能称为知心！
否则，让他去向隅暗泣，
　离开我们这个同盟。

合　唱
居住在大集体中的众生，
　请尊重这共同的感情！
　她会把你们向星空率领，
领你们去到冥冥的天庭。

三
一切众生都从自然的
　乳房上吮吸欢乐；
大家都尾随着她的芳踪，
　不论何人，不分善恶。
欢乐赐给我们亲吻和葡萄
　以及刎颈之交的知己；
连蛆虫也获得肉体的快感，
　更不用说上帝面前的天使。

合　唱
万民啊，你们跪倒在地？
　世人啊，你们预感到造物主？
　请向星空的上界找寻天父！
他一定住在星空的天庭那里。

四
欢乐就是坚强的发条，
　使永恒的自然循环不息。
在世界的大钟里面，
　欢乐是推动齿轮的动力。
她使蓓蕾开成鲜花，
　她使太阳照耀天空，
望远镜看不到的天体，
　她使它们在空间转动。

合 唱

弟兄们!请你们欢欢喜喜,
　在人生的旅途上前进,
　像行星在天空里运行,
像英雄一样快乐地走向胜利。

五

从真理的光芒四射的镜面上,
　欢乐对着探索者含笑相迎。
她给他指点殉道者的道路,
　领他到道德的险峻的山顶。
在阳光闪烁的信仰的山头,
　可以看到欢乐的大旗飘动,
就是从裂开的棺材缝里,
　也见到她站在天使的合唱队中。

席勒

合 唱

万民啊!请勇敢地容忍!
　为了更好的世界容忍!
　在那边上界的天庭,
伟大的神将会酬报我们。

六

我们无法报答神灵;
　能和神一样快乐就行。
不要计较贫穷和愁闷,
　要和快乐的人一同欢欣。
应当忘记怨恨和复仇,
　对于死敌要加以宽恕。
不要让他哭出了泪珠,
　不要让他因后悔而受苦。

合 唱

把我们的帐簿全部烧光!
　跟全世界的人进行和解!
　弟兄们——在星空的上界,
神担任审判,也像我们这样。

七

欢乐从酒杯中涌了出来;
　饮了这金色的葡萄汁液,
吃人的人也变得温柔,
　失望的人也添了勇气——
弟兄们,在巡酒的时光,
　请离开你们的座位,
让酒泡向着天空飞溅:
　对善良的神灵举起酒杯!

合　唱

把这杯酒奉献给善良的神灵,
　在星空上界的神灵,
　星辰的合唱歌颂的神灵,
天使的颂歌赞美的神灵!

八

在沉重的痛苦中要拿出勇气,
　对于流泪的无辜者要加以援手,
已经发出的誓言要永远坚守,
　要实事求是对待敌人和朋友,
在国王的驾前要保持男子的尊严,——
　弟兄们,生命财产不足置惜——
让有功绩的人戴上花冠,
　让欺瞒之徒趋于毁灭!

合　唱

我们要巩固这神圣的团体,
　凭着这金色的美酒起誓,
　对这盟约要永守忠实,
请对星空的审判者起誓!

钱春绮 译

作/品/赏/析

这首诗写于1785年10月的德累斯顿的罗斯维兹村。这时的诗人在朋友克尔纳等人的帮助下,刚刚从生活的水深火热(债务累累、艺术活动受到严重挫折)中摆脱出来。这些朋友们在罗斯维兹欢聚一堂,并且邀请席勒参加。

1788年,席勒(中立者)在一次文艺界人士的聚会上朗诵他的诗作。

在朋友热情的笑脸面前,在青翠的绿荫下,在欢声不断的野餐会上,席勒的心情被深深感染,一股欢乐的源泉在诗人的心中奔涌而出,诗情荡漾。这首著名的颂诗就这样诞生了。

诗共分8节,每段的后面都有"合唱"部分,作为正诗的副歌,使得诗歌的结构更加完整、情绪更加热烈、更易于打动人。诗中以山洪爆发般的热情和一泻千里的气势对友谊、自然、欢乐、上帝、神灵做了赞颂。

诗人赞美友谊。友谊是生活中必不可少的因素,它让人得到温暖和欢乐。诗人赞美自然,她是人类的母亲,自然的乳汁是快乐的源泉。在她的眼里,万物平等,即使蛆虫也能和天使一样获得快乐。

诗人赞美欢乐。诗人把欢乐比拟为天上的女神,她能缝合世间一切的裂痕;她是自然界坚强的发条,推动世界永恒运行,使鲜花开放,使太阳照耀天空,她掌控着我们看不见的天体;她是生活的向导,引领人们向着真理前进,在信仰的山头欢呼。欢乐是宽容的、涵盖一切的精神,有了她生活的一切都会变得美好。

诗人也赞美上帝、神灵,特别是在副歌中,诗人大声喊出了自己心中对上帝、神灵的赞美和神往。诗人在这里并不一定是在宣扬宗教的什么东西,只不过是借此表达心中的信仰。也许只有信仰的力量才能表达诗人心中的坚定和赞美,也许上帝就是欢乐的化身。

诗在泛爱主义思想的笼罩下,始终充满着乐观进取的精神,一种轻松欢快的情绪、一种人类的精神、一种生命的热情在不自觉中感染着读诗的人们。这种情绪、激情在半个世纪后为音乐家贝多芬感受到,贝多芬为这首诗谱了曲,作为他的《第九交响曲》的结束合唱曲,此后《欢乐颂》与贝多芬的曲子一道传遍了全世界。

咏水仙 /华兹华斯

我好似一朵孤独的流云,
　高高地飘游在山谷之上,
突然我看到一大片鲜花,
　是金色的水仙遍地开放。
它们开在湖畔,开在树下,
它们随风嬉舞,随风飘荡。

它们密集如银河的星星,
　像群星在闪烁一片晶莹;
它们沿着海湾向前伸展,
　通往远方仿佛无穷无尽;
一眼看去就有千朵万朵,
万花摇首舞得多么高兴。

粼粼湖波也在近旁欢跳,
　却不如这水仙舞得轻俏;
诗人遇见这快乐的旅伴,
　又怎能不感到欢欣雀跃;
我久久凝视——却未领悟
这景象所给我的精神至宝。

后来多少次我郁郁独卧,
　感到百无聊赖心灵空漠;
这景象便在脑海中闪现,
　多少次安慰过我的寂寞;
我的心又随水仙跳起舞来,
我的心又重新充满了欢乐。

顾子欣 译

· 作者简介 ·

华兹华斯（1770-1850），19世纪英国著名的"湖畔"诗人，英国浪漫主义诗歌的奠基者。出生在英格兰西北部的湖区。1791年毕业于剑桥大学。曾参与法国大革命活动，但革命后的混乱景象使诗人的心灵大为受伤。1799年，诗人和骚塞、柯勒律治等人回到家乡，时常吟诗，求乐于山水之间。1798年诗人和柯勒律治共同出版了《抒情歌谣集》，一举成名。1813年，诗人成为政府官员，诗情逐渐枯竭。诗人晚年被授予"桂冠诗人"的称号。诗人一生创作甚富，作品除上面提的外，还有《丁登寺》《孤独的收割人》《致杜鹃》等。

作/品/赏/析

这首诗写于诗人从法国回来不久。诗人带着对自由的向往去了法国，参加一些革命活动。但法国革命没有带来预期的结果，随之而来的是混乱。诗人的失望和所受的打击是可想而知的，后在他的妹妹和朋友的帮助下，情绪才得以艰难地恢复。这首诗就写于诗人的心情平静之后不久。

华兹华斯

在诗的开头，诗人将自己比喻为一朵孤独的流云，孤单地在高高的天空飘荡。孤傲的诗人发现了一大片金色的水仙，它们欢快地遍地开放。在诗人的心中，水仙已经不是一种植物了，而是一种象征，代表了一种灵魂，代表了一种精神。

水仙很多，如天上的星星，都在闪烁。水仙似乎是动的，沿着弯曲的海岸线向前方伸展。诗人为有这样的旅伴而欢欣鼓舞，欢呼跳跃。在诗人的心中，水仙代表了自然的精华，是自然心灵的美妙表现。但是，欢快的水仙并不能随时伴在诗人的身边，诗人离开了水仙，心中不时冒出忧郁孤寂的情绪。这时诗人写出了一种对社会、世界的感受：那高傲、纯洁的灵魂在现实的世界只能郁郁寡欢。当然，诗人脑海的深处会不时浮现水仙那美妙的景象，这时的诗人又情绪振奋，欢欣鼓舞。

诗歌的基调是浪漫的，同时带着浓烈的象征主义色彩。可以说，诗人的一生只在自然中找到了精神的寄托。而那平静、欢欣的水仙就是诗人自己的象征，在诗中，诗人的心灵和水仙的景象融合了。这首诗虽然是在咏水仙，但同时也是诗人自己心灵的抒发和感情的外化。

诗人有强烈的表达自我的意识，那在山谷上的高傲形象，那水仙的欢欣，那郁郁的独眠或是诗人自己的描述，或是诗人内心的向往。诗人的心灵又是外向的，在自然中找到了自己意识的象征。那自然就进入了诗人的心灵，在诗人的心中化为了象征的意象。

去国行 /拜伦

一

别了,别了!故国的海岸
　消失在海水尽头;
汹涛狂啸,晚风悲叹,
　海鸥也惊叫不休。
海上的红日径自西斜,
　我的船扬帆直追;
向太阳、向你暂时告别,
　我的故乡呵,再会!

二

不几时,太阳又会出来,
　又开始新的一天;
我又会招呼蓝天、碧海,
　却难觅我的家园。
华美的第宅已荒无人影,
　炉灶里火灭烟消;
墙垣上野草密密丛生,
　爱犬在门边哀叫。

三

"过来,过来,我的小书童!
　你怎么伤心痛哭?
你是怕大海浪涛汹涌,
　还是怕狂风震怒?
别哭了,快把眼泪擦干;
　这条船又快又牢靠:
咱们家最快的猎鹰也难
　飞得像这般轻巧。"

四

"风只管吼叫,浪只管打来,
　我不怕惊风险浪;

可是，公子呵，您不必奇怪
　我为何这样悲伤；
只因我这次拜别了老父，
　又和我慈母分离，
离开了他们，我无亲无故，
　只有您——还有上帝。

五

"父亲祝福我平安吉利，
　没怎么怨天尤人；
母亲少不了唉声叹气，
　巴望到我回转家门。"
"得了，得了，我的小伙子！
　难怪你哭个没完；
若像你那样天真幼稚，
　我也会热泪不干。

六

"过来，过来，我的好伴当！
　你怎么苍白失色？
你是怕法国敌寇凶狂，
　还是怕暴风凶恶？"
"公子，您当我贪生怕死？
　我不是那种脓包；
是因为挂念家中的妻子，
　才这样苍白枯槁。

七

"就在那湖边，离府上不远，
　住着我妻儿一家；
孩子要他爹，声声哭喊，
　叫我妻怎生回话？"
"得了，得了，我的好伙伴！
　谁不知你的悲伤；
我的心性却轻浮冷淡，
　一笑就去国离乡。"

八

谁会相信妻子或情妇
　虚情假意的伤感?
两眼方才还滂沱如注,
　又嫣然笑对新欢。
我不为眼前的危难而忧伤,
　也不为旧情悲悼;
伤心的倒是:世上没一样
　值得我珠泪轻抛。

九

如今我一身孤孤单单,
　在茫茫大海漂流;
没有任何人把我牵念,
　我何必为别人担忧?
我走后哀吠不休的爱犬
　会跟上新的主子;
过不了多久,我若敢近前,
　会把我咬个半死。

十

船儿呵,全靠你,疾驶如飞,
　横跨那滔滔海浪;
任凭你送我到天南地北,
　只莫回我的故乡。

·作者简介·

拜伦(1788-1824),19世纪英国著名浪漫主义诗人。出身于贵族家庭。1805年入剑桥大学,接触到早期的浪漫主义诗歌。1809年开始在欧洲各地游历,期间写下著名的《恰尔德·哈洛尔德游记》前两章(后两章在瑞士完成)。1812年,他出席上议院,慷慨陈辞,抨击英国政府枪杀破坏机器的工人,指责政治黑暗,遭到英国政府的嫉恨。1816年,政府利用诗人离婚之机对他大加诽谤,诗人不得不离开祖国,取道瑞士前往意大利,在瑞士和雪莱相识,两人结下了深厚的友谊。期间,诗人写下了《普罗米修斯》《锡庸的囚徒》。在意大利期间,诗人参加烧炭党人反对暴政的起义,同时写下了长诗《青铜时代》《唐璜》等。1823年,诗人前往希腊参加希腊人民反抗土耳其侵略的战斗。次年,诗人在战场上感染伤寒,医治无效,献出了自己的生命。

我向你欢呼,苍茫的碧海!
　当陆地来到眼前,
我就欢呼那石窟、荒埃!
　我的故乡呵,再见!

杨德豫 译

作/品/赏/析

　　这首诗出自诗人著名的长诗《恰尔德·哈洛尔德游记》,是其中独立成章的一篇著名抒情诗。这首诗是拜伦受英国著名小说家司各特的一首小诗《晚安曲》的启发而写成的,又有人称之为《晚安曲》。1923年,离开祖国的中国诗人苏曼殊心忧祖国,心情沉重之余想起了这首诗,便将它译为《去国行》,诗名沿用至今。这首诗,是长诗的主人公恰尔德·哈洛尔德将要乘船离开英国海岸时所唱的歌曲。诗歌表现了诗人对祖国的深厚感情,也表达了诗人心中对社会现实的强烈不满,充满了强烈的浪漫主义精神和对自由的热切追求。

拜伦

　　诗歌共分10节,3个部分。第一部分是前两节,主要描写海上的景色。诗的第二部分(3-7节),以问答的形式,逐步深入地表现了主人公对祖国的感情和看法,流露了主人公对故国深深的失望和怨恨之情。剩下的第三部分,起到了点题的作用。故国对主人公不再有任何值得伤心的事物:情人的悲泣转眼就会笑对新欢,家中的忠仆很快就会不认得自己。主人公独自一人,心无牵挂,在茫茫的大海上飘荡。主人公要奔往新的大陆,追求新的生活。故乡,再见! 主人公在这样的呼喊中,毅然告别故乡,奔向自由的理想之邦。

　　这首诗在风格上有着典型的浪漫主义特征。诗中的主人公又何尝不是诗人自己,主人公的感情和看法又何尝不是诗人自己的感情和看法。诗中的主人公一定程度上已经成了"拜伦式的英雄",他高傲孤寂,愤世嫉俗,对现实有深深的不满,强烈追求个人的精神自由。

秋 /拉马丁

你好,顶上还留有余绿的树林!
在草地上面纷纷飘散的黄叶!
你好,最后的良辰!自然的哀情
适合人的痛苦,使我眼目喜悦。

我顺着孤寂的小路沉思徜徉;
我喜爱再来最后一次看一看
这苍白的太阳,它的微弱的光
在我脚边勉强照进黑林里面。

是的,在自然奄奄一息的秋天,
我对它朦胧的神色更加爱好;
这是良朋永别,是死神要永远
封闭的嘴唇上的最后的微笑。

因此,虽哀恸一生消逝的希望,
虽准备离开这个人生的领域,
我依旧回头,露出羡慕的眼光,
看一看我未曾享受到的幸福。

大地,太阳,山谷,柔美的大自然,
我行将就木,还欠你一滴眼泪!
空气多么芬芳!晴光多么鲜妍!
在垂死者眼中,太阳显得多美!

> **· 作者简介 ·**
>
> 拉马丁(1790—1869),19世纪法国著名浪漫主义诗人。出生于贵族家庭。在宁静的乡村度过幼年,喜爱《圣经》和夏多布里昂等人的浪漫主义作品。在政治上坚持资产阶级自由主义立场,宣扬人道主义,向往宗法社会,提倡诗歌应为社会服务。1820年,他的第一部诗集《沉思集》发表。在诗中诗人歌颂爱情、死亡、自然和上帝,认为人生是失望和痛苦的根源,把希望寄托在已经消逝的事物和天堂的幻想上,或转向大自然寻求慰藉。诗人之后发表的《新沉思集》《诗与宗教的和谐集》等作品,继续着这些主题,但日趋明朗的宗教信念冲淡了忧郁的氛围。拉马丁的诗歌多是感情的自然流露,给人以轻灵、飘逸的感觉,着重抒发内心的感受,语言朴素。《沉思集》被认为重新打开了法国抒情诗的源泉,为浪漫主义诗歌开辟了新天地。

这掺和着琼浆与胆汁的杯子,
如今我要把它喝得全部空空:
在我痛饮生命的酒杯的杯底,
也许还有一滴蜜遗留在其中!

也许美好的将来还给我保存
一种已经绝望的幸福的归宁!
也许众生中有我不知道的人
能了解我的心,跟我同声相应!
……

好花落时,向微风献出了香气;
这是它在告别太阳,告别生命:
我去了;我的灵魂,在弥留之际,
像发出一种和谐的凄凉之音。

钱春绮 译

作/品/赏/析

诗歌叙述了即将告别人世的诗人对自然、人生的种种慨叹。诗的开头描摹了一个"顶上还留有余绿的树林",草地上飘散着黄叶的萧杀秋景,一下子将读者带入一个荒凉、感伤的氛围。在沉寂的林间小路上,诗人踯躅独行,沉思默想。即将辞别人世了,诗人的心情是灰暗的,在诗人眼中,太阳是那样的苍白无力,大地也奄奄一息。

拉马丁

然而诗人对自然、人生仍存有眷恋之意,诗人"虽哀恸一生消逝的希望",但仍"露出羡慕的眼光",注视着大自然,享受自己以前未曾享受到的幸福。诗人哀戚的心中升腾起淡淡的希望:美好的将来在等候着诗人——尽管那是一种绝望的幸福的归宁;芸芸众生中,有理解诗人的陌生人,他们与诗人同病相怜、同声相应。

拉马丁是法国历代诗人中借景抒情的高手。他的许多诗篇就是美丽的风景画,而且有着油画的灰调色彩。《秋》一诗突出地体现了拉马丁"寄情于景"的创作风格。通观全诗,笼罩着抑郁、悲凉、空灵的气氛,诗人的"沉思"又将读者带入一种飘逸的境界。诗的语言朴实,韵律和谐,朗朗上口;以"我"的口气抒发诗人的内心感受,增强了亲切感,从而引起读者的强烈共鸣。诗歌的情调虽然过于消极,但又着实优雅感人。

西风颂 /雪莱

一

哦,狂暴的西风,秋之生命的呼吸!
  你无形,但枯死的落叶被你横扫,
有如鬼魅碰到了巫师,纷纷逃避:

黄的,黑的,灰的,红得像患肺痨,
  呵,重染疫疠的一群:西风呵,是你
以车驾把有翼的种子催送到

黑暗的冬床上,它们就躺在那里,
  像是墓中的死尸,冰冷,深藏,低贱,
直等到春天,你碧空的姊妹吹起

她的喇叭,在沉睡的大地上响遍,
  (唤出嫩芽,像羊群一样,觅食空中)
将色和香充满了山峰和平原:

不羁的精灵呵,你无处不运行;
破坏者兼保护者:听吧,你且聆听!

二

没入你的急流,当高空一片混乱,
  流云像大地的枯叶一样被撕扯
脱离天空和海洋的纠缠的枝干。

成为雨和电的使者:它们飘落
  在你的磅礴之气的蔚蓝的波面,
有如狂女的飘扬的头发在闪烁,

从天穹最遥远而模糊的边沿

直抵九霄的中天，到处都在摇曳
欲来雷雨的卷发。对濒死的一年

你唱出了葬歌，而这密集的黑夜
　　将成为它广大墓陵的一座圆顶，
里面正有你的万钧之力在凝结；

那是你的浑然之气，从它会迸涌
黑色的雨，冰雹和火焰：哦，你听！

三

是你，你将蓝色的地中海唤醒，
　　而它曾经昏睡了一整个夏天，
被澄澈水流的回旋催眠入梦，

就在巴亚海湾的一个浮石岛边，
　　它梦见了古老的宫殿和楼阁
在水天辉映的波影里抖颤，

而且都生满青苔，开满花朵，
　　那芬芳真迷人欲醉！呵，为了给你
让一条路，大西洋的汹涌的浪波

把自己向两边劈开，而深在渊底
　　那海洋中的花草和泥污的森林
虽然枝叶扶疏，却没有精力；
听到你的声音，它们已吓得发青：

· 作者简介 ·

　　雪莱（1792-1822），19世纪英国著名浪漫主义诗人。出生在一个古老而保守的贵族家庭。少年时在皇家的伊顿公学就读。1810年入牛津大学学习，开始追求民主自由。1811年，诗人因为写作哲学论文推理上帝的不存在，宣传无神论，被学校开除；也因此得罪父亲，离家独居。1812年，诗人又偕同新婚的妻子赴爱尔兰参加那里的人们反抗英国统治的斗争，遭到英国统治阶级的忌恨。1814年，诗人与妻子离婚，与玛丽小姐结合。英国当局趁机对诗人大加诽谤中伤，诗人愤然离开祖国，旅居意大利。1822年7月8日，诗人出海航行遭遇暴风雨，溺水而亡。诗人一生创作了大量优秀的抒情诗及政治诗，《致云雀》《西风颂》《自由颂》《解放了的普罗米修斯》《暴政的假面游行》等诗都一直为人们传唱不衰。

一边战栗,一边自动萎缩:哦,你听!

四

唉,假如我是一片枯叶被你浮起,
　　假如我是能和你飞跑的云雾,
是一个波浪,和你的威力同喘息

假如我分有你的脉搏,仅仅不如
　　你那么自由,哦,无法约束的生命!
假如我能像在少年时,凌风而舞

便成了你的伴侣,悠游天空
　　(因为呵,那时候,要想追你上云霄,
似乎并非梦幻),我就不致像如今

这样焦躁地要和你争相祈祷。
　　哦,举起我吧,当我是水波、树叶、浮云!
我跌在生活的荆棘上,我流血了!

这被岁月的重轭所制服的生命
原是和你一样:骄傲、轻捷而不驯。

五

把我当作你的竖琴吧,有如树林:
　　尽管我的叶落了,那有什么关系!
你巨大的合奏所振起的乐音

将染有树林和我的深邃的秋意:
　　虽忧伤而甜蜜。呵,但愿你给予我
狂暴的精神!奋勇者呵,让我们合一!

请把我枯死的思想向世界吹落,
　　让它像枯叶一样促成新的生命!
哦,请听从这一篇符咒似的诗歌,

就把我的话语,像是灰烬和火星
　　从还未熄灭的炉火向人间播散!

让预言的喇叭通过我的嘴唇

把昏睡的大地唤醒吧!要是冬天
已经来了,西风呵,春日怎能遥远?

查良铮 译

作/品/赏/析

《西风颂》是雪莱"三大颂"诗歌中的一首,写于1819年。这时诗人正旅居意大利,处于创作的高峰期。这首诗可以说是诗人"骄傲、轻捷而不驯的灵魂"的自白,是时代精神的写照。诗人凭借自己的诗才,借助自然的精灵让自己的生命与鼓荡的西风相呼相应,用气势恢宏的篇章唱出了生命的旋律和心灵的狂舞。

诗共分5节,前3节写"西风"。那狂烈的西风,它的威力可以将一切腐朽的生命扯碎,天空在它的呼啸中战栗着。看吧!那狂暴犹如狂女的头发,在天地间摇曳,布满整个宇宙;那黑夜中浓浓的无边际的神秘,是西风力量的凝结;那黑色的雨、冰雹和火焰是它的帮手。这力量足以打破一切。

雪莱

在秋天,西风狂暴地将陈腐的生命吹去,以横扫千军之势除去没有生机的枯叶,吹去那痨病似的生命。然而,它没有残杀一粒生命。它要将种子放进冬天深深的心中,在那里生根发芽,埋下春的信息。然后,西风吹响春的号角,让碧绿、香气布满大地,让它们随着西风运行的足迹四处传播。经过西风的破坏和培育,生命在旺盛地生长;那景象、那迷人的芳香在迅速地蔓延着,那污浊的、残破的东西已奄奄一息,在海底战栗着。

诗人用优美而蓬勃的想象写出了西风的形象。那气势恢宏的诗句,强烈撼人的激情把西风的狂烈、急于扫除旧世界创造新世界的形象展现在人们面前。诗中比喻奇特,形象鲜明,枯叶的腐朽、狂女的头发、黑色的雨、夜的世界无不深深地震撼着人们的心灵。

诗歌的后两段写诗人与西风的应和。"我跌在生活的荆棘上,我流血了!"这令人心碎的诗句道出了诗人不羁心灵的创伤。尽管如此,诗人愿意被西风吹拂,愿意自己即将逝去的生命在被撕碎的瞬间感受到西风的精神,西风的气息;诗人愿奉献自己的一切,为即将到来的春天奉献。在诗的结尾,诗人以预言家的口吻高喊:
"要是冬天已经来了,西风呵,春日怎能遥远?"

这里,西风已经成了一种象征,它是一种无处不在的宇宙精神,一种打破旧世界,追求新世界的西风精神。诗人以西风自喻,表达了自己对生活的信念和向旧世界宣战的决心。

致云雀

/雪莱

你好啊,欢乐的精灵!
你似乎从不是飞禽,从天堂或天堂的邻近,
以酣畅淋漓的乐音,不事雕琢的艺术,
倾吐你的衷心。

向上,再向高处飞翔,从地面你一跃而上,
像一片烈火的轻云,掠过蔚蓝的天心,
永远歌唱着飞翔,飞翔着歌唱。

地平线下的太阳,放射出金色电光,
晴空里霞蔚云蒸,你沐浴明光飞行,
似不具形体的喜悦刚开始迅疾的远征。

淡淡的绛紫色黎明在你航程周围消融,
像昼空的一颗星星,虽然,看不见形影,
却可以听得清你那欢乐无比的强音——

那犀利明快的乐音,似银色星光的利箭,
它那盏强烈的明灯,在晨曦中逐渐暗淡,
以致难以分辨,却能感觉到就在空间。

整个的大地和大气,响彻你婉转的歌喉,
仿佛在荒凉的黑夜,从一片孤云的背后,
明月放射出光芒,清辉洋溢遍宇宙。

我们不知你是什么,什么和你最相似?
从霓虹似彩色云霞,也难降这样美的雨,
能和随你出现降下的乐曲甘霖相比。

像一位诗人,隐身在思想的明辉之中,
吟诵着即兴的诗韵,
直到普天下的同情都被未曾留意过的希望和忧虑唤醒;

像一位高贵的少女,居住在深宫的楼台,

在寂寞难言的时候，排遣为爱所苦的情怀，
甜美有如爱情的歌曲，溢出闺阁之外；

像一只金色萤火虫，在凝露的深山幽谷，
不显露出行止影踪，把晶莹的流光传播，
在遮断了我们视线的芳草和鲜花丛中；

像被她自己的绿叶荫蔽着的一朵玫瑰，
遭受到热风的摧残，直到她的芳菲
以过浓的香甜使那些鲁莽的飞贼沉醉；

晶莹闪烁的芳草地，春霖洒落时的声息，
雨后苏醒了的花蕾，称得上明朗、欢悦、清新的一切，
全都及不上你的音乐。
飞禽或精灵，什么甜美思绪在你心头？

我从来没有听到过爱情或醇酒的颂歌
能够迸涌出像这样神圣的极乐音流。

是赞婚的合唱也罢，是凯旋的欢歌也罢，
若和你的乐声相比，不过是空洞的浮夸，
人们可以觉察到，其中总有着贫乏。

什么样物象或事件，是你那欢歌的源泉？
田野、波涛或山峦？空中、陆上的形态？
是对同类的爱，还是对痛苦的绝缘？

你明澈强烈的欢快，使倦怠永不会出现，
那烦恼的阴影从来，接近不得你的身边，
你爱，却从不知晓过分充满爱的悲哀。

是醒来抑或是睡去，
你对死的理解一定比我们凡人梦到的更深刻真切，
否则你的乐曲音流，怎能像液态的水晶涌泻？

我们瞻前顾后，为了不存在的事物自扰，
我们最真挚的欢笑，也交织着某种苦恼，

我们最美的音乐是能倾诉哀思的曲调。

可是即使能够摈弃憎恨、傲慢和恐惧,
即使生来就从不会抛洒任何一滴眼泪,
我也不知,怎样才能接近于你的欢愉。

经一切欢乐的音律更加甜蜜而且美妙,
比一切书中的宝库更加丰盛而且富饶,
这就是鄙弃尘土的你啊你的艺术技巧。

交给我一半你的心必定是熟知的欢欣,
和谐、炽热的激情就会流出我的双唇,
全世界就会像此刻的我——侧耳倾听。

江枫 译

作/品/赏/析

和谐的音乐性、瑰丽的想象,以及感性与理性的完美结合,是英国浪漫主义诗人雪莱诗歌作品的显著特征。《致云雀》是诗人的名作,通过对云雀的歌声的形象生动地描述,表现了诗人对世界上一切美的感知和思考。在诗人的笔下,云雀是自由的化身:"你似乎从不是飞禽,从天堂或天堂的邻近,以酣畅淋漓的乐音,不事雕琢的艺术,倾吐你的衷心。"云雀欢乐的歌唱,总是伴随着自然界最美妙的事物,因此,云雀的歌声引发了诗人对艺术、对生活的全面思考。全诗所用最多的是形象生动的比喻,这些比喻都非常具有个性,不落俗套,将云雀的声音和身姿鲜活地展现在读者眼前。整首诗语言明快而准确,句式错落有致,押韵和谐,节奏舒缓而匀称,达到了非常完美的艺术境界。

雪莱在野外构思他的诗作。

爱底哲学 /雪莱

泉水总是向河水汇流,
河水又汇入海中,
天宇的轻风永远融有
一种甜蜜的感情;
世上哪有什么孤零零?
万物由于自然律
都必融汇于一种精神。
何以你我却独异?

你看高山在吻着碧空,
波浪也相互拥抱;
谁曾见花儿彼此不容:
姊妹把弟兄轻蔑?
阳光紧紧地拥抱大地,
月光在吻着海波:
但这些接吻又有何益,
要是你不肯吻我?

查良铮 译

作/品/赏/析

  雪莱在这首诗中做了这样一种表述,即自然界中万事万物无一不存在着爱的关系和爱的情感,诗人列举了自然界的种种景物,当然真正要说的还是"你"和"我"——人与人之间的关系。自然的万物都是那样的爱意融融,"何以你我却独异"?这是诗人发出的疑问。诗人正是通过对自然万物和谐相融的观察来审视人类之间情感的独异,并表达出诗人爱的哲学和对于爱的召唤。

  雪莱如此表达自己的诗歌观:"生命的形象表达在永恒的真理中的是诗。"又说:"诗是最美最善的思想在最善最美的时刻。"而这篇《爱底哲学》正是一首有着永恒的真理品质的、最善最美的诗。

夜莺颂 /济慈

我的心在痛,困顿和麻木
刺进了感官,有如饮过毒鸩,
又像是刚刚把鸦片吞服,
于是向着列溪忘川下沉:
并不是我嫉妒你的好运,
而是你的快乐使我太欢欣——
因为在林间嘹亮的天地里,
你呵,轻翅的仙灵,
你躲进山毛榉的葱绿和阴影,
放开歌喉,歌唱着夏季。

哎,要是有一口酒!那冷藏
在地下多年的清醇饮料,
一尝就令人想起绿色之邦,
想起花神,恋歌,阳光和舞蹈!
要是有一杯南国的温暖,
充满了鲜红的灵感之泉,
杯沿明灭着珍珠的泡沫,
给嘴唇染上紫斑;
哦,我要一饮而离开尘寰,
和你同去幽暗的林中隐没:

远远地、远远隐没,让我忘掉
你在树叶间从不知道的一切,
忘记这疲劳、热病和焦躁,
这使人对坐而悲叹的世界;
在这里,青春苍白、消瘦、死亡,
而"瘫痪"有几根白发在摇摆;
在这里,稍一思索就充满了
忧伤和灰色的绝望,
而"美"保持不住明眸的光彩,
新生的爱情活不到明天就枯凋。

去吧！去吧！我要朝你飞去，
不用和酒神坐文豹的车驾，
我要展开诗歌的无形羽翼，
尽管这头脑已经困顿、疲乏；
去了！呵，我已经和你同往！
夜这般温柔，月后正登上宝座，
周围是侍卫她的一群星星；
但这儿却不甚明亮，
除了有一线天光，被微风带过，
葱绿的幽暗，和苔藓的曲径。

我看不出是哪种花草在脚旁，
什么清香的花挂在树枝上；
在温馨的幽暗里，我只能猜想
这个时令该把哪种芬芳
赋予这果树，林莽，和草丛，
这白枳花，和田野的玫瑰，
这绿叶堆中易谢的紫罗兰，
还有五月中旬的娇宠，
这缀满了露酒的麝香蔷薇，
它成了夏夜蚊蚋的嗡萦的港湾。

我在黑暗里倾听：呵，多少次
我几乎爱上了静谧的死亡，
我在诗思里用尽了好的言辞，
求他把我的一息散入空茫；
而现在，哦，死更是多么富丽：
在午夜里溘然魂离人间，
当你正倾泻着你的心怀，
发出这般的狂喜！
你仍将歌唱，但我却不再听见——
你的葬歌只能唱给泥草一块。

永生的鸟呵，你不会死去！
饥饿的世代无法将你踩躏；
今夜，我偶然听到的歌曲
曾使古代的帝王和村夫喜悦；

或许这同样的歌也曾激荡
露丝忧郁的心，使她不禁落泪，
站在异邦的谷田里想着家；
就是这声音常常
在失掉了的仙域里引动窗扉：
一个美女望着大海险恶的浪花。

呵，失掉了！这句话好比一声钟
使我猛醒到我站脚的地方！
别了！幻想，这骗人的妖童，
不能老要弄它盛传的伎俩。
别了！别了！你怨诉的歌声
流过草坪，越过幽静的溪水，
溜上山坡；而此时，它正深深
埋在附近的溪谷中：
噫，这是个幻觉，还是梦寐？
那歌声去了：——我是睡？是醒？

查良铮 译

·作者简介·

济慈（1795–1821），19世纪英国著名浪漫主义诗人。生于伦敦一个马夫家庭。由于家境贫困，诗人不满16岁就离校学医，当学徒。1816年，他弃医从文，开始诗歌创作。1817年诗人出版第一本诗集。1818年，他根据古希腊美丽神话写成的《安狄米恩》问世。此后诗人进入诗歌创作的鼎盛时期，先后完成了《伊莎贝拉》《圣亚尼节前夜》《许佩里恩》等著名长诗，还有最脍炙人口的《夜莺颂》《希腊古瓮颂》《秋赋》等诗歌。也是在1818年，诗人爱上了范妮·布恩小姐，同时诗人的身体状况也开始恶化。在痛苦、贫困和甜蜜交织的状况下，诗人写下了大量的著名诗篇。1821年，诗人前往意大利休养，不久病情加重，年仅25岁就离开了人世。

作/品/赏/析

1818年,济慈23岁。那年,诗人患上了肺痨,同时诗人还处于和范妮·布恩小姐的热恋中。正如诗人自己说的,他常常想的两件事就是爱情的甜蜜和自己死去的时间。在这样的情况下,诗人情绪激昂,心中充满着悲愤和对生命的渴望。在一个深沉的夜晚,在浓密的树枝下,在鸟儿嘹亮的歌声中,诗人一口气写下了这首8节80多行的《夜莺颂》。

相传,夜莺会死在月圆的晚上。在凄美而朦胧的月光中,夜莺会飞上最高的玫瑰枝,将玫瑰刺深深地刺进自己的胸膛,然后发出高亢的声音,大声歌唱,直到心中的血流尽,将花枝上的玫瑰染红。诗的题目虽然是"夜莺颂",但是,诗中基本上没有直接描写夜莺的词,诗人主要是想借助夜莺这个美丽的形象来抒发自己的感情。

济慈

诗人的心是困顿和麻木的,又在那样的浊世。这时候诗人听到了夜莺的嘹亮歌唱,如同令人振奋的神灵的呼声。诗人的心被这样的歌声感染,诗人的心同样也为现实的污浊沉重打击着。诗人向往那森林繁茂,树荫斑驳、夜莺欢唱的世界。他渴望饮下美妙的醇香美酒,愿意在这样的世界里隐没,愿意舍弃自己困顿、疲乏和痛苦的身体,诗人更愿意离开这污浊的社会。这是一个麻木的现实,人们没有思想,因为任何的思索都会带来灰色的记忆和忧伤的眼神。诗人听着夜莺曼妙的歌声,不再感觉到自己身体的存在,早已魂离人间。

夜色温柔地向四方扩散,月亮悄悄地爬上枝头,但林中仍然幽暗昏沉;微风轻吹,带领着诗人通过暗绿色的长廊和幽微的曲径。曲径通幽,诗人仿佛来到了更加美妙的世界。花朵错落有致地开放着,装点着香气弥漫的五月。诗人并不知道这些花的名称,但诗人靠着心灵的启发,靠着夜莺的指引,感受着深沉而宁静的世界。诗人沉醉在这样的世界里,渴望着生命的终结,盼着夜莺带着自己在这样的世界里常驻。

人民文学出版社1997年11月出版的《济慈诗选》中文版封面

这样的歌声将永生,这样的歌声已经在过去,在富丽堂皇的宫殿,在农民的茅屋上唱了很多年。这样的歌声仍将唱下去,流过草坪和田野,在污浊的人世唤醒沉睡的人们。诗人深深陶醉在这如梦如幻的境界中,全然不知道自己是在睡着还是在醒着。

诗歌具有强烈的浪漫主义特色,用美丽的比喻和一泻千里的流利语言表达了诗人心中强烈的思想感情和对自由世界的深深向往。从这首诗中,我们能很好体会到后人的评论:英国浪漫主义诗歌在济慈那里达到了完美。

罗蕾莱 /海涅

我不知道是何缘故，
我是这样的悲伤；
一个古老的传说，
萦回脑际不能相忘。

凉气袭人天色将暮，
莱茵河水静静北归；
群峰侍立，
璀璨于晚霞落晖。

那绝美的少女，
端坐云间，
她金裹银饰，
正梳理着她的金发灿灿。

她用金色的梳子梳着，
一边轻吟浅唱；
那歌声曼妙无比，
中人如痴如狂。

小舟中的舟子
痛苦难当；
他无视岩岸礁石，
只顾举首伫望。

嗳，波浪不久
就要吞没他的人和桨；
这都是罗蕾莱
又用歌声在干她的勾当。

欧凡 译

· 作者简介 ·

　　海涅（1797-1856），19世纪德国伟大的诗人。出生于一个贫穷的犹太人家庭，这使得他从童年起就接受了自由、民主的启蒙思想。自1819年起，诗人在叔父的资助下先后在波恩大学、柏林大学、哥廷根大学等学校学习；1825年，获得法律博士学位。期间，诗人开始了诗歌创作，后汇集为《诗歌集》。但同时他的进步思想也受到了普鲁士王国的压制。1824-1828年，诗人在国内和意大利等地游历，同时写有散文集《哈尔茨山游记》等。1831年，诗人因向往法国的"七月革命"离开祖国，在法国流亡，除两次短暂回国外，一直侨居在巴黎，和巴尔扎克、肖邦等文艺界的大师交往甚密。此外，诗人密切关注祖国的发展，积极向祖国的报刊杂志供稿，介绍法国的革命形势。1843年10月，诗人和马克思相识，两人结下了深厚的友谊。此后他的思想更接近觉醒的工人阶级，创作出很多著名的政治抒情诗，如长诗《德国，一个冬天的童话》《等着吧》等。1848年，席卷欧洲的革命失败，诗人的健康也开始恶化，这些使诗人陷入苦闷之中。1856年，诗人病逝于巴黎。

作/品/赏/析

　　《罗蕾莱》选自海涅的《新诗集》中的《还乡集》，写于1823年。诗歌原来没有标题，《罗蕾莱》是后人加上去的。

　　罗蕾莱是德国莱茵河畔100多米高的一块岩石，德国浪漫主义诗人布伦坦诺曾写了一篇名为《罗蕾莱》的叙事诗，诗中编造了一个关于魔女罗蕾莱的故事。罗蕾莱美丽娴雅、温柔妩媚，无数男子在她手中送了命，当地主教不忍对她判刑，于是派三位骑士送她去修道院忏悔修行。途中，罗蕾莱登上莱茵河畔的岩石，见到河中小舟，认定舟中的人是负心的情郎而一跃入江，三位骑士也死于非命。这个美丽的传说引发了当时许多浪漫主义诗人的诗兴，他们写下了许多以之为题材的诗作，其中以海涅的这首诗最为著名。

　　诗的第一节开始就把主人公的忧伤情绪点明，而忧伤又与那古老的传说有关，这就引起读者探知那古老的传说的兴趣，从而奠定了诗的气氛。第二节开始转为对传说的叙述。起初以写景为主，夕阳西沉，暮色苍茫，莱茵河水在静静地流淌，群峰在晚霞中默默耸立。这一节景物的描写不以真切细致取胜，而着重于气氛的渲染，也借景点出故事的时间和地点，而后逐渐将读者引入传说的故事中去，从现实世界逐渐进入神话世界。山峰和夕阳仿佛自然变形成为绝色少女，那金发金饰金梳着重表现落日余晖的灿烂绮丽色彩。诗的主人公在想象中好似见到了少女，她梳头的动作自然优美，歌声曼妙动人。那举止和歌声充满着诱惑，招引着过往行人。于是读者的目光被诗人从山峰上的美女引向江河中的痴情舟子，舟子被声的美妙和光的灿烂击中了，不顾危险只知仰望。第二节到第五节是神话世界。第六节诗的主人公又出现了，他虽已从故事中走出来，却还摆脱不了故事中的气氛，他为即将没顶的舟子担心。最后点出祸事的根源，原来他疑心那就是水妖罗蕾莱在作怪。

　　诗的结构严谨，第一节和最后一节紧紧相扣，中间四节叙事宕宕，引人入胜，语言优美，韵律流畅自然。加之诗人在诗中融入了自己的真切感情，因而这首诗有着极大的魅力，深受人们的喜爱。

流浪者之歌 /密茨凯维支

在今年春天才开放花朵的树,
沉醉于它自己的浓郁的香气;
水在溪溪地流着,夜莺在唱着;
还有鸣虫的声音也那么悦耳。

为什么,我尽在昏迷的想着,
在这渐长的日子不觉得快乐?
无非是因为我的心孤零,混乱——
我能同谁享受一路上的花朵?

在屋子的前面,在朦胧的黄昏,
有歌手们唱出了甜密的歌声;
六弦琴的音调和倦人的黑夜:
又将寂寞的泪带给我的眼睛。

他们恋爱着,那些欢乐的歌者,
他们唱着,为了那美丽的女人;
他们的歌声不能使我快乐——
我能同谁享受这和谐的乐音?

我的感触太多了,痛苦也太久,
可是我依然回不了我的家乡。

· 作者简介 ·

　　密茨凯维支(1798-1855),波兰诗人和革命家,生于立陶宛的一个律师家庭,1815年考入维尔诺大学。密茨凯维支所处的时代,波兰已被俄国、普鲁士和奥地利三国瓜分,在大学时期,他参加了秘密小组,积极从事波兰复国运动。1823年,密茨凯维支被沙皇政府逮捕,第二年被放逐到俄国,1848年,密茨凯维支在罗马组织波兰军团,力图推翻奥地利的统治,但未获成功。1855年,密茨凯维支到君士坦丁堡,打算再次组织军队抗击俄国,但是不久因感染霍乱而病逝。密茨凯维支的作品多描写波兰的民族解放运动,表现革命青年和爱国志士为祖国的复兴和民族的富强而英勇斗争的崇高精神,表达了诗人对于自由、平等的向往和对于未来的美好信念。他的诗歌在优美的语言中灌注着激昂的热情,带给读者以高洁的感受和热烈的鼓舞。1907年,鲁迅先生在向中国读者介绍密茨凯维支的时候曾高度评价他的诗说,"虽至今日,影响波兰人之心者,力犹无限"。

我能对谁倾吐一下我的不平?
在寂静的坟里,我才停止流浪。

我只听天由命地束手地坐着,
对这在风中抖着的蜡烛注视;
有时,我在心头谱成了一支歌,
有时,我突然拿起了忧愁的笔。

我有美的词句,有更美的思想;
我的感触多了,就不时地写作;
我的灵魂像是寡妇,只有冤苦——
我能献给谁呢,我的这样的歌?

我天天写下我的思想和词句——
为什么还缓和不了我的悲哀?
因为我的灵魂是年老的寡妇,
只有那许多孤儿们才能了解。

一天一天地过去,冬天和春天,
暴风雨来了,晴朗的天会过去;
流浪者的忧愁却永远地驻留,
因为他正是一个孤独的鳏夫。

孙用 译

作/品/赏/析

密茨凯维支在这首诗中尽情地倾诉着自己流浪的悲惨,表达了浓重的愁苦和强烈的孤独。诗中首先描绘了春天美丽的景色,可是诗人却无法消受这悦人的春色,"我能同谁享受一路上的花朵"?诗人自己所有的,只是心情的孤零和混乱。那甜蜜的歌声,却"又将寂寞的泪带给我的眼睛""我能同谁享受这和谐的乐音?"一切的欢乐都是别人的,自己只有那痛苦的感受,只有那永久的飘零。诗人慨叹,"可是我依然回不了我的家乡""在寂静的坟里,我才停止流浪"。这是诗人作为无家可归的流浪者的宿命。"我能对谁倾吐一下我的不平?"诗人心中充满了苦痛,却又没有人能够倾听,于是只有用写作来倾诉,可是这也缓解不了诗人的悲哀,"流浪者的忧愁却永远地驻留,因为他正是一个孤独的鳏夫。"

假如生活欺骗了你 /普希金

假如生活欺骗了你,
不要忧郁,也不要愤慨!
不顺心时暂且克制自己,
相信吧,快乐之日就会到来。

我们的心儿憧憬着未来,
现今总是令人悲哀:
一切都是暂时的,转瞬即逝,
而那逝去的将变为可爱。

查良铮 译

作 / 品 / 赏 / 析

这首诗是普希金1825年题在他的一个女朋友——叶·沃尔夫的纪念册上的。诗人曾提前把要和丹特士决斗的事告诉她,由此可见二人友谊之深。诗人的这首题赠诗后来不胫而走,成为诗人广为流传的作品。

这是一首哲理抒情诗。诗人以普普通通的句子,通过自己真真切切的生活感受,向女友提出了劝慰。诗的开头是一个假设,这假设会深深伤害人们,足以使脆弱的人们丧失生活的信心,足以使那些不够坚强的人面临"灾难"。那的确是个很糟糕的事情,但诗人并不因为这而消沉、逃避和心情忧郁,不会因为被生活欺骗而去愤慨,做出出格的事情。诗人的方法是克制和坚强的努力。诗人主张:"相信吧,快乐之日就会到来。"

诗人在诗中提出了一种生活观,面向未来的生活观。我们的心要憧憬着未来,尽管现实的世界可能是令人悲哀的,我们可能感受到被欺骗,但这是暂时的。我们不会停留在这儿,不会就在这儿止步,我们有美丽的未来。当我们在春风和煦的日子里,在和朋友共享欢乐的时候,我们再细细品味这曾经令人悲哀的现实生活,我们就会有一种自豪、充实、丰富的人生感受,"那逝去的将变为可爱"。

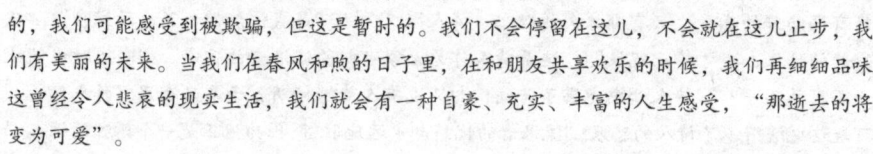

普希金

· 作者简介 ·

　　普希金（1799-1837），俄罗斯文学之父，俄罗斯现实主义文学的奠基人。出生于一个贵族家庭。1811年进入贵族子弟学校——皇村学校学习，因写诗反对暴君政治，于1820年被流放到南俄，期间他同当时的反对沙皇的十二月党人联系密切。1824年，诗人因与南俄的总督发生冲突，被放逐到其父亲的领地，不准参加社会活动。同年诗人写下著名的历史剧《鲍利斯·戈都诺夫》，但这出深受人民欢迎的戏剧遭到禁演。1826年刚上台的沙皇为收买人心，召普希金入外交部任职。但诗人早已看清了沙皇的真面目，尽管诗人接受了职务，但是他并没有为沙皇收买。1831年，诗人和19岁的娜·尼·冈察洛娃结婚，随后迁居彼得堡，但家庭生活并不愉快。1837年，因法国公使馆的丹特士男爵调戏诗人的妻子，诗人决定和他决斗，在2月8日的决斗中，被子弹击中心脏，两天后去世。据说，这次调戏是沙皇指使的。诗人一生创作颇丰，除上面提到的历史剧和早期的浪漫主义诗作《致恰达耶夫》《囚徒》等外，诗人还创作了《叶甫盖尼·奥涅金》《驿站长》《上尉的女儿》等著名作品。

　　诗人就用这种面向未来的积极生活观，给女友以鼓励。同样，诗人也用这种生活观以自勉。诗人生活在法国大革命的精神在欧洲大陆产生广泛影响的时代。那时的俄国，一方面处于沙皇暴政的统治下，另一方面，人民的自由意识大大觉醒，起义和反抗此起彼伏。诗人出身贵族，有着强烈的自由民主意识。这些注定了诗人的生活会充满暗礁、旋涡、险滩和坎坷不平。诗人在面对困苦时坚定自己对生活的信心，诗人就靠这信心去战胜一个又一个暴力的压迫。

　　诗人对生活的假设，引起了很多人的共鸣，说出了很多人的生活感受。正是这种生活观，这种对人生的信心，这种面对坎坷的坚强和勇敢使得这首诗流传久远。

致大海 /普希金

再见吧，自由奔放的大海！
这是你最后一次在我的眼前，
翻滚着蔚蓝色的波浪，
和闪耀着娇美的容光。

好像是朋友忧郁的怨诉，
好像是他在临别时的呼唤，
我最后一次在倾听
你悲哀的喧响，你召唤的喧响。
你是我心灵的愿望之所在呀！

我时常沿着你的岸旁,
一个人静悄悄地,茫然地徘徊,
还因为那个隐秘地愿望而苦恼心伤!

我多么热爱你的回音,
热爱你阴沉的声调,你的深渊的音响,
还有那黄昏时分的寂静,
和那反复无常的激情!

渔夫们的温顺的风帆,
靠了你的任性的保护,
在波涛之间勇敢地飞航;
但当你汹涌起来而无法控制时,
大群的船只就会覆亡。

我曾想永远地离开
你这寂寞和静止不动的海岸,
怀着狂欢之情祝贺你,
并任我的诗歌顺着你的波涛奔向远方,
但是我却未能如愿以偿!
你等待着,你召唤着……而我却被束缚住;

我的心灵的挣扎完全归于枉然：
我被一种强烈的热情所魅惑，
使我留在你的岸旁……

有什么好怜惜呢？现在哪儿
才是我要奔向的无忧无虑的路径？
在你的荒漠之中，有一样东西
它曾使我的心灵为之震惊。

那是一处峭岩，一座光荣的坟墓……
在那儿，沉浸在寒冷的睡梦中的，
是一些威严的回忆；
拿破仑就在那儿消亡。

在那儿，他长眠在苦难之中。
而紧跟他之后，正像风暴的喧响一样，
另一个天才，又飞离我们而去，
他是我们思想上的另一个君主。

为自由之神所悲泣着的歌者消失了，
他把自己的桂冠留在世上。
阴恶的天气喧腾起来吧，激荡起来吧：
哦，大海呀，是他曾经将你歌唱。

你的形象反映在他的身上，
他是用你的精神塑造成长：
正像你一样，他威严、深远而深沉，
他像你一样，什么都不能使他屈服投降。

世界空虚了，大海洋呀，
你现在要把我带到什么地方？
人们的命运到处都是一样：
凡是有着幸福的地方，那儿早就有人在守卫：
或许是开明的贤者，或许是暴虐的君王。

哦，再见吧，大海！
我永不会忘记你庄严的容光，

我将长久地，长久地
倾听你在黄昏时分的轰响。

我整个心灵充满了你，
我要把你的峭岩，你的海湾，
你的闪光，你的阴影，还有絮语的波浪，
带进森林，带到那静寂的荒漠之乡。

佚名 译

作 / 品 / 赏 / 析

《致大海》是普希金的一首著名的政治抒情诗，写于1824年，这年夏天，诗人因与敖德萨总督发生冲突，被押送到米哈伊洛夫斯克村，并被幽禁长达2年之久。在敖德萨的日子里，诗人朝夕与大海相伴，大海涌动的波涛激动着诗人的灵魂世界。当诗人后来要离开敖德萨时，内心的情绪如波涛般地奔涌着，满怀着忧郁和愤怒心情的诗人开始写作，并在后来的米哈伊洛夫斯克村完成了这篇名作。

在诗中，大海是充满了热烈不屈的自由精神的象征，诗人将大海拟人化，热情地歌颂了大海雄壮奔放的崇高之美。

全诗共14节，前4节集中描写了大海自由奔放的风貌，"翻滚着蔚蓝色的波浪，和闪耀着娇美的容光。""好像是朋友忧郁的怨诉，好像是他在临别时的呼唤，我最后一次在倾听／你悲哀的喧响，你召唤的喧响。"

诗人将大海当成朋友，并直接对大海表达他热烈的爱，"你是我心灵的愿望之所在呀！我时常沿着你的岸旁，一个人静悄悄地，茫然地徘徊，还因为那个隐秘的愿望而苦恼心伤！"相比大海的自由与任性，诗人却是多么无奈："而我却被束缚住；我的心灵的挣扎完全归于枉然：我被一种强烈的热情所魅惑，使我留在你的岸旁……"

诗人向往着自由，但是"为自由之神所悲泣着的歌者消失了"，所以，"世界空虚了，大海洋呀，你现在要把我带到什么地方？人们的命运到处都是一样：凡是有幸福的地方，那儿早就有人守卫：或许是开明的贤者，或许是暴虐的君王"。在诗中，诗人以自己炽烈的情感与大海对话，从头到尾充满着充沛豪放的激情，使人感到了诗人与大海同在的汹涌的、不息的灵魂。

自由颂 /普希金

去吧,快躲开我的眼睛,
你西色拉岛娇弱的皇后!
你在哪里呀,劈向沙皇的雷霆,
你高傲的自由的歌手?
来吧,揪下我头上的桂冠,
把这娇柔无力的竖琴砸烂……
我要向世人歌颂自由,
我要抨击宝座的罪愆。

请给我指出那个高尚的
高卢人的尊贵的足迹,
是你在光荣的灾难中
鼓励他唱出勇敢的赞美诗句。
战栗吧,世间的暴君!
轻佻命运的养子们!
而你们,倒下的奴隶!
听啊,振奋起来,去抗争!

唉!无论我向哪里去看,
到处是皮鞭,到处是锁链,
法律蒙受致命的羞辱,
奴隶软弱的泪水涟涟;
到处是非正义的权力,
在偏见的浓密的黑暗中
登上高位——这奴役的可怕天才,
和光荣的致命的热情。

要想看到沙皇的头上
没有人民苦难的阴影,
只有当强大的法律与
神圣的自由牢结在一起,
只有当它的坚盾伸向一切人,
只有当它的利剑,被公民
忠实可靠的手所掌握,

一视同仁地掠过平等的头顶，
只有当正义的手一挥，
把罪恶从高位打倒在地；
而那只手，决不因为薄于贪婪
或者恐惧，而有所姑息。
统治者们！不是自然，是法律
把王冠和王位给了你们，
你们虽然高居于人民之上，
但永恒的法律却高过你们。

灾难啊，整个民族的灾难，
若是法律沉沉睡去，而不警惕，
若是只有人民，或帝王
才有支配法律的权力！
啊，光荣的过错的殉难者，
如今我请你来作证，
在不久前的喧闹的风暴里，
你帝王的头为祖先而牺牲。

当着沉默无言的后代，
路易高高升起走向死亡，
他把失去了皇冠的头，垂在
背信的血腥的断头台上。
法律沉默了——人民沉默了，
罪恶的刑斧降落了……
于是，这个恶徒的紫袍
覆在戴枷锁的高卢人身上。

你这独断专行的恶魔！
我憎恨你和你的宝座！
我带着残忍的喜悦看见
你的死亡和你儿女的覆没。
人们将会在你的额角
读到人民咒骂的印记，
你是人间的灾祸、自然的羞愧，
你是世上对神的责备。
当午夜晴空里的星星

在阴暗的涅瓦河上闪烁,
当宁静的梦,沉重地压在
那无忧无虑的头额
沉思的诗人却在凝视着
那暴君的荒凉的丰碑,
和久已废弃了的宫阙
在雾霭中狰狞地沉睡——

他还在这可怕的宫墙后
听见克利俄骇人的宣判,
卡里古拉的临终时刻
生动地出现在他的眼前,
他还看见,走来一些诡秘的杀人犯,
他们身佩着绶带和勋章,
被酒和愤恨灌得醉醺醺,
满脸骄横,心里却一片恐慌。

不忠实的岗哨默不作声,
吊桥被悄悄地放下来,
在黝黑的夜里,两扇大门
已被收买的叛逆的手打开……
啊,可耻!我们时代的惨祸!
闯进了一群野兽,土耳其的雄兵!……
不光荣的袭击已经败落……
戴王冠的恶徒死于非命。

啊,帝王们,如今你们要记取教训,
无论是奖赏,还是严惩,
无论是监狱,还是祭坛,
都不是你们牢固的栅栏,
在法律的可靠的荫庇下,
你们首先要把自己的头低下,
只有人民的自由和安静,
才是宝座的永恒的卫兵。

魏荒弩 译

克里姆林宫

作/品/赏/析

《自由颂》是普希金最著名的政治抒情诗,诗人在世的时候即以手抄本的形式流传,当时的沙皇政府在得到此诗的手抄本后,以此为主要罪证将普希金流放到南方。作为俄罗斯浪漫主义文学的代表和现实主义文学的奠基人,普希金的诗歌个性非常鲜明,充满着不羁的自由斗争精神。从艺术上来讲,普希金的诗歌从俄罗斯民间文学中汲取了大量的营养,语言优美,想象丰富奇丽,思想深刻,气质忧郁、高贵典雅而不失其犀利和热烈的内心激情,对俄罗斯后来诗歌艺术的发展起到了非常重要的作用。如果说普希金其他的政治抒情诗还多用象征和隐喻,则这首《自由颂》则显得非常直白,诗人疾风暴雨般的语言直接指向暴君的残暴统治,并且直接表明了自己的政治态度和立场:"我要向世人歌颂自由,我要抨击宝座的罪恶""战栗吧,世间的暴君!轻佻命运的养子们""你这独断专行的恶魔!我憎恨你和你的宝座!我带着残忍的喜悦看见/你的死亡和你儿女的覆没""你是人间的灾祸、自然的羞愧,你是世上对神的责备"。诗人对残暴专制者对人民的奴役的抨击是震聋发聩的,但并没有单一地停留在这种愤怒的诅咒和抨击上,而是同时呼告和赞颂着自由精神,宣布着自己的坚强斗志和无畏精神,号召被压迫和奴役的人民起来反抗和推翻暴君的统治:"而你们,倒下的奴隶!听啊,振奋起来,去抗争""只有当强大的法律与/神圣的自由牢结在一起,只有当它的坚盾伸向一切人,只有当它的利剑,被公民/忠实可靠的手所掌握,一视同仁地掠过平等的头顶,只有当正义的手一挥,把罪恶从高位打倒在地"。普希金不愧是一代浪漫主义和自由精神的先驱领袖人物,是俄罗斯精神的自豪。这首诗歌的语言和意味上在具有古典诗歌的意蕴的同时,又有着浓郁的民歌的味道,所以说,语言艺术上的民族性,也是这首诗成功并广泛流传的关键所在。

诗人走在田野上 /雨果

诗人走到田野上;他欣赏,
他赞美,他在倾听内心的竖琴声。
看见他来了,花朵,各种各样的花朵,
那些使红宝石黯然失色的花朵,
那些甚至胜过孔雀开屏的花朵,
金色的小花,蓝色的小花,
为了欢迎他,都摇晃着她们的花束,
有的微微向他行礼,有的做出娇媚的姿态,
因为这样符合美人的身份,她们
亲昵地说:"瞧,我们的情人走过来了!"
而那些生活在树林里的葱茏的大树,
充满着阳光和阴影,嗓子变得沙哑,
所有这些老头,紫杉,菩提树,枫树,
满脸皱纹的柳树,年高德劭的橡树,
长着黑枝杈,披着藓苔的榆树,
就像神学者们见到经典保管者那样,
向他行着大礼,并且一躬到底地垂下
他们长满树叶的头颅和常春藤的胡子,
他们观看着他额上宁静的光辉,
低声窃窃私语:"是他!是这个幻想家来了!"

金志平 译

作 / 品 / 赏 / 析

这首诗写于1831年夏天。这时的法国刚刚取得七月革命的胜利,全国处在一片欢腾之中,诗人毫无疑问受到了很大的感染。而诗人创作的浪漫主义名剧《欧那尼》也一炮走红,在与保守的古典主义的斗争中取得了胜利。诗人心情激奋,意气风发。

这首诗主要是诗人自己的思想表达。在诗中,雨果用自己的"英雄风姿"和"富丽堂皇的辞藻"表达了自己心中对自然界生命和诗人智慧的赞美和歌颂。田野是自然的象征和生命活动的美丽场所。

· 作者简介 ·

雨果（1802-1885），19世纪法国浪漫主义文学的主要代表人物，著名诗人。出生于一个名门望族。诗人自幼即表现出文学天赋，20岁因发表诗集得到国王颁发的年金，大约同时他开始写作小说。1827年，他发表剧本《克伦威尔》及其序言，一跃成为法国浪漫主义运动的领袖。1829年，其戏剧《欧那尼》上演，奠定了浪漫主义在法国文坛的主导地位。1831年，诗人发表长篇小说《巴黎圣母院》。在随后的10年里他又写下了《秋叶集》《微明之歌》等诗集。1841年，诗人入选法兰西学士院。1845年成为贵族院议员。1851年拿破仑三世发动政变，诗人因参加反政变活动被流放海外，在一个小岛上度过了十几年的艰苦生活。期间诗人创作了《悲惨世界》《笑面人》《海上劳工》等著名作品。1870年，普法战争中，拿破仑三世战败，诗人回到离别近20年的祖国，积极参加抗普战斗；在巴黎公社运动中，他坚决支持公社的活动，公社失败后，他积极营救公社社员。晚年，诗人精力仍很旺盛，1883年还发表长诗《历代传说》。1885年，雨果逝世，法国人民为他举行了国葬，将他的遗体安放在"先贤祠"里。

雨果

诗人来了，带着一种赞赏的目光，带着一颗热爱万物的心。在诗人的心中，有美妙的音乐在流动着，在倾吐着。田野里的花木似乎也受到了诗人情绪的感染，它们摇首挥手，向诗人致意，欢迎诗人的到来。看那花，鲜红得足以使红宝石都失去光彩，层层叠叠的花瓣使开了屏的孔雀难以与其媲美。再看那些树，苍翠欲滴，繁密的树叶在阳光映照下容光焕发，在风的伴唱中婆娑起舞。紫杉、橡树、榆树等高大的形象代表着各式的德行和各样的高尚。这些在诗人的眼中出现，在诗人的心中播种着美好的东西。

诗人正是在它们的欢欣中，在它们的欢迎中写出了他的伟大智慧。那花的舞蹈是为了诗人的到来，那高大和茂密的树在低声私语，赞美大自然的精灵和诗人的心灵。在花的心中，诗人能作为情人，因为诗人的心有着花一样的美丽；在树的眼中，诗人有着最神奇的想象力，幻想在诗人的心中飞翔，可以化为一首首赞歌。

这首诗集中体现了诗人诗歌的特点和风格。诗歌辞藻华丽，修饰和比喻层叠出现，意象繁丰而不乱，充实而略显雕琢。拟人手法的使用更是恰到好处，准确到位地写出了诗人与自然之间一定层次上的融合。诗中正是通过这些表现手法写出了诗人的浪漫主义思想，表现了浪漫主义诗歌的典型特点。

诗中表面上是在描写和赞美大自然，事实上是在表达诗人心中的思想，表达了诗人心中的感情和诗人崇高而优美的心灵。诗人正是以这种华美清丽、热烈奔放的诗风奠定了法国浪漫主义诗歌的主流风格，同时，诗中表现的人与自然合一的思想也影响到了法国后来的诗歌风格。

我既把唇儿…… /雨果

我既把唇儿贴上你那正满的金樽；
既把憔悴的额头安放在你的手里；
我既有时吸到了那种幽闲的清芬，
吸到你的灵魂的那种温馨的气息，

我既有缘听到过你对我细语低低，
话儿里字字都是神秘的心灵再现；
我既曾见你微笑，我既曾见你悲啼，
嘴儿贴着我的嘴，眼儿贴着我的眼；

我既曾见你那，唉！经常隐蔽的星儿
在我欣幸的头上闪出了光明一线；
我既曾见你把你生命的玫瑰花儿
向我生命的波中抛下了嫣红一片；

那么，现在我就能告诉那似水年华：
"你流吧！尽管流吧！我再也不会衰老！
你去你的吧，带着你那些水上残花，
我灵魂有朵花儿是谁也不能摘到！

范希衡 译

作/品/赏/析

　　这是一首情诗中的绝佳之作，细腻而深刻地展现了爱情的真质，显露了诗人之于爱情的那种火热的情怀和赤诚的心地。"我既把唇儿贴上你那正满的金樽""把憔悴的额头安放在你的手里"，我"吸到你的灵魂的那种温馨的气息"，这是一种由身体而步入灵魂的灵肉合一的爱情。"我既曾见你微笑，我既曾见你悲啼，嘴儿贴着我的嘴，眼儿贴着我的眼"。"你"已与"我"融为一体，"你"的一切将都牵系着"我"。"向我生命的波中抛下了嫣红一片"，说的正是爱人的生命对自身生命的介入，从此两个人的生命将不再是分开来的两条河流，而是相互融汇。"我灵魂有朵花儿是谁也不能摘到！"给爱情定下了绝不会消逝的永恒的品质。

致伊娃

/ 爱默生

啊 美丽而端庄的少女
你的眼睛照亮了高高的天空
就像火把一样照亮了我的眼睛
为此，我必须向你作出说明
你如同一个富有同情心的牧师
把我的意愿甜蜜地支配

啊 让我清白的眼睛凝视着你
在内心里，你的容貌就像我自己
别担心那些警戒的哨兵
他们对你只能匆匆一瞥
眼睑之下的火焰伸展又收缩
你的美是一种迷人的禁止

程一身 译

· 作者简介 ·

爱默生（1803-1882），美国诗人、散文家和思想家。在哈佛大学就读期间，爱默生阅读了大量的英国浪漫主义作家的作品，极大地丰富了他的思想，开阔了他的视野。1832年以后，爱默生到欧洲各国游历，结识了英国浪漫主义诗人华兹华斯和柯勒律治，并受到他们先验论思想的影响。爱默生的诗歌注重思想内容的表达，富含哲理性，行文精警，如同格言，而用语通俗，阐释道理深入浅出，具有诗人自己的独特风格。

作 / 品 / 赏 / 析

在《致伊娃》这首诗中，诗人盛赞对方的美丽，倾诉着自己对伊娃的迷恋，同时又表达了自己一种复杂的心态。诗人将伊娃的眼睛比喻为火把，这火把不只照亮了高高的天空，而且也照亮了诗人的眼睛，由此，诗人的意愿就被她的美丽"甜蜜地支配"。诗人这样表白自己的心曲："让我清白的眼睛凝视着你。"诗人担心自己的注视被怀疑，所以着意袒露着自己眼睛的"清白"，然而诗人还是不能够放下自己心中的顾虑，"眼睑之下的火焰伸展又退缩"，这种欲前进又退缩的情态，很好地表现出诗人在所爱的人面前怀有的那份矛盾心理。"你的美是一种迷人的禁止"，伊娃的美，令诗人迷恋，却又令诗人在爱的情感面前止步，这种感受，真是既甜美又苦涩。

我捧起我沉重的心，肃穆庄严

/ 勃朗宁夫人

我捧起我沉重的心，肃穆庄严，
如同当年厄雷特拉捧着尸灰瓮，
我望着你的双眼，把所有灰烬
把所有灰烬倒在你的脚边。你看吧，你看
我心中埋藏的哀愁堆成了山，
而这惨淡的灰里却有火星在烧，
隐隐透出红光闪闪。如果你的脚
鄙夷地把它踩熄，踩成一片黑暗，
那也许倒更好。可是你却偏爱
守在我身边，等一阵清风
把死灰重新吹燃，啊，我的爱！
你头上虽有桂冠为屏，难保证
这场火烧起来不把你的金发烧坏，
你可别靠近！站远点儿吧，请！

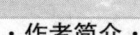

飞白 译

· 作者简介 ·

勃朗宁夫人（1805—1861），19世纪英国女诗人。出生在一个贵族家庭，自小受到良好的教育。诗人15岁时不慎坠马，两腿受伤，此后长期卧床生活。期间诗人开始创作诗歌，到1844年，她已成为英国诗坛上的明星。1846年，年轻的勃朗宁因倾慕诗人的诗才开始疯狂追求她，诗人经历了多次的彷徨之后最终答应了年轻人的求婚，但遭到家中的反对。诗人后来将自己在这段恋爱中的心情写成诗歌，就是后来结集的《葡萄牙十四行诗》。1846年，诗人与勃朗宁一起搬迁到意大利定居，不久结婚。在意大利，诗人病了近30年的双腿在丈夫的悉心料理下竟奇迹般地康复了。1861年，诗人走完了其充满不幸和奇迹的一生。除了著名的情诗集外，诗人还有一些儿童诗和抒情诗较为出名。

作/品/赏/析

这首诗是勃朗宁夫人著名的《葡萄牙十四行诗》中的一首。这部十四行诗集共有44首，抒发了诗人和爱人在恋爱过程中的感受。这首诗是其中的第五首，写于诗人恋爱的早期。当时，诗人渴望独立坚强的爱情，同时因为自己的身体残疾又对爱情心怀犹疑。

诗人的心是沉重的，带着深深的忧郁，带着沉重的担心。因为她的心中堆着厚厚的哀愁。这重重的哀愁积聚在诗人的心头，如死灰一样灰暗，没有生气。诗人捧着自己的心如同厄雷特拉在捧着一只尸灰瓮。

诗人望向自己的情人。那眼神中含着怎样的深情和热切呀！诗人愿意将自己的心抛给爱人，将心底的死灰全部倒在爱人的脚下，任由爱人踩踏。然而，这样的死灰中竟冒出一点火星，只要有一丝清风的吹拂，那一点火星就足以让死灰复燃。这死寂的灰中还有生命的呼喊，还有爱情的气息。诗人不在乎爱人将这一点火星踩熄，不在乎爱人将这爱的气息关闭。诗人愿意自己来承担爱的痛苦。诗人不愿意要依附对方和作为累赘的爱情；如果是那样的爱情，她宁愿舍弃，然后独自承担失恋的痛苦。

然而，爱人是坚定的，愿意守在诗人的身旁，愿意给诗人的心带来生机。爱人愿意做一阵清风，哪怕这清风吹起的是一场大火，哪怕这样的大火会烧坏自己的金发。诗人心中那一直压抑的热烈情感，那死灰下面隐藏的一点火红因此更加奔放和大胆，似乎瞬间就有燎原之势。在诗的结尾，诗人用俏皮的话语将心中假装的焦急和愤怒，心中潜藏的幸福和笑意活灵活现地表现了出来。

诗歌受当时流行的浪漫主义的深刻影响，具有明显的浪漫主义色彩。诗歌中的每一个意象和动作都指向诗人的心灵，强烈地表达了诗人的自我意识。比喻和用典都巧妙异常，将心中的微妙心情表达得淋漓尽致。

诗的结尾，具有诗人所独具的风趣和戏剧性的对白，很好地表达了诗人心灵中潜藏的乐观情绪，表现了诗人独特的敏锐情感和诗歌表现手法。诗歌也使用了重复的手法来加强情感色彩。

诗人的这些十四行诗是她的爱情的真实记录。诗人以其纯洁真挚的感情让自己的爱情得到升华，同样，那具有传奇色彩的爱情使这些诗歌也具有了无穷的魅力。

勃朗宁夫人

勃朗宁夫人的丈夫勃朗宁

勃朗宁也是一位很有才华的诗人，他与勃朗宁夫人之间的曲折动人的爱情故事，在当时受到人们的交口称赞，成为一段佳话。

请说了一遍，
再向我说一遍 /勃朗宁夫人

请说了一遍，再向我说一遍，
　说"我爱你！"即使那样一遍遍重复，
　你会把它看成一支"布谷鸟的歌曲"；
可是记着，在那青山和绿林间，
那山谷和田野中，纵使清新的春天
　披着全身绿装降临、也不算完美无缺，
　要是她缺少了那串布谷鸟的音节。
爱，四周那么黑暗，耳边只听见
惊悸的心声，处于那痛苦的不安中，
　我嚷道："再说一遍：我爱你！"谁嫌
太多的星，即使每颗都在太空转动；
　太多的花，即使每朵洋溢着春意？
说你爱我，你爱我，一声声敲着银钟！
　只是记住，还得用灵魂爱我，在默默里。

佚名 译

作/品/赏/析

　　"请说了一遍，再向我说一遍"，爱情的滋味是如此缠绵，一声最甜蜜的"我爱你"是那样的醉人心田，恋爱中的人儿，即使那句话重复地听到千千万万遍，也不会厌倦，因为那是最动听的"布谷鸟的歌曲"。

　　接下来诗人说，缺少了那布谷鸟的声音，再清新的春天也不算完美，也就是说，如果缺失了爱情的陶醉，纵然多么美的人生也是残缺的。

　　第三节中，诗人继续倾诉："再说一遍：我爱你！"同时也道出了爱情给人带来的不安与痛苦，而这份惊悸与苦恼却又恰恰是幸福爱情的一部分。

　　在诗的最后，诗人道出了一句关于爱情的最强音："只是记住，还得用灵魂爱我，在默默里。"

爱人，我亲爱的人，是你把我

/勃朗宁夫人

爱人，我亲爱的人，是你把我，
一个跌倒在尘埃的人，扶起来，
又在我披垂的鬓发间吹入了一股
生气，好让我的前额又亮光光地
闪耀着希望——有所有的天使当着
你救难的吻为证！亲爱的人呀，
当你来到我跟前，人世已舍我远去，
而一心仰望上帝的我，却获得了你！
我发现了你，我安全了，强壮了，快乐了。
像一个人站立在干洁的香草地上
回顾他曾捱过来的苦恼的年月；
我抬起了胸脯，拿自己作证：
这里，在一善和那一恶之间，爱，
像死一样强烈，带来了同样的解脱。

方平 译

作/品/赏/析

勃朗宁夫人的《葡萄牙人十四行诗集》是文学史上的珍品，是最美最动人心曲的情诗，每一首都是如此强烈地直摄爱人的心魂。

在这首诗的开篇，诗人就热切地呼唤和倾诉，"爱人，我亲爱的人"在这种炽热如火的爱的讴歌中，诗人说出了爱人对于自己的拯救，也是爱情对自己的拯救，对每一个怀有爱情、遭遇爱情的人的拯救。

爱情给人以新生，这首诗就是对这句话最好的阐释。"亲爱的人呀，当你来到我跟前，人世已舍我远去。"真诚的爱情、热烈的爱情、极致的爱情，给了人一切，也让人抛却了一切，因为这份爱情本身已经足够。

人生颂 /朗费罗

不要在哀伤的诗句里告诉我：
"人生不过是一场幻梦！"
灵魂睡着了，就等于死了，
事物的真相与外表不同。

人生是真切的！人生是实在的！
它的归宿绝不是荒坟；
"你本是尘土，必归于尘土"，
这是指躯壳，不是指灵魂。

我们命定的目标和道路
不是享乐，也不是受苦；
而是行动，在每个明天
都超越今天，跨出新步。

智艺无穷，时光飞逝；
这颗心，纵然勇敢坚强，
也只如鼙鼓，闷声擂动着，
一下又一下，向坟地送丧。

世界是一片辽阔的战场，
人生是到处扎寨安营；
莫学那听人驱策的哑畜，
做一个威武善战的英雄！

别指靠将来，不管它多可爱！
把已逝的过去永久掩埋！
行动吧——趁着活生生的现在！
胸中有赤心，头上有真宰！

伟人的生平启示我们：
我们能够生活得高尚，
而当告别人世的时候，
留下脚印在时间的沙上；

也许我们有一个弟兄
航行在庄严的人生大海，
遇险沉了船，绝望的时刻，
会看到这脚印而振作起来。

那么，让我们起来干吧，
对任何命运要敢于担待；
不断地进取，不断地追求，
要善于劳动，善于等待。

杨德豫 译

·作者简介·

朗费罗（1807—1882），美国著名诗人。13 岁时就开始发表诗作，1825 年前往欧洲研究语言文学。1836 年回国后在哈佛大学任教，致力于介绍欧洲文化和浪漫主义作家的作品，晚年专门从事创作。朗费罗的诗歌音韵优美，雅俗共赏，积极向上，顺应了美国社会的发展，所以他的诗在欧美大陆极为流行。朗费罗的主要诗作包括长篇叙事诗《伊凡吉林》《海华沙之歌》和《迈尔斯·斯坦狄什的求婚》等。

作/品/赏/析

美国著名诗人朗费罗的《人生颂》是一首以健康向上、积极进取的乐观态度对抗消极的虚无思想的人生哲理诗。全诗语言庄重、严肃而通俗，诗人从几个角度，层层深入地揭示了人生的积极内涵。全诗共 9 节，结构严谨，条理清晰，层次分明，说理和论述都很讲究。从艺术上来讲，诗体形式优美，富于韵律感。诗的第一节首先写出了一种消极的论调："人生不过是一场幻梦""灵魂睡着了，就等于死了，事物的真相与外表不同。"所以说，这首诗整体上是建立在驳论的基础上的，在这种消极论调的对立面，诗人指出，"人生是真切的！人生是实在的！它的归宿决不是荒坟"。诗人摆出了自己的观点之后，从几个方面开始论述。诗人认为，"我们命定的目标和道路／不是享乐，也不是受苦；而是行动，在每个明天／都超越今天，跨出新步"。基于这一点，消极悲叹和观望都是错误的，只有紧紧地抓住时间，充分发挥自己的聪明才智，才是正确的态度。"智艺无穷，时光飞逝；这颗心，纵然勇敢坚强，也只如蒙鼓，闷声擂动着，一下又一下，向坟地送丧。"拥有积极向上的态度和积极进取的战斗精神，人生才能够真正地充实和完美起来。在生活中，不能成为懒惰的懦夫，也不能成为空想家，"行动吧——趁着活生生的现在！胸中有赤心，头上有真宰！"命运对于我们每个人是有所不同的，但是无一例外，我们所能做的，就是能够担载命运。"不断地进取，不断地追求，要善于劳动，善于等待"是这首说理诗的结论。

横越大海 /丁尼生

夕阳西下，金星高照，
　　好一声清脆的召唤！
但愿海浪不呜呜咽咽，
　　我将越大海而远行；

流动的海水仿佛睡了，
　　再没有涛声和浪花，
海水从无底的深渊涌来，
　　却又转回了老家。

黄昏的光芒，晚祷的钟声，
　　随后是一片漆黑！
但愿没有道别的悲哀，
　　在我上船的时刻；

虽说洪水会把我带走，
　　远离时空的范围，
我盼望见到我的舵手，
　　当我横越了大海。

袁可嘉 译

·作者简介·

丁尼生（1809-1892），英国维多利亚时期的"桂冠诗人"。诗人生于一个牧师家庭，在很小的时候就显示出过人的诗才，15岁时就与两个哥哥共同发表了《兄弟诗集》。1828年诗人进剑桥大学读书，一改内向寡言的性格，加入诗歌俱乐部，积极参加诗歌活动。1829年，诗人的短诗获得了剑桥大学颁发的金质奖章。然而，诗人的人生并没因此而一帆风顺。1831年，诗人因父亲去世放弃了剑桥的学业。1832年，诗人的《诗集》出版，遭到了评论界的挖苦和攻击，使得诗人在随后的十几年里未踏足诗坛半步。1833年，已与诗人的姐姐订婚的挚友又突患绝症，离开了人世。诗人不堪悲痛，只以写诗来慰藉自己的灵魂。1850年，诗人出版了花费17年时间写成的《悼念集》，轰动了整个诗坛；同年，诗人和相恋15年之久的恋人结婚，可谓双喜临门。随后，荣誉也纷至沓来，诗人被人们众口一词封上了"桂冠诗人"的称号。晚年的诗人过着安闲的生活，还在上议院获得了一个席位——那是一个离诗歌，特别是伟大的诗歌作品很远的地方。所以，晚年的诗人尽管笔耕不辍，但收效甚微。

作/品/赏/析

这首诗出自诗人的诗集《悼念集》，为诗人的名诗之一。诗人想借这首诗表达自己对逝去挚友的怀念和那种怀念的痛苦。诗人在沉痛的怀念中，意欲乘船横越大海，去寻找挚友。但诗人又并不局限于此，而是超越了平常的思念之情，在诗中写出了对人类心灵的思考。

诗人静立海岸，面对大海。尽管在海的深处有呜呜咽咽的悲吟，大海的表情却是一片寂静。诗人昂起头，看到了灿烂的夕阳，"金星高照"。诗人仿佛听到了一声召唤，"清脆的召唤"。

诗人要远行了。就在这个时刻，诗人将远行的时刻，诗人看到了"黄昏的光芒"，听到了"晚祷的钟声"。那略带暗淡色彩的夕阳，衬着那教堂的钟声，幽幽邈邈的。是天堂的胜景，还是人间美妙的风光？黑夜即将来临，容不得诗人思索，诗人只能藏起曾经的悲哀，在悲哀的回忆中上船。在沉痛的回忆中，诗人的心如同那海水一样：尽管有着汹涌澎湃的激情，有着涵盖宇宙的梦想，但是为了失去的友人或者前辈的安息，为了平静美好的未来，诗人宁愿承受一切悲哀和痛苦；诗人沉默而冷静地站着，思索着即将到来的远行。

海水在"无底的深渊"中涌来涌去，但它们可以转回老家。诗人呢？可能面对的是洪水，无情卷走一切的洪水；可能诗人的前面不再有时空，一片混沌。但诗人是满怀豪情的，是踌躇满志、信心百倍的。在诗的结尾，诗人说道："我盼望见到我的舵手。"

诗的风格是沉郁的。带着那种心灵的重负，诗人借助独特的韵律、恰当的比喻和象征，完美地唱出了心灵的忧伤和对挚友的深深怀念。从那比喻、象征中，我们能明显看出英国抒情诗的传统表现手法，即对大自然进行深度的挖掘，寻找贴切表现主观心灵的象征物。同时，诗中那独特的旋律又突破了英国诗歌的传统，拓展了英国诗歌的疆界。

丁尼生

《丁尼生诗选》中文版封面
上海译文出版社1995年6月出版。

致海伦

/爱伦·坡

你的美貌对于我,
　　就像古老的尼色安帆船,
它载着风尘仆仆疲惫的流浪汉,
　　悠悠荡漾在芳馨的海上,
驶向故乡的海岸。

你那紫蓝色的头发,古典的脸,
　　久久浮现在汹涌的海面,
你的仙女般的风姿,
　　把我引入昨日希腊的荣耀,
和往昔罗马的庄严。

嗨!我瞧你伫立在壁龛里,
　　英姿焕发,亭亭玉立,
手握一盏玛瑙灯。
　　啊,普赛克,
你从天国来。

怀宇 章蕴 译

作/品/赏/析

　　这首诗大约写于1824年,当时诗人才15岁。据说诗人童年时,一个邻居的母亲在诗人心中留下了深深的印象,给诗人孤单流浪的生活带来了些许安慰和精神支持。多年之后,那美丽、淳朴和慈爱的形象在诗人的想象中就化为了这首诗。

　　诗人追求的是神圣的美,是彼岸的辉煌。海伦,这古希腊的美人——使两个国家之间爆发了战争的女人,正是这种美的象征。海伦的美像那古老的帆船,古典、优雅。这船在诗中代表了一种纯美——摆脱了具体物象的美丽,铅华尽去的美丽。

　　一种历史感,一种古典的滋味在诗中慢慢地渲染起来了。这样的帆船,载着风尘仆仆的流浪汉——比如英雄的奥修斯,比如追寻心灵世界的唐·吉诃德,比如尤利西斯——在微波荡漾的温馨海面上,在风景优美的人生路途中,驶向故乡的海岸,驶向心灵的港湾。

· 作者简介 ·

爱伦·坡（1809-1849），美国文学的奠基人之一，著名诗人、小说家。出生在波士顿的一个平民家庭，自小父母双亡，后被一个富豪的妻子收养。二十二岁时，诗人与自己的养父吵嘴，离"家"出走，独自谋生，同时开始创作诗歌。诗人曾分别在1827年、1829年、1831年出版了3部诗集《帖木尔及其他》《帖木尔及小诗》等。另外诗人还有大量的小说传世，这些小说是现代怪诞、推理和科幻小说的先驱。诗人一生都过着贫困的生活，靠艰苦的编辑和排版工作维持生计。据说诗人的作品在生前只获得一次奖励，奖金也只有一百美元。1849年，诗人病逝，年仅四十岁。诗人死后，其作品渐渐得到了世人的承认，波德莱尔尊称他为"当代最强有力的作家"，其创作被认为奠定了美国本土文学的传统。

海伦，勾起了诗人心中的诗情，勾起了诗人丰富的想象力。

海伦好像出现在了诗人的眼前。那美丽的形象鲜明活泼，那风姿神采令人心弛神往。那紫蓝色的头发，透着神秘，带着零碎和华丽的装饰性。那样美丽的情景在大海上浮现，长久地停留。那样的情景也深深地印在了诗人的心中，在诗人的生活中久久地指引着诗人的灵魂。对于那美丽的海伦，诗人只能用最俗套的一个词来形容：仙女。她让诗人在历史的河流中沉思，在希腊、罗马的昔日荣耀和庄严中沉醉。

诗人想将这立在壁龛中的女神——古代的丽人复活。在诗人的想象中，海伦已经复活了，只不过是在神台上宁静地伫立着。她手中握着透着祥和的光芒的灯，指引着船夫、水手安全顺畅地航行于海上。她是世界美丽的象征，是来自天国的神，是人类高尚的灵魂。

爱伦·坡的诗追求诗歌的纯美，艺术可能是他的唯一追求。全诗音律和谐，具有音乐性的美，意境的使用和连接也新颖而流畅。另外，诗人的诗追求彼岸世界、追求神圣东西的特点在这首诗中也表现得淋漓尽致。海伦，既是美的象征，也是诗人的追求。她象征着一个神圣境界，一种彼岸世界。全诗带着一种神圣的气氛，所使用的意象一定程度上都和神话有关。

爱伦·坡的诗在面世不久被波德莱尔看到。在这位法国诗人的推动下，他的诗歌风格迅速产生了世界性的影响，并发展成一种绵延近一个世纪的文学流派——象征主义。

爱伦·坡

爱伦·坡不仅是一位享有世界声誉的诗人，也是一位成就卓著的小说家。他的小说开了现代推理侦探小说的先河，对后世影响巨大，英国的柯南道尔、法国的加博里欧等著名侦探小说家都模仿过爱伦·坡。

哀 愁 /缪塞

我失去力量和生气
也失去朋友和欢乐；
甚至失去那种使我
以天才自负的豪气。

当我认识真理之时，
我相信她是个朋友；
而在理解领会之后，
我已对她感到厌腻。

可是她却永远长存，
对她不加理会的人，
在世间就完全愚昧。

上帝垂询，必须禀告。
我留有的唯一至宝
乃是有时流过眼泪。

钱春绮 译

· 作者简介 ·

缪塞（1810-1857），19世纪法国著名浪漫主义诗人。他的诗歌，形式考究，感情丰富，真切动人，有着深远的影响。缪塞在他的一生中，除了诗歌外还创作了不少戏剧和小说，发表过一些颇有影响的关于社会、政治和文学艺术的论文。

缪塞的文学活动是从参加以雨果为首的进步的浪漫主义团体"文社"开始的。他不仅是浪漫派中最有才华的诗人，其戏剧作品也大大促进了法国浪漫主义戏剧运动。他的小说在创建法国浪漫主义心理小说和为近代小说开辟道路方面，也起了不小的作用。虽然缪塞的戏剧和小说反映社会生活不够全面，但真实刻画了法国某些阶层的生活及心态，颇具时代色彩。特别是他描写的"世纪病"，今天看来还可以感觉到当时某些人物的精神面貌，他们的彷徨与苦闷。他的主要戏剧作品有《罗伦扎西欧》《反复无常的人》《巴尔贝林》《喀尔摩金》等。他的小说有《埃梅林》《弗烈特立克和贝尔纳莱特》《提善的儿子》，这3部小说可列入19世纪优秀爱情小说的行列。另一部《世纪儿忏悔录》以其动人的爱情故事和细腻的心理描写而成为缪塞的代表作。

缪塞

作/品/赏/析

缪塞是19世纪法国著名的浪漫主义诗人。缪塞与当时法国著名的批判现实主义女作家乔治·桑相识，堕入情网。两人在一起相处了一段浪漫的时光，但不久乔治·桑抛弃了诗人，这给缪塞以很大的打击。这段曲折的感情经历诱发了诗人的创作灵感，诗人挥笔写下了许多优美的诗篇。短诗《哀愁》即是其中著名的一首，曾被广泛传诵。

爱情遭遇挫折，诗人的心情可想而知：忧郁、悲伤、消沉。诗人失去了生活的力量，变得无精打采，没有生气。就连平日要好的朋友也离开了诗人，诗人的心更加寂寞、孤独。诗人甚至怀疑，一向使自己自负的才气也消失了。诗人陷入极度感伤的境地，周围的一切对他来说是那样的黯淡、昏沉。

乔治·桑
乔治·桑是19世纪法国著名女作家。诗人缪塞曾与乔治·桑相处了一段美好的时光，后被其抛弃。此后缪塞写下了不少小说、诗歌，流露了自己被情人抛弃的痛苦、伤感的情绪。

心情沉郁，对自然的一切也就毫无兴趣；甚至对于真理，诗人也觉得反感、厌倦。诗人说道，"当我认识真理之时，我相信她是个朋友"，而一旦对真理领会之后，诗人则觉得她平淡无味，如同嚼蜡。诗人的悲观情绪在此得到了极度表现。虽然如此，诗人脑中还保持着一份清醒：真理是永存的，是经历了时间和实践考验的，是正确无误的。诗人心中还存留一点微弱的希望之火。在人世间找不到知音，诗人只得将目光投向天空，向那位缥缈的上帝诉说心中的哀愁。而这时与诗人相伴的，能给诗人带来些许安慰的，是诗人眼中所流的泪水。

诗的格调是感伤沉郁的，诗人没有运用深奥的象征手法去营造抽象的意境，而是借助简白晓畅的语言，一泻无遗地唱出了自己心灵的忧伤。对于今天的读者，这首诗的消极灰暗色调可能引不起读者的共鸣，但由于诗歌真切流露了诗人的感情，因而丝毫不显得空洞、造作。

帆 /莱蒙托夫

在那大海上淡蓝色的云雾里
有一片孤帆儿在闪耀着白光!
……
它寻求什么,在遥远的异地?
它抛下什么,在可爱的故乡?
……

波涛在汹涌——海风在呼啸,
桅杆在弓起了腰轧轧作响
……
唉!它不是在寻求什么幸福,
也不是逃避幸福而奔向他方!

下面是比蓝天还清澄的碧波,
上面是金黄色的灿烂的阳光……
而它,不安的,在祈求风暴,
仿佛是在风暴中才有着安详!

余振 译

作 / 品 / 赏 / 析

　　这首诗是诗人的代表作,写于1832年,在诗人生前没有发表。从这首诗中我们可以想见诗人当年的风采:面对那黑暗的俄国社会的姿态,在风起云涌的民众追求民主、自由的斗争浪潮中的精神情态。

　　诗的题目是"帆",它是在千变万化的大海中一个白色的精灵。淡蓝色的大海,静静的,死寂般的静。然而就是这静的大海中,似乎又隐含着一种不安定的因素。那蓝色的云雾可是大海的蒸腾,可是不安定的灵魂在大海的深处搅拌着海水?

　　就在这淡蓝色的大海中,有一片孤帆在游弋。它闪着白色的光,刺眼的白光。这白色的帆似乎在承受着极大的折磨。它在遥远的异地漂泊,是在追寻着心中的理想还是别的什么?这白色的精灵在可爱的家乡抛弃了很多的东西,那是生活的安逸,还是物质的富裕,或者别的什么?

· 作者简介 ·

莱蒙托夫（1814-1841），19世纪俄罗斯著名诗人。出生在贵族家庭，曾进莫斯科大学和彼得堡禁卫军军官学校学习。1834年入军队服役。早在中学时期，诗人就开始写诗，受普希金和拜伦的诗影响颇大。青年时代的诗人受十二月党人的影响，写下了很多对当时腐朽社会不满的诗歌。1837年，诗人写下著名的《诗人之死》一诗，悼念普希金，触怒了沙皇政府，被流放到高加索地区。流放期间是诗人创作的高峰期，诗人写下了《当代英雄》《祖国》《恶魔》等著名作品。1840年，诗人遭到沙皇政府的谋杀，身受重伤。1841年，诗人离开了人世。

波涛汹涌，夹杂着呼啸的海风。它们要打翻这精灵，要让这孤独的反叛者葬身在自己威猛的打击中。帆呢？在铺天盖地的狂风巨浪的疯狂打击下，"弓起了腰轧轧作响"。帆没有退缩，没有畏惧，而是在努力，在拼搏，为着自己所追寻的东西。

这白色的精灵在追寻什么？不是幸福，那可能是它曾经放弃的东西；不是逃避，在昏天暗地的时候它还在弓腰前进；当然更不是安逸。在帆坚毅的搏斗中，大海已经有气无力。而在大海的上面，是阳光的世界，温暖而和煦，安详而灿烂；下面是一碧万顷的海面，宁静而温顺，清净而可爱。这不就是安逸

莱蒙托夫

的生活吗？但是，帆要的不是这些，而是拼搏，是拼搏中带来的乐趣，是孤独灵魂的英雄行为。

这首诗是一首杰出的哲理抒情诗。诗歌采用象征的手法，通过这种给人强烈印象的意象来表达诗人的感情。帆就是诗人的化身，诗人那孤独、反叛的灵魂象征，那对自由的向往也象征诗人对自由的向往，同时也象征着诗人那一代贵族革命家对自由的向往。诗在描画风景，进而说明发人深省的哲理方面也具有很高的水平。那恶劣的社会环境在诗中对大海糟糕场景的描写中得到了贴切的表现；那进取的精神和顽强的生命力也在诗的叙述过程中得到了很好的体现。

另外，诗歌采用的设问结构大大强化了诗歌的感染效果，省略号的使用开阔了诗的意境，启发读者深思，特色独具。

哦，船长，
我的船长
/ 惠特曼

哦，船长，我的船长！我们险恶
　的航程已经告终，
我们的船安渡惊涛骇浪，我们寻
　求的奖赏已赢得手中。
港口已经不远，钟声我已听见，
　万千人众在欢呼呐喊，
目迎着我们的船从容返航，我们
　的船威严而且勇敢。
可是，心啊！心啊！心啊！
哦，殷红的血滴流泻，
在甲板上，这里躺着我的船长，
他已倒下，已死去，已冷却。

哦，船长，我的船长！起来吧，
　请听听这钟声，
起来，——旌旗，为你招展——
　号角，为你长鸣。
为你，岸口挤满人群——为你，
　无数花束、彩带、花环。
为你，熙攘的群众在呼唤，为你

· 作者简介 ·

惠特曼（1819-1892），美国19世纪著名诗人，美国现代诗歌之父。出生在长岛海滨的一个贫苦农家。5岁时全家迁往布鲁克林。由于家庭贫困，诗人11岁时就辍学，当油漆工、印刷工、小学教师等挣钱糊口。1839年，惠特曼开始发表诗歌和散文作品，并独自出了一份小报《长岛人》。1842年后惠特曼先后担任《曙光报》《鹰报》《自由人报》等报纸编辑，但都因为持有反对奴隶制的民主主义立场而被解职。1850年，惠特曼当起木匠，同时进行诗歌创作。1855年，惠特曼的一本仅有12首诗的诗集《草叶集》面世。诗集面始伊始，受到了攻击和诽谤，但它以丰富的情感和向往自由的精神最终得到了人们的认可。1892年，已有400余首诗歌的最后一版《草叶集》出版。美国内战期间，惠特曼亲自参加了反对奴隶制的战争。由于在内战中辛劳过度，惠特曼于1873年患半身不遂，在病榻上度过了近20年的艰难生活。1892年3月26日，惠特曼在卡登姆去世。

转动着多少殷切的脸。
这里，船长！亲爱的父亲！
你头颅下边是我的手臂！
这是甲板上的一场梦啊，
你已倒下，已死去，已冷却。

我的船长不作回答，他的双唇惨白、寂静，
我的父亲不能感觉我的手臂，他已没有
 脉搏、没有生命，
我们的船已安全抛锚碇泊，航行
 已完成，已告终，
胜利的船从险恶的旅途归来，我
 们寻求的已赢得手中。
欢呼，哦，海岸！轰鸣，哦，洪钟！
可是，我却轻移悲伤的步履，
在甲板上，这里躺着我的船长，
他已倒下，已死去，已冷却。

江枫 译

作/品/赏/析

  这首诗选自惠特曼的诗集《草叶集》，写于1865年，是为悼念林肯总统而作。美国南北战争期间，林肯领导美国北方人民平息了南方种植园奴隶主发动的叛乱，摧毁了南方奴隶制度，为美国资本主义的发展铺平了道路。但林肯也因此遭到南方奴隶主的极度仇恨，内战结束不久，林肯就被南方奴隶主所派遣的间谍刺杀。林肯遇刺后，美国人民极为沉痛，纷纷举行各种悼念活动。诗人惠特曼也写下了著名的《哦，船长，我的船长》一诗，表达了自己的哀思。

  "哦，船长，我的船长！"诗的开头直抒胸臆，情感炽烈，仿佛一股久蓄于胸的情感热流奔涌而出，连绵不绝地流淌。诗人将林肯比喻为率领美国人民驾驶帆船搏击惊涛骇浪向目的地前进的船长。险恶的航程终于结束了，"我们的船安渡惊涛骇浪""寻求的奖赏已赢在手中"，港口在望，钟声传来，万千人众在岸口欢呼呐喊，欢迎帆船返航。然而就在胜利到来的时刻，船长却倒下了，他躺在甲板上，身上"殷红的血滴流泻"，他"已死去，已冷却"。

  "我"不愿自己所看到的是现实。"哦，船长，我的船长"，诗人再一次深情地呼唤着，希望船长能够从"沉睡"中醒来,重新带领人们搏击风浪,开始新的航程。岸口旌旗招展,号角长鸣,人们挥舞着花束、彩带、花环,欢呼着,脸上带着殷切的表情,迎接船长的到来。可是船长,"亲爱的父亲",头枕在"我的手臂"上,"已死去,已冷却"。对周围的一切,船长毫无知觉,不作回答,感觉不到"我"的手臂的振动。船已下锚,航行已告终,在欢呼胜利的时刻,我步履沉重,悲伤地走在船长躺着的甲板上,船长"已死去,已冷却"。无限的感慨,无限的沉思。

这首诗最能体现诗人的创作风格——豪迈奔放、舒卷自如、铿锵有力。诗歌形体自由活泼,适于感情的抒发;长短句交替运用,富于节奏感,读来朗朗上口;每段的结尾反复使用同一句子,渲染了气氛,加强了表达效果;比喻、象征、排比等手法的运用,也增强了诗歌的感染力。

我听见美国在歌唱 /惠特曼

我听见美国在歌唱,我听见各种各样的歌,
那些机械工人的歌,每个人都唱着他那理所当然地快乐而又雄伟的歌,
木匠一面衡量着他的木板或房梁,一面唱着他的歌,
泥水匠在准备开始工作或离开工作的时候唱着他的歌,
船夫在他的船上唱着属于他的歌,舱面水手在汽船甲板上唱歌,
鞋匠坐在他的凳子上唱歌,做帽子的人站着唱歌,
伐木者的歌,牵引耕畜的孩子在早晨、午休或日落时走在路上唱的歌,
母亲或年轻的妻子在工作时,或者姑娘在缝纫或洗衣裳时甜美地唱着的歌,
每个人都唱着属于他或她而不属于任何其他人的歌,
白天唱着属于白天的歌——晚上这一群体格健壮、友好相处的年轻小伙子,
就放开嗓子唱起他们那雄伟而又悦耳的歌。

邹绛 译

作/品/赏/析

这首诗是一首颂扬辛勤工作、忠于职守的美国劳动者的赞歌,广泛而普遍地歌咏了美国社会下层各界的劳动人民,热情洋溢地演奏着一支劳动场面的协奏曲。"每个人都唱着他那理所当然地快乐而又雄伟的歌",诗人就是以这种积极昂扬的主人翁精神,歌唱着自由而强健的民族,歌唱着欣欣向荣、蒸蒸日上的祖国。诗歌语言流畅,激情奋发,荡漾着一片喜悦欢朗的情调,尽情地倾吐着诗人对于祖国和人民的一腔赤诚和满心热爱。

黄昏的和谐

/ 波德莱尔

时辰到了，在枝头颤栗着，
每朵花吐出芬芳像香炉一样，
声音和香气在黄昏的天空回荡，
忧郁无力的圆舞曲令人昏眩。

每朵花吐出芬芳像香炉一样，
小提琴幽咽如一颗受创的心；
忧郁无力的圆舞曲令人昏眩，
天空又愁惨又美好像个大祭坛！

小提琴幽咽如一颗受创的心，
一颗温柔的心，他憎恶大而黑的空虚，
天空又愁惨又美好像个大祭坛，
太阳沉没在自己浓厚的血液里。

一颗温柔的心，他憎恶大而黑的空虚，
从光辉的过去采集一切的迹印！
天空又愁惨又美好像个大祭坛，
你的记忆照耀我，像神座一样灿烂！

陈敬容 译

·作者简介·

波德莱尔（1821-1867），19世纪法国著名诗人，象征派诗歌的奠基人。诗人出生于贵族家庭，6岁时父亲去世，其母改嫁给一个古板偏狭的军官。诗人青年时代靠父亲的遗产过着放浪形骸、纵情声色的生活，整日流浪于现代都市中，处处标新立异，和女演员同居，终于穷困潦倒。他后来开始文学创作。1857年，他的诗集《恶之花》出版，引起轩然大波：一方面咒骂之声不绝如缕，竟至于有官方出面将之查封，判处诗人伤风败俗的罪名；另一方面许多著名作家好评如潮，一些报纸争相刊登为《恶之花》辩护的文章。诗人最终顶住了威胁和打击，继续写诗，并于4年之后出版了《恶之花》第二版，成为当时很多青年人的精神导师。尽管如此，诗人还是没有摆脱贫病交加的生活。1867年，名满天下的波德莱尔在贫病交加中死去。除了著名的《恶之花》外，诗人还有散文诗集《巴黎的忧郁》，画评《1854年的沙龙》等作品。

波德莱尔

作/品/赏/析

本诗是诗集《恶之花》中的一首情诗。诗人想用黄昏的意象来表达自己与情人在一起的美好时光里的欢乐、痛苦和圣洁的感情。

"时辰到了",诗的开头这样说道,没有丝毫的迟疑和停顿,似乎从诗人的口中脱口而出。诗人等了好久了吗?无论如何,黄昏已经到了。诗人开始展开自己的心怀,用那美丽的意象,用那有着灵魂的事物来象征诗人的心灵或别的什么。

在这黄昏的时刻,花儿散发着芬芳,似乎在倾吐灵魂的忧郁,诗人听到了声音;小提琴在幽幽咽咽地倾诉,那音乐似诗人心灵的流淌,流淌着诗人的悲伤,又似冥和着天空,天空是美的,那种愁云惨淡的凄美。在这个黄昏,如血的太阳下沉,染红了西边的天空。在那一刻,诗人敏感的心如花一样在战栗,诗人完全沉浸在对美好时光的回忆中,为那天空的悲哀和美丽震撼了。最后,诗在"神座一样灿烂"的氛围中结束,诗人在黄昏的美丽中、在美好的回忆中获得了解脱,进入了物我两忘的境界。

这首诗是波德莱尔的代表作,也是欧洲象征主义诗歌的代表作,它形象地表现了象征主义诗歌的特点和美学追求。诗中的每一个意象都是诗人心灵的流露,是诗人的情感抒发。那花的战栗就是诗人的颤栗,那幽咽的声音就是诗人心的哭泣声,那天空的凄愁象征着诗人忧郁的心境。诗人奔走在这喧嚣的世界,体味情感的波澜,在万物中,在它们的动静中寻找诗的意象,寻找心灵的象征,摹画心灵的美。诗人的美是忧郁的,无论那花、那音乐、那天空都蒙着重重的帷幕,沉沉的。

另外,诗的诗体颇为独特。诗人放弃了惯用的"商籁体",而采用来自马来的诗体:全诗上段的二四两句和下段的一三两句重复,韵律严格。这不仅加重了诗的意象,使情绪的表达更加浓重,而且也增强了诗的节奏,音乐感极强,一咏三叹,缠绵悱恻。其实,对音乐感的追求也是法国象征主义诗歌的一个特点,有人就曾说过,这首诗是诗歌对音乐的胜利。

波德莱尔诗集《恶之花》中文版封面
该诗集为波德莱尔的代表作,也是法国象征主义文学的开山之作,描写了大城市的罪恶,展现了一个孤独、病态而悲怆的诗人追求光明幸福却感到幻灭的苦闷和忧郁。

我愿意是急流 /裴多菲

我愿意是急流,
山里的小河,
在崎岖的路上、
岩石上经过……
只要我的爱人
是一条小鱼,
在我的浪花中
快乐地游来游去。

我愿意是荒林,
在河流的两岸,
对一阵阵的狂风,
勇敢地作战……
只要我的爱人
是一只小鸟,
在我的稠密的
树枝间做窠、鸣叫。

我愿意是废墟,
在峻峭的山岩上,
这静默的毁灭
并不使我懊丧……

·作者简介·

裴多菲(1823-1849),匈牙利历史上最伟大的诗人、文学家。出生于一个屠户家庭,自小以从军为理想,16岁时辍学,多报2岁进入军队,不久因肺病退伍,进入一家话剧团。1843年,诗人出版其第一本诗集,受到人们关注。1846年,诗人领导组织了革命作家团体"青年匈牙利",创办刊物《生活景象》,宣传民主自由思想。同年,诗人在一个乡村舞会上与森德莱·尤丽娅一见钟情,但遭到女孩的伯爵父亲的极力反对。不久诗人在一次外出途中听到情人嫁人的消息,便匆匆赶回。结果诗人发现是谣传,喜极而泣。1848年3月15日,布达佩斯爆发市民起义,诗人作为领导者之一,写下了著名的《民族之歌》。起义不久蔓延到全国,到秋季,匈牙利的人民获得了自由。然而,俄奥帝国派兵侵入匈牙利,诗人亲往前线,抗击侵略者。1849年7月,诗人为祖国而牺牲,年仅27岁。诗人的作品主要有《诗集》《使徒》等。其中有很多诗都流传甚广,如《自由与爱情》《民族之歌》等。

只要我的爱人
是青青的常春藤,
沿着我荒凉的额,
亲密地攀援上升。

我愿意是草屋,
在深深的山谷底,
草屋的顶上
饱受风雨的打击……
只要我的爱人
是可爱的火焰,
在我的炉子里,
愉快地缓缓闪现。

我愿意是云朵,
是灰色的破旗,
在广漠的空中
懒懒地飘来荡去,
只要我的爱人
是珊瑚似的夕阳,
傍着我苍白的脸,
显出鲜艳的辉煌。

孙用 译

作/品/赏/析

　　这是一首情诗,写于1847年诗人在和乡村少女森德莱·尤丽娅恋爱的时期。诗歌以流畅的言辞和激昂的感情抒发了诗人心中对爱人热烈诚挚的爱。裴多菲的诗如同裴多菲的生命、爱情和胸怀,一样的豪情壮志,一样的激昂慷慨。

　　诗人愿意是急流,顺着山中窄窄的水道,穿越崎岖的小路,流过峥嵘的岩石。诗人愿意这样,条件是他的爱人是一条小鱼。诗人愿为她掀起朵朵小小的浪花,让爱人在其间嬉戏游玩。

　　然而急流仍不足以表明诗人爱的专一,诗人愿意把爱人设想为更多的形象——小鸟、常春藤、炉子、珊瑚般的夕阳,它们在诗人的怀抱或者胸膛里自由生长,任意徜徉。因为,诗人愿意是荒林,即使狂风肆虐;愿意是废墟,即使毁灭在峻峭的山岩;愿意是草屋,即使饱受风雨的打击;愿意是云朵、破旗,即使只能来衬托爱人的美丽和灿烂。

诗中这些叠加在一起的意象,处处透着苍凉和悲壮。苍凉和悲壮的背后是一种崇高和执着,心灵的崇高、爱情的执着。恋人的形象一方面是诗人眼中的恋人的形象:美丽、欢快、热情而鲜艳;另一方面也代表了诗人追求的理想。

诗歌用排比的段落、连续的短句恰当地表达了丰富的内容,激情四溢,波澜壮阔。这首诗也是诗人的爱情声明:坚贞不移、义无反顾。正如诗人另一首著名的诗所说的:"生命诚可贵,爱情价更高;若为自由故,二者皆可抛。"诗人就是这样,为了自己所追求的东西,意念坚定,无怨无悔。多么伟大的献身精神!多么伟大的胸怀!

正是这种执着坚贞的爱情观,使得诗人不惧一切艰难险阻也要和爱人在一起。正是这种对理想的崇高追求,对自由的坚韧追求,使得诗人连同他的诗深深地打动了人们,刻在了一代又一代渴望自由与理想的人们心中。

裴多菲

灵魂选择自己的伴侣

/狄金森

灵魂选择自己的伴侣,
然后,把门紧闭,
她神圣的决定,
再不容干预。

发现车辇停在她低矮的门前,
不为所动,
一位皇帝跪在她的席垫,
不为所动。

我知道她从一个民族众多的人口
选中了一个,
从此封闭关心的阀门,
像一块石头。

江枫 译

作/品/赏/析

　　伴侣是人生命中的一部分,是人相守一生的另一半,是人的信仰和生活支柱。诗的开头说"灵魂选择自己的伴侣",诗人的意志是坚定的,心是圣洁的,她紧紧地守着自己的灵魂,守着自己生命的风景、信念。

　　灵魂选择了自己的伴侣,就关上门,坚定地守着自己的决定。这是一种神圣的决定,它不容干预。一种强烈的内心执着意念,一种内视的心灵在自己的天堂里扎根、生长。这种爱情是义无反顾的,一旦爱上一个人,就坚定地将自己的灵魂还有生命一并交给另一个灵魂。

　　但是,爱情并不是一点没有烟火味,她会经常受到来自外部因素的影响。"车辇停在她低矮的门前""一位皇帝跪在她的席垫"上,这是一个暗示,暗示外部因素的纷繁和干扰力量的强大。然而,灵魂坚定而不为所动!这些更进一步地说明坚贞爱情的不易,说明灵魂的纯真和坚毅。

· 作者简介 ·

狄金森（1830-1886），19世纪美国著名女诗人。她出生于美国东部景色秀美的小城阿默斯特的一个高贵之家。家中那栋高大的红砖房是她永远的生活背景——除在23岁随父亲去了一次华盛顿，此后从未离开过。狄金森一生仅有的一次远行却给她带来了终生的痛苦——在去华盛顿的途中，她邂逅牧师查尔士·沃兹华斯。两人相恋，沃兹华斯已有妻室，他在与狄金森保持了近10年的通信后，最终音信全无。狄金森从此性格更加内向，几乎不与任何人交往。1886年，狄金森在独居了20年后平静地离开了人世。狄金森生前仅有8首诗作发表。1890年，她的诗集被整理出版，开始在美国乃至世界流传。

诗人认为这些还不足以表达自己灵魂的坚定，还要用平静的语气再说一遍："不为所动。"诗人要表明自己的决定是在理智的情况下做出的。诗人的爱情是坚定的，是灵魂的冷静选择，从民族众多的人口中选中一个自己的伴侣。自此，灵魂就关闭了关心的阀门，不为任何外物所动。这是何等的决心！

诗歌诗意浓缩，表达精练，在简单的词句中蕴含了深厚的内在意蕴和深长的言外之意。同时，诗人由于情感经历的波折而导致的内向性格、浓重的清教徒式的清高意念和看破红尘的心情，在这首诗中表现得十分明显。诗中，皇帝的跪伏、石头等简明意象的使用，都表明了诗人的不为所动的坚定决心，表现了诗人的执着。那简洁有力的语言给人以极大的感染力，那简单冷清的情景带给人们很多想象。正是这些，使得诗人的诗具备了独特的魅力，在世界各国广泛流传，深深地打动着世人的心。

狄金森

因为我不能等待死亡——

/狄金森

因为我不能等待死亡——
他体贴地停下来等我——
马车只载着我们两个——
还有永生。
我放下了我的工作，
我的闲暇，
为了他的善意。

我们路过学校,孩子们
在操场上——游戏——
我们路过凝视的麦田——
我们路过西沉的落日——

毋宁说,落日路过我们——
露水让我直打寒颤——
我只穿了一件丝衣——
和薄纱的披肩——

我们在一间房子前停下
像是地上的小丘——
屋顶几乎看不见——
泥土——快盖过了檐口——

许多世纪——过去了——可是——
感觉比一天还短——
我这才怀疑我们到达的
是无限的时间——

灵石 译

作 / 品 / 赏 / 析

狄金森在这首诗中描写了一次象征着人生的旅行经过,表达了对于生命与死亡的深入思考,具有深刻的哲理意义。诗歌的起句"因为我不能等待死亡——",意涵着诗人要选择在积极地前行中度过自己的生命,而不是静止下来等待死亡的叩访。然而,"他体贴地停下来等我——",这个"他",就是对于死亡的指称。诗中要表达的是,对于死亡,不能够等待,而只有迎接。"马车只载着我们两个——",这意味着人生是伴着死亡同行的。"还有永生。"在死亡之外,诗人又给生命加上了另一个维度——永生。诗的第二节展现了死亡的温柔,诗人因为死亡的善意而放下了工作,这是极具深意的表达,堪称醒人之语。诗的第三节展现生命的旅程,引出了具有象征意味的"落日"。"毋宁说,落日路过我们——",这是对于生命的逆向思考,我们在路过着,同时也是被路过的对象。"我们在一间房子前停下 / 像是地上的小丘","停下",意味着生命的终止,而"地上的小丘"当然指的是坟墓。诗的最后一节所展现的正是诗的第一节所提到的"永生",诗人在这里表现了生命与死亡的辩证关系,诱人深思。

天 鹅 /普吕多姆

湖水宁静，似一方幽清的明镜，
天鹅的巨翅无声地划着水纹，
它滑翔着，羽翅上的白绒宛如
那四月的积雪，在阳光下消融；
然而，天鹅的巨翅却坚实白厚，
在轻风中微颤着，如一叶白帆。
它美丽的长颈高昂出芦苇丛，
钻水又屈伸，水面上引颈漫游，
优雅的曲颈好似浮雕的花纹，
黑色的尖嘴藏在明亮的喉颈。
它时而沿着松林——浓荫与安谧，
蜿蜒着，划开厚厚的绿的浮萍，
身后拖起一缕清绿的长发。
天鹅慢悠悠地游着，神态倦慵。
岩洞里诗人谛听着微妙的感觉，
流泉在这里哭诉着虚无的永恒。
穿岩洞、涉流泉、天鹅其乐融融；
一片柳叶默然飘落在它的肩头。
时而它横推水波，离开那树荫，
昂首挺胸，似与茫茫太空争雄，
它选择了那阳光耀眼的水面，
炫耀那自赏万分的一身洁白。
后来，暮霭抹去了湖水的边际，
湖光和水色朦胧地交融在一起，
红霞缕缕镂刻在昏黄的天际，
灯心草、菖兰花停止了摇曳，
融融的月下飞起了点点流萤。
天鹅，头窝在翅膀下面，
湖面幽暗倒映着绛紫的星空，
它仿佛一座宝石簇拥的银坛，
睡了，在这天与水的穹隆之中。

陈中林 译

· 作者简介 ·

普吕多姆（1839-1907），法国诗人，出生于巴黎的一个工商业者家庭，父亲是工程师。普吕多姆自幼聪颖好学，但是受到健康因素的影响而未能进入大学学习。他曾当过职员和工程师，还从事过法律工作，后来转向诗歌创作。普吕多姆曾参加由一些提倡"为艺术而艺术"的高蹈派诗人组成的帕尔纳斯派诗歌运动，并成为该派的代表人物之一。1865年，普吕多姆出版了自己的第一部诗集《韵节与诗篇》，在诗坛崭露头角。1881年，普吕多姆当选为法兰西学院院士。普吕多姆对哲学具有浓厚的兴趣，并且试图沟通诗与科学，他在诗歌中长于揭示人类心灵隐秘、幽微的感受和体验，常带有哲学性质的思考，主题深刻，往往会令读者产生很深的印象。1901年，普吕多姆获得首届诺贝尔文学奖。

作/品/赏/析

这首诗在运动中刻画天鹅优雅的风姿，湖水和芳草又令天鹅的美好形象有了一种和谐的衬托。诗中采取写实与想象相融合的手法，通过种种形象鲜明的比喻来描绘天鹅的姿态。"羽翅上的白绒宛如／那四月的积雪，在阳光下消融""它美丽的长颈高昂出芦苇丛，钻水又屈伸，水面上引颈漫游，优雅的曲颈好似浮雕的花纹"。而在这些描绘中又有着大量的表现色彩的词汇，"羽翅上的白绒""坚实白厚""黑色的尖嘴""绿的浮萍""清绿的长发""红霞缕缕"……其中既有对天鹅自身的描写，又有对天鹅身边景物的描绘，显现了一幅美丽典雅的奇景，而"岩洞里诗人谛听着微妙的感觉，流泉在这里哭诉着虚无的永恒"。这其中又融入了诗人自身的想象与情感。

裂缝的瓶　/普吕多姆

枯萎了插着的马鞭草，
扇子一下碰伤了花瓶；
只不过刚好轻轻触着，
并没有响出一点声音。

但那条细微的裂痕，
每天都在蚀着玻瓶，
虽不现形迹，而是准定
慢慢地在逐渐延伸。

清水流出一点一滴，
鲜花的生命便枯竭；
再也没有谁会怀疑，
不要触动，玻瓶已发裂。

往往也是相爱的手，
轻轻一触便伤着了心；
裂开了缝隙在心头，
爱情的花儿便凋零。

眼里看不出什么损伤，
可感觉它细而深的缝，
暗暗在低泣，在增长，
心儿已发裂，不要触动。

方敬 译

作/品/赏/析

  普吕多姆对自己的爱情观有着这样的表白："爱情是感觉，同时也是思想，正如美本身是形式也是表现一样。没有接吻的爱是不完全的，没有柔情和尊重的爱也是不完全的。学会混合这两种幸福的源泉，按相当的比例混合，决不使它枯竭，这就是爱的艺术。"普吕多姆本人终身未婚，诗人对于爱情的观念与自身的爱情实践也许可给人提供一种关于爱情的反思。"只不过刚好轻轻触着，并没有响出一点声音""但那条细微的裂痕，每天都在蚀着玻瓶，虽不现形迹，而是准定/慢慢地逐渐延伸""清水流出一点一滴，鲜花的生命便枯竭""并没有响出一点声音"，但是"玻瓶已发裂"。诗人用一个微小的创痕最后造成瓶的破碎这一现象，来表现爱情的脆弱难持。心灵的伤口是发生于细微的，令人不知不觉的，但是它的进展却是顽强的，其摧毁力是巨大的，而且是无可补救的。这要置身于爱情的人不禁要思考，爱究竟应当怎样来维护？

分 离

/哈代

急雨打着窗,震响着门枢,
大风呼呼的,狂扫过青草地。
在这里的我,在那里的你!
中间隔离着途程百里!

假使我们的离异,我爱,
只是这深夜的风与雨,
只是这间隔着的百余里,
我心中许还有微笑的生机。

但在你我间的那个离异,我爱,
不比那可以消歇的风雨,
更比那不尽的光阴:邈远无期!

徐志摩 译

· 作者简介 ·

哈代(1840-1928),英国诗人、小说家。1856年,哈代离开学校,进入了建筑行业,并于1862年去伦敦任建筑绘图员。在此期间,他开始了文学创作。哈代最先的文学创作是诗歌,但后来又改为小说创作。1871年,他的第一部长篇小说《计出无奈》问世,1874年,他的第四部小说《远离尘嚣》成了他的代表作。哈代晚年又回到了诗歌创作上,并以出色的诗歌开拓了英国20世纪的文学。

作/品/赏/析

《分离》一诗写一种情人之间分离的失落感,诗人借景抒情,善于营造一种具体的情感氛围,而对内心情感的表白,也是比较直接的。"急雨打着窗,震响着门枢,大风呼呼的,狂扫过青草地",诗人首先写出了一个风雨凄凄的情景,给我们展现出一个伤感的氛围,之后很快表明分离的痛苦:"在这里的我,在那里的你!中间隔离着途程百里!"在第二节,诗人深入了这种分离的本质:"假使我们的离异,我爱,只是这深夜的风与雨,只是这间隔着的百余里,我心中许还有微笑的生机。"诗人说这种分离事实上比风雨和遥遥路途更严重:"但在你我间的那个离异,我爱,不比那可以消歇的风雨,更比那不尽的光阴:邈远无期!"诗歌语言通俗流畅,富有古典气息,感情很真挚,情与景之间的相互交融也是十分恰当的。

天 鹅

/ 马拉美

纯洁、活泼、美丽的,他今天
是否将扑动陶醉的翅膀去撕破
这一片铅色的坚硬霜冻的湖波
阻碍展翅高飞的透明的冰川!

一头往昔的天鹅不由追忆当年
华贵的气派,如今他无望超度
枉自埋怨当不育的冬天重返
他未曾歌唱一心向往的归宿。

他否认,并以颀长的脖子摇撼
白色的死灰,这由无垠的苍天
而不是陷身的泥淖带给他的惩处。

他纯净的光派定他在这个地点,
如幽灵,在轻蔑的寒梦中不复动弹:
天鹅在无益的谪居中应有的意念。

施康强 译

作 / 品 / 赏 / 析

诗人曾经说过:"冬日,那清醒的冬日,才是明净艺术的季节。"那样的冬天给了诗人怎样的共鸣,怎样的思考呢?是不是那样的寒冷正好刺痛了诗人的神经,让诗人产生了冷静的思考。《天鹅》写于诗人创作的早期,其时诗人正处于创作低潮期,生活也不是很令人满意。在那样的寒冷中,诗人的思考就深沉地刺进了世界的深处。

这首诗主要描写一只冬天的天鹅。诗的开头用来修饰天鹅的词都可以用来修饰天使,人间的精灵。然而在寒冷的冬天,在冰封的湖面上,天鹅在沉沉睡去。天空的积云还没有散去,显示着冰冷坚硬的铅灰色;湖面死气沉沉,寒冷冻僵了所有的声音。睡去的

· 作者简介 ·

马拉美（1842-1898），法国早期象征主义诗歌大师，出生于世代官宦家庭。马拉美很小的时候，母亲、父亲和姐姐相继离开人世，他成了一个孤儿，只是在外祖母的怀中得到一些关怀。中学时代，马拉美迷上了诗歌。1862年，马拉美开始发表诗歌，同年去英国进修英语。次年诗人回到法国。1866年，马拉美的诗歌开始受到诗坛的关注。1876年，马拉美的《牧神的午后》在法国诗坛引起轰动。此后，马拉美在家中举办的诗歌沙龙成为当时法国文化界最著名的沙龙，一些著名的诗人、音乐家、画家都是他家的常客，如魏尔伦、兰波、德彪西、罗丹夫妇等。因为沙龙在星期二举行，被称为"马拉美的星期二"。1896年，马拉美被选为"诗人之王"，成为法国诗坛现代主义和象征主义诗歌的领袖人物。晚年的诗作晦涩难懂，马拉美成就不大。

天鹅并没有忘记自己的出身，华贵的气质，有着优美的内心梦想。天鹅仇视这寒冷和铅灰色的天空，天鹅的梦想在这样的天空上不能展现，也不想展现。天鹅受伤了，陷入深深的忧伤和痛苦中。

这样的处境就是天鹅的宿命吗？天鹅摆动它白色的颈项——纯洁灵动的曲线，否认自己身陷泥淖之中。天鹅认为自己困留在这样的世界，是因为那天空，那没有生机的天空，陷它这样的处境。天鹅的梦想受到了致命的打击。它绝望了，梦想在自己的心灵中死去。天鹅纯洁的心灵，那份纯净的光让它只能在这样的寒梦中蛰伏，在沉沉的意念中守着自己的纯洁和神圣的美丽。

这天鹅也是诗人自己的象征，天鹅梦想的破灭象征着诗人心灵受到创伤，天鹅的意念和信仰正是诗人的意念和信仰。在对天鹅的描写中，诗人的心也在承受着巨大的悲痛和深深的失望。诗人想在这令人失望的世界中蛰伏，保持自己高傲的形象，不惜以牺牲为代价。

马拉美是象征主义诗歌理论的最终完成者，他的诗歌在艺术的表现手法和艺术形式上将象征主义诗歌的特点表现得极其完整而到位。诗中的天鹅、天鹅的姿态、结冰的湖面组合成的画面，描绘出的自然正是诗人和诗人所在世界的象征，其背后有着深刻的内涵，可能指向着一个更具精神性的世界。

诗歌在用词和音乐的追求上也达到了一个新的高度。诗歌在语言的组织上韵律得当，有着明显的音响效果，体现了诗人自己所说的诗歌主张：要依靠音响的效果来组织词句。

天在那边屋顶上呵 /魏尔伦

天在那边屋顶上呵
又静,又青!
树在那边屋顶上呵
摇着清荫。

钟在眼前的天上呵
悠悠其声,
鸟在眼前的树上呵
啾啾其鸣。

主,生命就在那儿呀,
朴素,安宁,
这片和平的闹声呀,
来自市心。

——你怎么丢掉了,你呀
哭个不停,
你怎么丢掉了,说呀,
你的青春?

范希衡 译

作/品/赏/析

  法国著名的象征主义诗人魏尔伦曾经与法国另一著名的象征主义诗人兰波有着很深的友谊,但是后来因为性格的冲突,二人终止了友谊。1873年,魏尔伦因枪击兰波被监禁2年,在狱中写下了这首诗。失去了自由的诗人在铁窗内望着外面的世界,才感受到朴素安宁的生活的可贵。魏尔伦的诗歌意象朦胧,非常讲究语言的流动性和音乐感。手扶着铁窗,诗人的内心无法平静,放眼望去,不禁感慨万千:"天在那边屋顶上呵/又静,又青!树在那边屋顶上呵/摇着清荫。"这是诗人眼前宁静纯朴的风景,而在诗人的听觉世界中,一切也是那么美好:"钟在眼前的天上呵/悠悠其声,鸟在眼前的树上呵/啾啾其鸣。"所有的这些,都显示出一种自在的生活美,给诗人以极大的启示。于是,诗人感慨:"主,

· 作者简介 ·

魏尔伦（1844-1896），法国象征派诗人的杰出代表。1866年，魏尔伦出版了他的第一部诗集《伤感集》，其中已经呈现出了现代主义的萌芽。1869年，魏尔伦的另一部诗集《游乐图》问世。后来，他把给恋人玛蒂尔德写的情诗结集出版，取名为《美好的歌》。巴黎公社起义后，魏尔伦担任了公社的新闻处主任。起义失败后，他又重陷入颓废之中。因打伤了少年兰波，魏尔伦被判入狱2年，出狱后处于虔诚的忏悔之中，创作了《智慧集》。1885年完成的《被诅咒的诗人们》，树立了他在象征派诗人中的地位。1894年魏尔伦接替勒孔特·德·李勒当上了"诗人之王"。

生命就在那儿呀，朴素，安宁，这片和平的闹声呀，来自市心。"诗人的思绪回到了熙熙攘攘的生活中，想象着人们在自由自在地生活，而自己却无法自由，幡然悔悟之情跃然纸上："——你怎么丢掉了，你呀／哭个不停，你怎么丢掉了，说呀，你的青春？"

全诗四节，韵律整齐，反复咏叹，往复回环，内心独白真切，给人以余音绕梁的美好享受。

白色的月 /魏尔伦

白色的月
照着幽林，
离披的叶
时吐轻音，
声声清切：

哦，我的爱人！

一泓澄碧，
净的琉璃，
微波闪烁，
柳影依依——
风在叹息：

梦罢，正其时。

无边的静
温婉,慈祥,
万丈虹影
垂自穹苍
五色映辉……

幸福的辰光!

梁宗岱 译

作/品/赏/析

　　这首小诗格调高洁,而语言更是清美之极。"白色的月/照着幽林,离披的叶/时吐轻音,声声清切",白色的月给人一种分外清朗的感觉;幽谧的树林中清切的树叶声,也给人一种格外清幽的感觉。而这"声声清切",引起了诗人这样的一声呼唤:"哦,我的爱人!""一泓澄碧,净的琉璃,微波闪烁,柳影依依——风在叹息",如此佳景,怎能不令人心生慨叹:"梦罢,正其时。""无边的静/温婉,慈祥,万丈虹影/垂自穹苍/五色辉映……"这是多么美好的"幸福的辰光"!诗人将自己的心投注在自然界种种美好的物象上面,心景互映,在叙景的同时,也道出自己内心的情感,实现了完美的情景交融。

乌鸦 /兰波

主啊,当草原寒气袭人,
在萎靡的小村庄里,
在凋零的大自然里,
让乌鸦从太空里飞下,
那些可爱的奇妙的乌鸦。

叫声凄厉的奇怪的队伍,
冷风吹袭你们的窠!
你们沿着黄色的河,
沿着旧十字架的道路,
在沟渠上面,在洼地上空,
你们飞散着,请再来集中!

在那些前日的死者
长眠的法国原野上面
成群盘旋吧,可好?在冬天,
为了唤起行人的感慨,
请尽你们的义务喊叫,
哦,我们的凄沉的鸟!

可是,诸圣啊,让五月之莺
在那沉没于良宵的桅杆,
在那橡树的高枝上面,
为林中的羁客长鸣,
他们在草中无法离开,
那些没有前途的失败者!

钱春绮 译

· 作者简介 ·

兰波（1854-1891），19世纪法国象征主义诗人。出生在法国西北部的一个小城。兰波出生不久，其父便抛弃了兰波母子二人。母亲将这种痛苦转嫁到孩子身上，使得家庭气氛沉闷。兰波在这样的日子中度过了童年，还有过3次离家出走的经历。诗人15时岁就写下了名诗《元音》《醉舟》。1869年，诗人再次出走，来到巴黎，和另一位诗人魏尔伦认识。不久两人之间产生了超出朋友的感情，成为一对恋人，魏尔伦抛弃妻子和诗人一起离家出走。1873年，诗人提出分手，遭到魏尔伦枪击而受伤。不久诗人写下了著名的散文诗集《地狱的一季》；同年，诗人放下诗笔，从事商业活动。诗人在其6年创作生涯中，仅留下70余首诗和40多首散文诗，但影响很大。1891年，诗人身患癌症离开人世，年仅37岁。

作/品/赏/析

这首诗写于普法战争（1870年）之后，诗人借着战争的失利和生命的死亡来讲述自己心中的生活感受。

诗人在生命的重重阴影中叹息、悲哀，带着难以言状的沉沦和失望。世界也是这样：那草原、村庄，还有那群乌鸦，都面临着这样的困境。草原上，寒风在吹着，绿色在这样的世界上已没有立足之地。村庄更是在寒风中瑟瑟发抖，几座用蓬草搭起的茅屋是唯一的风景，和草原一样的干枯，孤独而单调地立在那儿。凋零！

兰波像

这凋敝的草原上突然有一群精灵飞起。是乌鸦！它们叫声凄厉，是为人间的悲剧，还是为自己的命运？草原上站着一些光秃槎丫的树，树枝间的窠，是乌鸦仅有的栖身之所，那坚硬、冰冷的窠更是严酷的寒风的袭击对象。在黄色的河流上空，在两旁插满十字架的道路中，在阴暗的小水沟上面，乌鸦在飞翔着，散落在那任何可能藏有腐朽和死亡的地方。

诗人说："请再来集中。"诗人突然跳出来呼喊，盘旋吧，人间的精灵！在冰冷僵硬的尸体上面，在死气沉沉的法国上空，扫荡人间那些行将逝去的肮脏灵魂吧！喊叫吧，人间的精灵！让那些浑浑噩噩的人们清醒过来，让路过的行人知道这国家的腐朽！这也是诗人的愿望和心声。

诗人在最后一段把乌鸦说成是"五月之莺"，它在那沉沉的夜中，在桅杆上，在高高的橡树上鸣叫。诗人借着这凄厉的鸣叫要唤醒人类心中埋藏的激情和美好理想。这是诗人的寄托吗？诗人该是那羁留在丛林中的天涯倦客，该是生活的失败者——也许是英雄穷途。

这首诗体现了兰波诗歌的显著特征。兰波是波德莱尔的第一个继承人，同时他还发展了波德莱尔的象征主义理论。他认为诗歌是人的心灵世界和自然世界冥合的结果，是诗人的一种通感的表达，他还认为诗歌应注重对主观情感的抒发，要用虚幻的世界来表现心灵。在这首诗中，诗人似乎和那原野、村庄、乌鸦合一了——那处境既是它们的处境也是诗人的生活处境，鸣叫、坚强同样是诗人的呼喊和坚强。

因为我深爱过 /王尔德

亲爱的心上人,当那热情的年轻修士
初次从他被困囚的神的隐密圣坛中
取出圣餐,并食用面饼,
饮用那令人敬畏的葡萄酒时,
也无法体验到我如此奇妙的感受——
当我那被冲击的眼初次深深凝视着你,
整晚我跪在你的足前,
直到你倦乏于这盲目崇拜。

啊!如果你喜欢我较少而爱我较深,
在经过那些欢笑和雨水的夏日后,
此刻我早已不是忧伤的继承者,
也不会是侍立在痛苦之屋中的仆人。
然而,即便懊悔,青春那苍白的管家,
带着他所有的扈从紧随在我脚后,
我却深幸我曾爱你——想想那
让一株婆婆纳变蓝的所有阳光!

佚名 译

· 作者简介 ·

王尔德(1854-1900),英国著名的诗人、小说家和戏剧家,唯美主义艺术运动的倡导者和主要代表,出生在爱尔兰都柏林,有着优越的家世,父亲是一名外科医生,母亲是一名作家。1874年,王尔德进入牛津大学莫德林学院,在那里,他确立了自己唯美主义的艺术方向。1891年,王尔德发表了自己的第一篇小说《道林·格雷的画像》,稍后又发表了散文《社会主义下人的灵魂》,这两部作品取得了很大成功,但是给王尔德带来更多荣誉的则是他的戏剧作品,其中包括举世闻名的剧作《莎乐美》。1895年,王尔德因同性恋诉讼案被判服刑2年。出狱后,王尔德因为彻底的失望而离开英国,后病逝于巴黎。王尔德的作品以语言华美和立意新颖而著称,其作品广受世界各地人们的欢迎,而他本人也成了唯美主义的一个代名词。

作/品/赏/析

"因为我深爱过",所以"我"是幸福和幸运的。"当我那被冲击的眼初次深深凝视着你","你"可知道"我"的感受是多么的奇妙!诗人用了四行诗句,叙说热情的年轻修士走出圣坛,享用圣餐和饮用圣酒的情景,只是为了衬托出诗人初次凝视心上人的那种神圣的感受,表达出诗人对于爱人的挚恋和对于爱情的崇高信仰。诗的第二节讲述诗人这样的表白,无论事情如何,自己的爱是真诚的,是不会有懊悔的,而只是深幸"曾爱你",深幸自己曾经深爱过。"想想那/让一株婆婆纳变蓝的所有阳光!"曾经的爱,和那曾经有着爱情照耀的日子,总是万般的美好。

沉默的爱人 /王尔德

一如那过于辉煌的太阳总是
催促苍白而不情愿的月亮
返回她阴郁的洞穴——在她
赢得夜莺的一首歌谣之前,
而你的美丽也使我的唇无言,
使所有我最甜美的歌唱变调。

一如黎明时分,风张着冲动的翅膀
越过平坦的草地,
它过于猛烈的亲吻折断了芦苇——它所仅有的歌唱乐器,
而我那过于激烈的热情也使我犯错,
我狂热的爱恋使我的爱人沉寂无声。
然而我的眼睛的的确确已向你表明
何以我沉默,何以我的鲁特琴断弦,
或许我们分开是比较好的,去吧,
你去寻找那歌唱着更为甜美旋律的唇,
我则以那些未亲吻的吻,和未唱的歌,
来滋养这贫瘠的回忆。

佚名 译

作/品/赏/析

　　这首诗的前后两段都采用了比兴的手法来领起,前一段用日升月落间夜莺的歌谣来映照,言说爱人的美丽"使我的唇无言,使所有我最甜美的歌唱变调",后一段用黎明时分冲动的风"亲吻折断了芦苇"来引出"我那过于激烈的热情也使我犯错""我狂热的爱恋使我的爱人沉寂无声"。后一段所言之事与前一段相同,可是所诉之情却比前一段更为热烈。前后两段内容相互对应,由"你的美丽也使我的唇无言"转成"我狂热的爱恋使我的爱人沉寂无声",这份爱是如此沉重,以至于彼此不堪承受。诗人尝试着宽慰"或许我们分开是比较好的",可是那又将是一番怎样的痛苦呢?

当你老了 /叶芝

当你老了,头白了,睡思昏沉,
炉火旁打盹,请取下这部诗歌,
慢慢读,回想你过去眼神的柔和,
回想它们昔日浓重的阴影;

多少人爱你青春欢畅的时辰,
爱慕你的美丽,假意或真心,
只有一个人爱你那朝圣者的灵魂,
爱你衰老了的脸上痛苦的皱纹;

垂下头来,在红光闪耀的炉子旁,
凄然地轻轻诉说那爱情的消逝,
在头顶的山上它缓缓踱着步子,
在一群星星中间隐藏着脸庞。

袁可嘉 译

·作者简介·

叶芝(1856-1939),爱尔兰著名诗人,后期象征主义诗人的主要代表,出生在一个画家家庭。1889年,诗人出版其第一部诗集《马辛的漫游与其他》。同年,叶芝对美丽的茅德·冈一见钟情,并且一往情深地爱了她一生,尽管诗人并没有得到对方的丝毫回报。1891年,诗人来到伦敦,组织"诗人俱乐部""爱尔兰文学会",宣传爱尔兰文学。1896年,他和友人一道筹建爱尔兰民族剧院,拉开了爱尔兰文艺复兴的序幕。1899年,诗人的诗集《苇丛中的风》获得最佳诗集学院奖。1902年,爱尔兰民族戏剧协会成立,诗人任会长。1910年,诗人获得英国王室年金奖和自由参加任何爱尔兰政治运动的免罪权。1917年,诗人再次向业已离婚的茅德·冈求婚,被拒绝,同年和另一女子结婚。1923年,诗人获得诺贝尔文学奖。1932年,诗人创立爱尔兰文学院。1938年,诗人移居法国,一年后病逝。诗人一生创作甚富,主要作品有诗集《奥伊辛漫游记》《后期诗集》等。

作/品/赏/析

1889年1月30日，23岁的叶芝遇见了美丽的女演员茅德·冈，对她一见钟情，尽管这段一直纠结在诗人心中的爱情几经曲折，没有什么结果，但对茅德·冈的强烈爱慕之情却给诗人带来了真切无穷的灵感，创作了许多与此有关的诗歌。《当你老了》就是其中的一首。其时，诗人还是一名穷学生，诗人对爱情还充满着希望，对于感伤还只是一种假设和隐隐的感觉。

在诗的开头，诗人设想了一个情景：在阴暗的壁炉边，炉火映着已经衰老的情人的苍白的脸，头发花白的情人度着剩余的人生。在那样的时刻，诗人让她取下自己的诗，在那样的时间也许情人就会明白：诗人的爱是怎样的真诚、深切。诗开头的假设其实是一个誓言，诗人把自己，连同自己的未来一起押给了爱人，这爱也许只是为了爱人的一个眼神。诗人保证：即使情人老了，自己仍然深爱着她。即使她头发花白，即使她老眼昏花，仍然可以为那一个柔和的眼神带来的爱慕，带来的阴影和忧伤回想，让最后一点的生命带点充实的内容。在情人的最后岁月里，诗人极为渴望能在她身边。

然而，这样的誓言与坚定并没有得到应有的回报。情人是很优秀的：美丽、年轻而有着令人仰羡的内秀。这注定了诗人爱情的艰难和曲折。那些庸俗的人们同样爱慕着她，为

叶芝

她的外表，为着她的年轻美丽——他们怀着假意，或者怀着真心去爱。但是，诗人的爱不是这样，诗人爱着情人的灵魂——那是朝圣者的灵魂，诗人的爱也因此有着朝圣者的忠诚和圣洁，诗人不仅爱情人欢欣时的甜美容颜，同样爱情人衰老时痛苦的皱纹。诗人的爱不会因为爱情的艰辛而有任何的却步，诗人的爱不会因为情人的衰老而有任何的褪色，反而会历久弥新，磨难越多爱得越坚笃。

虽然自己的苦恋毫无结果，诗人仍会回忆那追求爱情的过程，追思那逝去的岁月，平静地让爱在心里、在唇间流淌。诗人所担心的是情人。她会在年老的时候为这失去的爱而忧伤吗？她会凄然地诉说着曾经放在面前的爱情吗？诗人的爱已经升华。那是一种更高境界的爱——在头顶的山上，在密集的群星中间，诗人透过重重的帷幕，深情地关注着情人，愿情人在尘世获得永恒的幸福。

湖心岛茵尼斯弗利岛 /叶芝

我就要起身走了,到茵尼斯弗利岛,
造座小茅屋在那里,枝条编墙糊上泥;
我要养上一箱蜜蜂,种上九行豆角,
独住在蜂声嗡嗡的林间草地。

那儿安宁会降临我,安宁慢慢儿滴下来,
从晨的面纱滴落到蛐蛐歇唱的地方;
那儿半夜闪着微光,中午染着紫红光彩,
而黄昏织满了红雀的翅膀。

我就要起身走了,因为从早到晚从夜到朝
我听得湖水在不断地轻轻拍岸;
不论我站在马路上还是在灰色人行道,
总听得它在我心灵深处呼唤。

飞白 译

作/品/赏/析

这首诗表达的是一个居住于城市之中的人对于清新的大自然的向往之情。根据叶芝的自述,此诗的写作主要受到美国作家梭罗的影响,另外还有自己童年时代的野心和当时的乡愁,以及城市景象对于自己的刺激这些因素。诗人由喷泉想到了湖水,将远与近沟通起来,"叮咚的水响"惹起了诗人心中的一种遥远的想象。叶芝说过:"从这突发的记忆中产生了我的诗《湖心岛茵尼斯弗利岛》。"正是这突发的记忆成就了这首诗,而过去的回想和未来的憧憬,都在这宝贵的记忆中酝酿而生。叶芝在诗歌的创作中重视韵律的营造,注意结构的谨严,而本诗中的两句"我就要起身走了",前后呼应,正是构成了一个圆形的结构。

我爱你,我的爱人

/ 泰戈尔

我爱你,我的爱人。请饶恕我的爱。
像一只迷路的鸟,我被捉住了。
当我的心抖战的时候,它丢了围纱,变成赤裸。用怜
 悯遮住它吧。爱人,请饶恕我的爱。

如果你不能爱我,爱人,请饶恕我的痛苦。
不要远远地斜视我。
我将偷偷地回到我的角落里去,在黑暗中坐着。
我将用双手掩起我赤裸的羞惭。
回过脸去吧,我的爱人,请饶恕我的痛苦。

如果你爱我,爱人,请饶恕我的欢乐。
当我的心被快乐的洪水卷走的时候,不要笑我的汹涌
 的退却。
当我坐在宝座上,用我暴虐的爱来统治你的时候,当
 我像女神一样向你施恩的时候,饶恕我的骄傲吧,
 爱人,也饶恕我的欢乐。

冰心 译

作 / 品 / 赏 / 析

  这首诗出自《园丁集》,是其中的第三十三首诗。《园丁集》既细腻地描写了男女之间爱情的甜蜜和愁苦,又写出了诗人对于人生探索和追求的充实与失落。它最早用孟加拉文写成,1913年诗人自己将它译成英文出版,诗集名叫"园丁"。

  诗歌表达了诗人对恋人的纯真坚定的爱情。诗人的爱是赤裸裸的,尽管怀着害羞的表情和怕被拒绝的担心。诗人在爱人的美丽中迷失,如一只迷路的小鸟,心情激动而慌乱。但诗人的爱是执着的,诗人勇于表达心中的爱情,愿意将自己的爱情赤裸裸地在爱人的面前展开,祈求爱人的怜悯和接受。

  爱情往往与痛苦连在一起。很多人都不愿承担痛苦,只愿品尝爱

泰戈尔

·作者简介·

泰戈尔（1861-1941），印度现代著名诗人、文学家。生于印度加尔各答市的一个富裕家庭。自幼天资过人，14岁时就开始发表诗歌，16岁时其第一篇小说面世。1878年，诗人发表第一首长诗，同年去英国留学，2年后回到家乡，协助父亲从事社会活动，同时创作了大量具有浪漫主义风格的爱国诗歌，出版诗集达十几部。1901年，诗人创办学校，后成为印度最著名的国际大学。1905年后，诗人积极参加印度民族独立解放运动，同时坚持诗歌写作。1912-1913年，诗人出版英文诗集《吉檀迦利》《新月集》等，受到世界的关注，于1913年获得诺贝尔文学奖。1915年被英国王室授予爵位。1919年，诗人抗议英国屠杀平民，公开声明放弃这一爵位。在随后的岁月中，诗人一边创作诗歌，一边在世界各地漫游讲学，1924年曾来到中国。1941年，诗人安详地离开了人间。诗人一生著作等身，一共创作了50余部诗集、30余部散文集、12部中长篇小说和上百篇短篇小说、30多部剧本。

情的甜蜜。但诗人愿意承担这样的痛苦。诗人的爱情是纯洁的爱情，哪怕爱人的心中没有他的身影，哪怕他只能在表白自己的爱情之后偷偷躲进黑暗的角落。如果爱人不爱他，诗人愿意自己躲开，独自品尝痛苦和泪水，因为诗人不愿因自己的爱而影响了爱人的生活。

在对爱情的执着追求中，诗人获得了快乐。那快乐像洪水一样，迅速地席卷了诗人的心。诗人因快乐有点语无伦次了。因为这样的快乐，诗人的爱更加坚定，更加热烈，诗人为自己的爱而骄傲。

这首诗体现了泰戈尔一贯的诗歌风格和内容。诗歌运用优美的语言、流畅的韵律表达诗人淳朴的生活观、真挚的感情、泛爱主义的世界观；同时，诗中含有浓重的宗教意味。诗人一方面吸收了孟加拉民歌的优美旋律和宗教音乐的神圣气氛，另一方面将新的人生观和思想写进他的诗歌。这融合着东方情调和现代思想的诗歌，使泰戈尔赢得了世界性的声誉。

泰戈尔故乡加尔各答风光

泰戈尔有"东方诗哲"之称，他的诗带有空灵的神秘主义色彩和浓郁的人道主义气息，是歌唱快乐与悲伤的"生命之歌"，表达了诗人对祖国命运、人生理想、人类前途的关注、探索和追求，为世界诗歌开拓了一片广阔的天地。

第一次的茉莉 /泰戈尔

呵,这些茉莉花,这些白的茉莉花!
我仿佛记得我第一次双手捧着这些茉莉花,这些白的茉莉花的时候。
我喜爱那日光,那天空,那绿色的大地;
我听见那河水淙淙的流声,在黑漆的午夜里传过来;
秋天的夕阳,在荒原上大路转角处迎我,如新妇揭起她的面纱迎接她的爱人。
但我想起孩提时第一次捧在手里的白茉莉,心里充满着甜蜜的回忆。
我生平有过许多快活的日子,在节日宴会的晚上,我曾跟着说笑话的人大笑。
在灰暗的雨天的早晨,我吟哦过许多飘逸的诗篇。
我颈上戴过爱人手织的醉花的花圈,作为晚装。
但我想起孩提时第一次捧在手里的白茉莉,心里充满着甜蜜的回忆。

佚名 译

作/品/赏/析

《第一次的茉莉》是泰戈尔一首清纯美妙的小诗,诗人看着眼前的茉莉花,回想起了自己第一次手捧着茉莉花的幸福情景,这种幸福的回忆与眼前的许多美好情景交织在一起,共同构造出一幅清新淡雅,香韵迷人的画面。"呵,这些茉莉花,这些白的茉莉花!"这是诗人眼前看到的盛开的茉莉;"我仿佛记得我第一次双手捧着这些茉莉花,这些白的茉莉花的时候。"这一片断显然是在回忆中。"我喜爱那日光,那天空,那绿色的大地;我听见那河水淙淙的流声、在黑漆的午夜里传过来;秋天的夕阳,在荒原上大路转角处迎我,如新妇揭起她的面纱迎接她的爱人。"这些画面无疑是非常迷人的,"但我想起孩提时第一次捧在手里的白茉莉,心里充满着甜蜜的回忆"。应该说,这些美好的画面都是因为白色的茉莉,并且为衬托茉莉花的美丽而存在的,这些片断的反复好像电影中的蒙太奇剪辑,相互对比映衬着。不仅如此,诗人还说:"我生平有过许多快活的日子,在节日宴会的晚上,我曾跟着说笑话的人大笑。在灰暗的雨天的早晨,我吟哦过许多飘逸的诗篇。我颈上戴过爱人手织的醉花的花圈,作为晚装。"这些显然都是生命中最美好的情景,应该说是由白色的茉莉花想起的,"但我想起孩提时第一次捧在手里的白茉莉,心里充满着甜蜜的回忆"。无疑,第一次手捧白茉莉给诗人留下了最深刻的美好回忆,但也可以认为,诗人在这里将一切美好的东西都看成是白茉莉的化身了。泰戈尔的诗充满着东方的宁静、深远、优雅和神秘的美。

云与波 /泰戈尔

妈妈,住在云端的人对我唤道——
"我们从醒的时候游戏到白日终止。
我们与黄金色的曙光游戏,
我们与银白色的月亮游戏。"
我问道:"但是,我怎么能够上你那里去呢?"
他们答道:"你到地球的边上来,
举手向天,就可以被接到云端里来了。"
"我妈妈在家里等我呢,"
我说,"我怎么能离开她而来呢?"
于是他们微笑着浮游而去。
但是我知道一件比这个更好的游戏,
妈妈。我做云,你做月亮。

我用两只手遮盖你,
我们的屋顶就是青碧的天空。

住在波浪上的人对我唤道——
"我们从早晨唱歌到晚上;
我们前进又前进地旅行,
也不知我们所经过的是什么地方。"

我问道:"但是,我怎么能加入你们队伍里去呢?"
他们告诉我说:"来到岸旁,站在那里,
紧闭你的两眼,你就被带到波浪上来了。"
我说:"傍晚的时候,我妈妈常要我在家里
——我怎么能离开她而去呢!"
于是他们微笑着,跳舞着奔流过去。
但是我知道一件比这个更好的游戏。
我是波浪,你是陌生的岸。

我奔流而进,进,进,
笑哈哈地撞碎在你的膝上。
世界上就没有一个人会知道我们俩在什么地方。

郑振铎 译

作/品/赏/析

　　非心智明澈的人是不能写出这样的文字来的。母亲与孩子之间的感情是文学作品经久不衰的主题,在诗人的笔端,当然更不少见。泰戈尔的这首诗却是别致的,在这首诗里,世界对孩子充满美丽的召唤和诱惑,这个幼小纯洁的心灵向往着云端和波浪,但是因妈妈在家里等,而放弃了这些念头。非常难得的是,诗人笔下的孩子的语言是如此的贴切:"妈妈,住在云端里的人对我唤道——",于是他开始了儿童瑰丽奇特的描述,可是相比之下,妈妈的等待在孩子看来却是最重要的,"我怎么能离开她而来呢?""但是我知道一件比这更好的游戏,妈妈。我做云,你做月亮。我用两只手遮盖你,我们的屋顶就是青碧的天空。"同样,当海浪召唤他的时候,他以相同的理由拒绝了,并且对妈妈说:"我知道一件比这个更好的游戏。我是波浪,你是陌生的岸。"母亲和孩子构成了足以使孩子快乐的童话世界,"世界上就没有一个人会知道我们俩在什么地方"。诗人的构思非常巧妙,应该说云朵与月亮、海浪与岸,都是诗人对母与子的关系的一种比喻,但是这个比喻却藏得很深,并且非常巧妙地融进了一个孩子的想象世界里,在事实上也契合儿童的特性。

榕 树

/泰戈尔

喂,你站在池边的蓬头的榕树,你可会忘记那小小的孩子,
就像那在你的枝上筑巢又离开了你的鸟儿似的孩子?

你不记得是他怎样坐在窗内,
诧异地望着你深入地下的纠缠的树根么?

妇人们常到池边,汲了满罐的水去,
你的大黑影便在水面上摇动,好象睡着的人挣扎着要醒来似的。

日光在微波上跳舞,好像不停不息的小梭在织着金色的花毡。

两只鸭子挨着芦苇,在芦苇影子上游来游去,
孩子静静地坐在那里想着。

他想做风,吹过你的萧萧的枝杈;
想做你的影子,在水面上,随了日光而俱长;
想做一只鸟儿,栖息在你的最高枝上;
还想做那两只鸭,在芦苇与阴影中间游来游去。

郑振铎 译

作/品/赏/析

诗歌中有两个主要角色,一个是由"你"代指的榕树,一个是由"他"代指的孩子。"喂,你站在池边的蓬头的榕树,你可会忘记了那小小的孩子,就像那在你的枝上筑巢又离开了你的鸟儿似的孩子?"诗人采用向榕树问话的方式来开篇,表述了孩子对于榕树的亲近和遐想,这里,榕树成为母亲的象征。诗中接下来描绘了三幅生活画面——妇人们汲水,日光在水面上"跳舞",两只鸭子在芦苇间游荡,而孩子坐在那里思考,这为下面的叙说做了铺垫。孩子在想着,做风,做榕树的影子,做一只鸟儿,做那两只鸭,这样可以与榕树形影不离。诗歌通过这样天真的思想来表现孩子对母亲眷眷不舍的依恋之情,歌颂了浓郁的亲子之爱。

她

/达里奥

你们认识她吗?她是令人神迷的花朵,
沐浴着初升的阳光,
偷来朝霞的颜色,
我的心灵将她看作一首歌。

她活在我孤寂的脑海,
在黄昏的星辰中我方能找到,
在日落失去光辉的时刻,
她是天使,带走了我的祈祷。

在花儿的色蒂那里,
我闻到她那芬芳的气息,
在东方曙光中她露出粉脸,
无论在何处她都使我着迷。

你们认识她吗?她的生命即是我的生命,
她拨动我心上的细弦;
她——我豆蔻年华的芳芬,
是我的光明、未来、信心、黎明。

为她,有什么我不能办到?我对她的崇敬
像百合花对那晶莹的甘霖,
她是我的希望,我的悲伤,
我的青春和神圣的理想。

我将她的爱情当作
忧伤和孤独生活中的神圣梦境,
我把美妙的歌儿奉献给她,
让这悲怆的歌声为我过去的幻想送终。

陈光孚 译

·作者简介·

达里奥(1867-1916),拉丁美洲至今最负盛名的诗人,被称为这块大陆的诗圣。他生于尼加拉瓜北部的梅塔帕市(今达里奥市)。他幼年即开始写诗,在利昂一所教会学校及国家学院接受教育。达里奥当过店员和记者,曾任尼加拉瓜驻巴黎总领事、驻西班牙公使等职。他是现代主义诗派的代表人物,其主要功绩是突破了西班牙殖民时期的诗歌格律和诗风,并成功地将法国高蹈派和象征主义的风格糅进拉丁美洲诗歌。1888年,达里奥在智利出版其第一部诗歌和散文合集《蓝》,被认为是拉美和西班牙文学新时代的先驱。1915年,诗人在美国巡回演讲中生病返回尼加拉瓜,次年病逝于利昂。诗人的其他主要作品有诗集《牛蒡》《亵渎的散文》《生命与希望之歌》等。

作/品/赏/析

《她》是拉丁美洲诗圣达里奥的名诗之一。诗歌描绘了诗人心目中的爱人以及诗人对爱人深挚的情感。

在诗中,诗人心目中的爱人的美丽和完美与诗人对她的情感糅合在一起,相互映衬。诗歌开首直接点题,直抒胸臆,以形象的比喻描绘了"她"的美丽,突出了"她"在诗人心中的地位。第二节进一步深化了"她"对诗人的存在意义。诗的第三节也是将"她"的完美和诗人对"她"的情感糅合在一起,但用的不是第一节的那种前三行描绘、后一行突出诗人情感的写法,而是隔行对称的手法。实际上诗人描写的是自己感官的享受:诗人在花儿色蒂那里才能闻到"她"的芬芳;在曙光中才能看到"她"的脸面。第四节使用反复的手法,将情感推入新的高度,进一步突出"她"在诗人心中的地位:"她的生命即是我的生命","她"会给诗人带来光明,唤起诗人的信心,是诗人的未来所在。

达里奥

那么,诗人与"她"之间的爱情是真实的吗?是现实的吗?是诗人虚构的或是幻想出来的吗?诗的第五节和最后一节用了一连串令人难解的名词"幻想""梦境",以及与爱情相左的形容词"忧伤""孤独"等。诗人以此暗示读者,诗歌乃是自己的虚构和想象,切不可认真。

这首诗充分显示了达里奥的诗歌创作技巧和拉丁美洲现代主义诗歌所追求的特色。整首诗对人物没有一句直接具体的描写,每节诗都是借物颂人,全诗充满了象征性的比喻,诗的用词也很真切和细腻。但由于作者过多地追求象征、比喻和用词造句的技巧,影响了诗人自我感情的迸发和诗情的自然流露,以致使诗歌显得有点造作。

海滨墓园 /瓦莱里

这片平静的房顶上有白鸽荡漾,
它透过松林和坟丛,悸动而闪亮。
公正的"中午"在那里用火焰织成
大海,大海啊永远在重新开始!
多好的酬劳啊,经过了一番深思,
终得以放眼远眺神明的宁静!

微沫形成的钻石多到无数,
消耗着精细的闪电多深的功夫,
多深的安静俨然在交融创造!
太阳休息在万丈深渊的上空,
为一种永恒事业的纯粹劳动,
"时光"在闪烁,"梦想"就是悟道。

稳定的宝库,单纯的米奈芙神殿,
安静像山积,矜持为目所能见,
目空一切的海水啊,穿水的"眼睛"
守望着多沉的安眠在火幕底下,
我的沉默啊!……灵魂深处的大厦,
却只见万瓦镶成的金顶、房顶!

"时间"的神殿,总括为一声长叹,
我攀登,我适应这个纯粹的顶点,
环顾大海,不出我视野的边际;
作为我对神祇的最高的献供,
茫茫里宁穆的闪光,直向高空,
播送出一瞥凌驾乾坤的藐视。

正像果实融化而成了快慰,
正像它把消失换成了甘美
就凭它在一张嘴里的形体消亡,
我在此吸吮着我的未来的烟云,

而春天对我枯了形容的灵魂
歌唱着有形的涯岸变成了繁响。

美的天,真的天,看我多么会变!
经过了多大的倨傲,经过了多少年
离奇的闲散,尽管精力充沛,
我竟委身于这片光华的寥廓;
死者的住处上我的幽灵掠过,
驱使我随它的轻步,而踯躅,徘徊。

整个的灵魂暴露给夏至的火把,
我敢正视你,惊人的一片光华
放出的公正,不怕你无情的利箭!
我把你干干净净归还到原位,
你来自鉴吧!……而这样送还光辉
也就将玄秘招回了幽深的一半。

啊,为了我自己,为我所独有,
靠近我的心,靠近诗情的源头,
介乎空无所有和纯粹的行动,
我等待回声,来自内在的宏丽,
苦涩,阴沉而又嘹亮的水池,
震响灵魂里永远是再来的空洞。

知道吗,你这个为枝叶虚捕的海湾,
实际上吞噬着这些细瘦的铁栅,
任我闭眼也感到奥秘刺目,
是什么躯体拉我看懒散的收场,
是什么头脑引我访埋骨的地方?
一星光在那里想我不在的亲故。

充满了无形的火焰,紧闭,圣洁,
这是献给光明的一片土地,
高架起一柱柱火炬,我喜欢这地点,
这里是金石交织,树影幢幢,
多少块大理石颤抖在多少个阴魂上;
忠实的大海倚我的坟丛而安眠。

出色的忠犬，把偶像崇拜者赶跑！
让我，孤独者，带着牧羊人笑貌，
悠然在这里放牧神秘的绵羊——
我这些宁静的坟墓，白碑如林，
赶开那些小心翼翼的鸽群，
那些好奇的天使、空浮的梦想！

人来了，未来却充满了懒意，
干脆的蝉声擦刮着干燥的土地；
一切都烧了，毁了，化为灰烬，
转化为什么样一种纯粹的精华……
为烟消云散所陶醉；生命无涯，
苦味变成了甜味，神志清明。

死者埋藏在坟茔里安然休息，
受土地重温，烤干了身上的神秘。
高处的"正午"，纹丝不动的"正午"，
由内而自我凝神，自我璀璨……
完善的头脑，十全十美的宝冠，
我是你里边秘密变化的因素。

你只有我一个担当你的恐惧！
你的后悔和拘束，我的疑虑，
就是你宏伟的宝石发生的裂缝！……
但是啊，大理石底下夜色沉沉，
却有朦胧的人群，靠近树根，
早已慢慢地接受了你的丰功。

· 作者简介 ·

瓦莱里（1871-1945），法国后期象征主义诗人的代表，公认的"20世纪法国最伟大的抒情诗人"，出生在地中海沿岸的小城赛特，9岁时随父母迁居蒙彼利埃。1891年，诗人结识马拉美，进入法国文艺圈。1892年，诗人沉入了抽象的形而上学的沉思中，离开诗坛十余载。1913年，在好友纪德的再三催促下，诗人开始整理自己早期的诗歌，在写作后记诗时竟一发不可收拾，在其后的3年里写下了500多行。1917年，诗人将它以《年轻的命运女神》为题发表，引起法国诗界的震动。1925年，诗人当选为法兰西学院院士。此后，诗人在法国文化界担任了很多职务，经常出国讲学。1945年，诗人在巴黎逝世，法国政府为他举行了国葬。诗人的主要作品有《旧诗集存：1890-1900》《幻美集》《杂文集》等。

他们已经溶化成虚空的一堆,
红红的泥土吸收了白白的同类,
生命的才华转进了花卉去舒放!
死者当年的习语、个人的风采、
各具一格的心窍,而今何在?
蛆虫织丝在原来涌泪的眼眶。

那些女子被撩拨而逗起的尖叫,
那些明眸皓齿,那些湿漉漉的睫毛,
喜欢玩火的那种迷人的酥胸,
相迎的嘴唇激起的满脸红晕,
最后的礼物,用手指招架的轻盈,
都归了尘土,还原为一场春梦。

而你,伟大的灵魂,可要个幻景,
而又不带这里的澄碧和黄金
为肉眼造成的这种错觉的色彩?
你烟消云散可还会歌唱不息?
得!都完了!我存在也就有空隙,
神圣的焦躁也同样会永远不再。

瘦骨嶙峋而披金穿黑的"不朽"
戴着可憎的月桂冠冕的慰藉手,
就会把死亡幻变成慈母的怀抱,
美好的海市蜃楼,虔敬的把戏!
谁不会一眼看穿,谁会受欺——
看这副空骷髅,听这场永恒的玩笑!

深沉的父老,头脑里失去了住户,
身上负荷着那么些一铲铲泥土,
就是土地了,听不见我们走过,
真正的大饕,辩驳不倒的蠕虫
并不是为你们石板下长眠的人众,
它就靠生命而生活,它从不离开我!

爱情吗?也许是对我自己的憎恨?
它一副秘密的牙齿总跟我接近,

用什么名字来叫它都会适宜!
管它呢!它能瞧,能要,它能想,能碰,
它喜欢我的肉,它会追随我上床,
我活着就因为从属于它这点生机!

齐诺!残忍的齐诺!伊利亚齐诺!
你用一枝箭穿透了我的心窝,
尽管它抖动了,飞了,而又并不飞!
弦响使我生,箭到就使我丧命!
太阳啊!……灵魂承受了多重的龟影,
阿基利不动,尽管他用足了飞毛腿!

不,不!……起来!投入不断的未来!
我的身体啊,砸碎沉思的形态!
我的胸怀啊,畅饮风催的新生!
从大海发出的一股新鲜气息
还了我灵魂……啊,咸味的魄力!
奔赴海浪去,跳回来一身是劲!

对!赋予了谵狂天禀的大海,
斑斑的豹皮,绚丽的披肩上绽开
太阳的千百种,千百种诡奇的形象,
绝对的海蛇怪,为你的蓝肉所陶醉,
还在衔着你粼粼闪光的白龙尾,
搅起了表面像寂静的一片喧嚷。

起风了!……只有试着活下去一条路!
无边的气流翻开又阖上了我的书,
波涛敢于从巉岩口溅沫飞迸!
飞去吧,令人眼花缭乱的书页!
迸裂吧,波浪!用漫天狂澜来打裂
这片有白帆啄食的平静的房顶。

卞之琳 译

作/品/赏/析

这首诗选自诗人1922年出版的诗集《幻美集》,为诗集中最为脍炙人口的一首。诗中所说的海滨墓园确有其地,它就坐落在诗人的家乡,是诗人生于斯、长于斯、葬于斯的地方。墓园雄踞于一座小山的山头,俯瞰着地中海,正是引人沉思的地方。我们似乎看到:诗人在一片烟水茫茫之中,在寂静的世界里,面临着大海,面对着那白色的排列整齐的墓碑——灵魂安息之所,心中波涛汹涌,从而奏出了这首雄浑美妙的大诗。

诗歌共有24节,大致可以分为4个部分,分别讲墓园的独特景色和神秘氛围,以及诗人对人生无常的感叹、对生死的沉思、对生命的赞颂。

瓦莱里

墓园,那埋藏着众多灵魂的地方,那宁静的气氛,使诗人产生了丰富的想象。诗人开始参悟宇宙的动静、大海的丰富深沉;那样的神秘让诗人的心瞬间就消融进了其中。诗人想到了人生,迷蒙恍惚中,诗人觉得生命的冲动和鲜活、人生的美丽都化为了骷髅,隐藏在了死亡的阴影中。诗人在那不断吹来的带有咸味的海风中听出了生命的气息,诗人感受到了生命的冲动强烈地在拍击白色的房顶。生命不息!

诗歌有着强烈的象征意味。大理石的死寂和埋着的灵魂、天空的静和大海的幽深、生命的艳丽和死亡的灰色、沉默和思绪的澎湃好像连成了一片意象的海洋,互相之间意指着,令人眼花缭乱又发人深思。生命和宇宙、心灵和自然在交融渗透,互相影响,新的生命和新的世界在这个混沌寥廓的世界里孕育着,萌动着。

诗歌有着强烈的音乐节奏,这也是象征主义诗歌的一大特征。诗人曾经说过:"《海滨墓园》在我的心中最初只是一种节奏,一种由十音节组成的法语诗的节奏。当时我还没有什么成熟的想法来填充这种节奏。"这首诗正如音乐一样:没有可视的形象,但在它流动的节奏中有一种伟大的力量。正是在这种节奏的跳跃中,瓦莱里完成了对生命、死亡、宇宙意义的沉思,创造了美妙动人的超凡旋律,启发人们去思考人生的价值,去思考世界的意义。

醉 歌

/ 岛崎藤村

你我相逢在异域的旅途
权作一双阔别的知音
我满眼醉意,将袖中的诗稿
呈给你这清醒的人儿

青春的生命是未逝的一瞬
快乐的春天更容易老尽
谁不珍惜自身之宝
一如你脸上那健康的红润

你眉梢郁结着忧愁
你眼眶泪珠儿盈盈
那紧紧钳闭的嘴角
只无言地叹气唉声

不要提起荒寂的道途
不要赴往陌生的旅程
与其作无谓的叹息
来呀,何不对着美酒洒泪叙情

· 作者简介 ·

岛崎藤村(1872-1943),日本现代浪漫主义文学的代表人物,生于一个旧封建世家。1881年,诗人与两个兄弟一起来到东京学习。1887年左右,他开始学习英文,接触西方文化,不久加入基督教。1891年,诗人从明治学校毕业,开始进军文艺界,翻译诗歌和写作文学评论。1893年左右,诗人和北村透谷等人创办杂志《文学界》,推动日本的浪漫主义运动。1896年,他离开东京,赴仙台教书。次年诗人出版其第一部诗集《嫩菜集》,产生了很大的影响,奠定了诗人在日本诗坛的领袖地位。此后诗人一发不可收拾,出版了大量诗集。1899年,诗人家道败落,为谋生他再次离开东京,到信洲担任教员,并在那里结婚生子。1901年,诗人将那儿的风景写成《千曲川风情》发表,1903年写下著名的小说《破戒》,1906年诗人回到东京。1913年,诗人离开祖国到法国巴黎。1916年回国,发表忏悔作品《新生》。随后的时间里,诗人一方面写作小说,一方面在早稻田大学讲授法国文学。第二次世界大战中,日本政府采用高压政策,不许作家自由发表作品,诗人采取坚决立场,拒绝加入政府组织的文艺组织。1943年,诗人走完了自己充满不幸的一生。

混沌的春日无一丝光辉
孤寂的心绪也片刻不宁
在这人世悲哀的智慧中
我俩是衰老的旅途之人

啊,快在心中点燃春天的烛火
照亮那青春的生命
不要等韶华虚度,百花飘零
不要悲伤啊,珍重你身

你目不旁视,踽踽独行
可哪儿有你去往的前程
对着这琴花美酒
停下吧,旅途之人!

武继平 沈治鸣 译

作/品/赏/析

岛崎藤村

岛崎藤村以诗歌进入文坛,以小说走完创作之路,诗人写诗的时间总共也就那么几年。那难得的几年正如诗人的青春一样,充满激情和生命的华彩,但很快就逝去,只留下淡淡的愁怨。也许正因为这点,诗人写下了很多歌颂青春的诗歌,这首诗是其中的代表作。

在人生漫漫的旅程中,相逢是一首美妙的歌。人生若浮萍漂浮不定,谁都希望在无根的漂泊中找到点安慰,在寂寞的歧路上有知己的倾谈。在陌生的异域,诗人遇到了可谈之人。诗人与对方同病相怜,便将自己的心曲倾诉出来,让对方分享。

青春是人生的精华,人人都对它极其留恋。青春易逝,如同那繁花盛开的春天,人们还没有来得及在浓浓的花香中品味春天,春天就飘逝了;如同那奔流的溪水,人们没来得及掬一捧清澈的水入口,溪水就奔流而去了。于是,那旅途之人——诗人的同伴眉头紧蹙,结着深深的愁怨;眼眶含着泪,浸泡着深深的悲伤,虽悄无声息,却愁绪万千。

来吧!诗人呼唤:放下心中的叹息,不要为曾经的寂寞而空自蹉跎,尽管享受这难得相逢的一瞬,享受能抓住的现在。对酒放歌,纵泪叙情。在漫漫的人生征途中,"停下吧,旅途之人",珍惜这美妙的一瞬吧!诗人忘情地喊道。

诗歌有着浓重的浪漫主义色彩。意象似乎都蒙上了薄薄的轻纱,朦胧但蕴含着诗人深沉的感情;奇特的想象中隐藏着诗人浓重的主观色彩——对人生无常的感叹、对青春易逝的感伤、他乡遇知音的短暂欢乐。在艺术形式上,诗歌韵律和谐悦耳,诗句随着悠悠的节奏流淌;语言凝练典雅,承袭日本诗歌的优秀传统。可以说,岛崎藤村的诗歌不仅是日本浪漫主义诗歌的代表,而且也开启了日本近代诗歌的大幕。

雪夜林边逗留
/弗罗斯特

我知道谁是这林子的主人,
尽管他的屋子远在村中;
他也看不见我在此逗留,
凝视这积满白雪的树林。

我的小马想必感到奇怪:
为何停在树林和冰封的湖边,
附近既看不到一间农舍,
又在一年中最黑暗的夜晚。

它轻轻地摇了一下佩铃,
探询是否出了什么差错。
林中毫无回响一片寂静,
只有微风习习雪花飘落。

这树林多么可爱、幽深,
但我必须履行我的诺言,
睡觉前还有许多路要走呵,
睡觉前还有许多路要赶。

顾子欣 译

· 作者简介 ·

弗罗斯特(1874-1963),20世纪美国最受欢迎的诗人之一,生于旧金山,年轻时当过工人、瓦匠、教员、新闻记者等。后来诗人考入哈佛大学,但不久因经济问题辍学,归家务农。这一时期,诗人开始写诗,其诗中洋溢着浓郁的田园气息,弗罗斯特也因此被后人称为"工业社会的田园诗人"。1912年,他前往英国,结识了一些文学界的名人。次年,诗人的第一部诗集《一个孩子的愿望》出版。1914年诗人的第二部诗集《波士顿以后》又出版,诗人的名字开始在美国流传。1915年,诗人回国,被尊为诗坛领袖,在各地巡回朗诵自己的诗歌,场面热烈。诗人曾4次获得普利策奖,是美国历史上获此殊荣的第一人。晚年,诗人回到他的农庄,在诗情画意中品味田园的美丽和淳朴。除上面提到的作品外,诗人的作品还有诗集《西去的小河》《在林间空地里》等。

作/品/赏/析

　　诗人早年在美国繁华的城市中漂泊，心灵一直找不到归宿。晚年，诗人隐居农庄，心灵与自然世界相通，在空旷而恬静的原野上痴情地享受着自然的美景。

　　这首诗写于诗人的早年。诗人在嘈杂的工业社会中踯躅独行，观察世人的百态，了解世人的感想：他们为纷扰的世事所惑，难以发现自然世界的美丽、宁静，匆匆而来，匆匆而去。诗人捕捉到这一平常的生活现象，心生感慨，于是写下了这首诗。

　　在诗中，诗人首先描写了美丽的自然风光。在冬日的黄昏，在村外的田野上，在幽深的树林边，诗人在逗留着。诗人被那样的美景吸引了，陷入了深深的沉思中。天空暗淡下来，夜幕降临。皑皑白雪包裹了世界，树林、村庄、冰封的湖面都在白雪的世界里沉沉睡去。一切是那样的寂静，那样的柔美和纯洁。雪花在飞舞，微风在轻吹。些微的动，不仅没有打破这宁静，而且让这肃静的世界多了份生机和灵动——幽深而可爱。

　　然而，这样的美景和诗的开头结尾毫不相称。诗的开头说"我知道谁是这林子的主人"，结尾又说"还有很多的路要赶"。诗人面临着两难的选择：一方面被自然的美丽所吸引，另一方面又要为纷纷杂杂的世事而去奔波劳碌。诗人的矛盾心理反映了世人终日为世事、生活所累，而无暇自顾、难有片刻心绪宁静的无奈心情。

　　这首诗反映了诗人对人生的看法。那许下的诺言暗示着诗人对人生某些追求的许诺，那未走完的路程隐喻着残余的人生，那睡眠也象征着生命的终结。

　　这首诗集中体现了诗人的创作风格。诗人善于用简朴的语言，借助朴素单纯的景色，表现出人们的享乐和对心灵安宁的憧憬。那简单而优美的意境一下子就抓住了现代人的心灵。此外，诗人还善于在诗的结尾处升华出一种深刻的人生哲理，发人深思。正是这样的特点，使得诗人步入诗坛三年就被奉为诗坛领袖。

不甘愿 / 弗罗斯特

穿过田野和树林
我行走在城墙之上，
我爬上那开阔的丘陵
把世界眺望，重又下来，
顺着大路我回到了家里，
瞧，这个就此完了。

树叶都已在地上枯萎，
只有被橡树留下的那些
逐一遭受清理
任之刮落战栗
在那冰封的积雪之上，
而其他的却正在安息。

枯萎的树零乱落寞，
已不再彼此四处追逐；
最后一株孤独的紫花消失了，
迷人的榛花也已凋谢；
心儿却仍旧在痛苦寻觅，
举步又问"去向哪里？"

啊！对于人类的心灵来说
难道这还不算是一次背叛，
跟着形势随波逐流，
听从于一种堂皇的理由，
从而心甘情愿地了结
一次爱情或是一个季节？

林天斗 译

作/品/赏/析

　　这首诗表达的是诗人对于生活的恋眷之情，流露出诗人心中那份难以辞舍而又难以挽回的伤感。第一节描写诗人的一次旅行，"顺着大路我回到了家里，瞧，这个就此完了。"回到家里，旅程也就结束了，旅程必然是有终点的，必然会结束。这是诗人对于一次旅行的感叹，也是对于人生的隐喻。人生犹如一场旅行，而每一次旅行也都是人生的组成部分，生活中一次次的旅行合在一起也就构成了整个人生。第二节描写树叶枯萎的状态，冷感的语言中充满了生命凋零的哀凄。第三节写诗人面对着自然界生命的消逝和凋谢而痛苦地反思着人的生命旅途——"'去向哪里？'"诗的最后一节，语意尤其深刻，"跟着形势随波逐流，听从于一种堂皇的理由，从而心甘情愿地了结／一次爱情或是一个季节？"这种直面心灵的诘问，指向着人生的选择，若是不甘愿这样随便地委弃，那么人应当以怎样的方式来度过这有限的一生？

豹 /里尔克

它的目光被那走不完的铁栏
缠得这般疲倦,什么也不能收留。
它好像只有千条的铁栏杆,
千条的铁栏后便没有宇宙。

强韧的脚步迈着柔软的步容,
步容在这极小的圈中旋转,
仿佛力之舞围绕着一个中心,
在中心一个伟大的意志昏眩。

只有时眼帘无声地撩起——
于是有一幅画像浸入,
通过四肢紧张的静寂——
在心中化为乌有。

冯至 译

· 作者简介 ·

里尔克(1875-1926),奥地利现代杰出诗人,20世纪德语国家中最重要的诗人,出生于一个铁路工人家庭。9岁时父母离异,诗人跟随母亲生活,被当作女孩养着:蓄长发、穿花衣、用女名。这些造成了诗人敏感脆弱的性格。11岁时,里尔克被送进军事学校,1891年因为身体体质太差转到一所商业学校,第二年即退学。1895年,诗人入布拉格大学攻读哲学,次年迁居慕尼黑,从事文学写作,同时也开始了流浪的生活。1897年,诗人结识莎乐美——和尼采、弗洛伊德联系在一起的女子。1901年,诗人和一位雕刻家结婚,次年二人即分居。在随后的几年里,诗人流浪于欧洲文化名城之间,曾做过罗丹的秘书。第一次世界大战中,诗人被征召入伍,但因体力不支转到军事档案局工作,不久复员。1925年,诗人最后去了一次巴黎,和象征派诗人切磋诗艺。1926年,在生命的最后时刻,诗人得到了流亡在外的俄罗斯女诗人茨维塔耶娃的爱。诗人一生主要作品有《图像集》《新诗集》《杜伊诺哀歌》《致奥尔甫斯的十四行歌》等。

作/品/赏/析

　　这首诗写于1903年。此时，诗人刚刚经历了一场失败的婚姻，心情忧郁，诗人在意大利、法国等地的名胜或文化繁华之地流浪。诗人希望凭借那些自然的灵魂、人类的文明，能给自己的心灵带来些许的安慰和启示。

　　一天，诗人在巴黎的植物园与一只豹子相遇，心中产生了无限感慨。从豹的目光中，诗人感到铁栏的可恶、那铁栏背后的局促和那颗被压抑得疲惫不堪的心。在诗人心中，铁栏瞬间化成了生活中的千百堵墙，千百种困境。在诗人眼中，豹子就是诗人的化身，豹子的境遇就是诗人生活的象征。

　　诗人随即注意到了豹子的脚步，"强韧"但"柔软"的脚步，在极小的圈子里旋转。这情境与诗人的境遇是何等的相似。也许，诗人有着热烈的追求，有着勃发的热情和深远的梦想，但是诗人只能围着那个中心打转。这在诗人看来是"伟大意志的昏眩"。

　　最后一段，诗人写豹子的睡，那昏眩的睡。"只是有时眼帘无声地撩起"，懒懒地看着世界。在放松的静寂中，一切化为乌有，诗人、自然（由豹来指代）和宇宙融为一体了吗？那静静的目光，那悠然的心灵此时已超越了铁栏，超越了生活的烦琐和局促吗？也许。

　　这首诗所体现的"存在主义"式的思考使得西方当时或者后起的诗人、读者纷纷开始更加深入地思索生活及其自身的意义，思索宇宙的意义。可以说，这首诗不仅反映了诗人思想的成熟，而且加深了象征主义诗歌的内涵，在文学上开了存在主义的先河，对后期的象征主义产生了极大的影响。

　　这首诗是里尔克的名作、代表作，流传甚广。诗歌有着明显的象征主义风格：用豹子象征诗人自己，用铁栏象征无奈和令人烦躁的生活，用昏眩或者静寂来表现诗人心灵与宇宙的冥和等。这首诗也是诗人诗风转向的标志。在该诗中，诗人已摆脱了早期的单一主观抒情模式，而转向了借助外物来充分表现自己的情感和思考，以达到心灵和世界的冥和的表现方式。总之，这首诗奠定了诗人在当时象征主义诗人中的领袖地位。

里尔克

里尔克在其寓所庭院的留影

里尔克是西方现代诗歌史上一位标新立异的卓越诗人，他的诗作展示了令人惊异的音乐美、雕塑美，拓展了诗歌艺术的表现领域，开启了"存在主义"的先河，对现代诗歌的发展产生了深远巨大的影响。

莱茵之夜 /阿波利奈尔

我的杯子盈溢着酒仿佛一团颤动的火焰

请谛听谛听那船夫悠扬的歌声
叙说着曾看见月光下七个女人
梳弄她们的黛色长发披垂脚边

站起围成圆圈边舞边高声歌唱
于是我不再听见那船夫的音响
金黄头发的少女啊走近我的身边
目光凝注漫卷起那秀丽的长辫

莱茵河莱茵河已经醉去这葡萄之乡
这河上倒影抖落了多少夜晚的黄金
虽已声嘶力竭余音袅袅不绝
黛发的仙女啊她们在讴歌夏令

我的杯子破了仿佛爆发出一阵大笑

徐知免 译

· 作者简介 ·

阿波利奈尔（1880-1919），生于意大利罗马，死于法国巴黎，法国20世纪最有特色的诗人和小说家，超现实主义文艺运动的先驱之一。阿波利奈尔是一个波兰女贵族的私生子，1899年到巴黎当银行职员、记者。1911年发表第一部诗集《动物小唱》（又名《奥菲的随从》），两年后发表代表作《醇酒集》，同年还发表了未来主义宣言《未来主义的反传统》。第一次世界大战爆发后志愿参军，战后出版了诗集《美好的文字》。除诗歌创作外，阿波利奈尔在剧本、小说和文艺评论方面也有很大成就。剧作《蒂雷西亚的乳房》被视为超现实主义的开山之作。

作/品/赏/析

西方现代主义理论的先驱阿波利奈尔是促成超现实主义的重要人物之一。虽然他是一位诗人，但是他对视觉艺术有着狂热的爱好和天才的洞察力，在当时的巴黎，他的交往圈子里有很多画家，包括立体派的和野兽派的，这些显然都对他的诗歌创作有着巨大的影响。天资过人的阿波利奈尔善于把不同艺术流派的精华融入自己的创作，将传统和现代趣味结合起来，创造出独特的诗歌艺术。他的诗歌创作首先从体制上打破了旧形式，不用标点，长短不一，服从思想感情的变化。从《莱茵之夜》中，我们可以看到诗人将形与色整体强化的努力，这种努力的目的是使现实的情形具有一个完全脱离了现实的、更为强烈的、梦幻般的真实。这首诗的开头和结尾都在写"我的杯子"，最初，"我的杯子盈溢着酒仿佛一团颤动的火焰"，最终，"我的杯子破了仿佛爆发出一阵大笑"。或许不能用"最初"与"最终"来描述，不过从阅读时间和过程来看，这两者之间夹杂着一种感知，这种感知则导致了这样一种从形到声的变化。在中间三节，诗人主要描述月光下的莱茵河、船夫以及围成一圈高声歌唱的七个女人，我们读到的是诗人从声音出发到形象结束的感性描述，这里形象从感受上替代了声音："于是我不再听见那船夫的音响。"诗人努力用各种不同的形象性事物来相互描述和印证，其中"葡萄""黄金"等词的出现充分加强了诗歌视觉上的色彩感受，体现了诗人对色的高度敏感，在各种感官的相互比拟和作用下，莱茵河之夜已经远远超出了它本身的外在形象，而进入一种独立于其具象的梦幻世界。

我不再归去 /希梅内斯

我已不再归去。
晴朗的夜晚温凉悄然,
凄凉的明月清辉下,
世界早已入睡。

我的躯体已不在那里,
而清凉的微风,
从敞开的窗户吹进来,
探问我的魂魄何在。

我久已不在此地,
不知是否有人还会把我记起,
也许在一片柔情和泪水中,
有人会亲切地回想起我的过去。

但是还会有鲜花和星光
叹息和希望,
和那大街上
浓密的树下情人的笑语。

还会响起钢琴的声音
就像这寂静夜晚常有的情景,
可在我住过的窗口,
不再会有人默默地倾听。

江志方 译

· 作者简介 ·

希梅内斯（1881-1958），西班牙现代著名诗人，西班牙抒情诗新黄金时代的开拓者。童年的孤独和少年时在耶稣会学校长达 11 年的住校生活，使诗人的心里隐藏了极大的忧伤。1896 年，按照父亲的意愿，诗人前往塞维利亚学习法律和绘画，但是他很快就转向了文学创作。1900 年，诗人和拉美现代主义诗歌创始人卢文·达里奥相识，被其诗歌深深吸引。同年，诗人发表诗集《白睡莲》《紫罗兰的灵魂》，因过于感伤，饱受评论界指责。诗人决定回到家乡，途中得知父亲病逝，其身心受到极大打击，为此他多次住进疗养院。1912 年，诗人回到马德里，做编辑工作，直到 1916 年去美。在美国期间，诗人结识了波多黎各的女翻译家塞诺维亚——他后来一直钟爱的妻子。在马德里，诗人选拔了大批的青年诗人，成为"二七年一代"的宗师。西班牙内战期间，诗人站在共和派一边，后被迫流亡国外；第二次世界大战时，他积极呼吁人民反战。晚年的诗人因不满西班牙的独裁统治，定居波多黎各。1956 年，诗人获得诺贝尔文学奖。诗人的代表作主要有《底层空间》《一个新婚诗人的日记》《空间》等。

希梅内斯

作/品/赏/析

《我不再归去》是西班牙著名抒情诗人希梅内斯的名诗，曾被人们广为传诵。

这是一首绝妙的抒情诗。诗的开头为读者描绘了一个静谧温馨的夜世界。一个晴朗的夜，明月当空，洒下清冷的光辉，凉风轻拂，世界沉入梦乡。此时，在世界的某个角落，一颗孤独的灵魂敞开了自己的心扉，吐露着心底的秘密和思念。诗由环境入手，再用躯体的不在写"我"的不归，确证"我"的不再归去。然而，这一切又都和诗中的情景——那夜、那风、那鲜花、那星光等是那样的背离，难道这不是诗人的回忆，难道彼处不是诗人声称不再归去的地方？诗人不再归去的，是躯体；而他的心绪去了，在那个或许是"家"的地方停栖和流连。

诗人何以要强调"我不再归去"，强调"我的躯体已不在那里"？诗人是怕自己的归去会带来震动，带给人们惊吓。

诗人怕惊吓到怎样的情景呢？那情景，有鲜花和星光，有深情的叹息和对未来的向往，有浓密的树下情人的笑语。这花前月下的风景、这生活的真切，不仅是过去，不仅是现在，就是在未来仍会延续，在诗人要回归的地方。那静谧的夜里传出幽婉曼妙的音乐，从那高雅心灵的深处升起，唤醒某些孤独的心灵。

全诗构思精巧，语言清丽，委婉动人。每一行诗句都明白易懂，诗歌的情思主要是通过诗人主观心灵的追思成像来完成的。诗人在西班牙传统的抒情诗中加入现代象征主义的手法。那月夜、微风、鲜花等客观事物都是诗人情感的象征，带有诗人主观的痕迹。诗人的思绪不断在彼处和此地间往返，使得夹带情感的景物绵延不断，似乎都在一处。过去、现在、未来这种时间意象的流动也开始同时出现。那流动震颤的音乐，是诗人心底情感澎湃起伏的表现。诗人就使用这种意象的流动表现了心灵，用美的形式、艺术的表达为读者展示了一个美丽的生活情景，也带给读者美好的遐想。

论婚姻

/ 纪伯伦

爱尔美差又说,夫子,婚姻怎样讲呢?
他回答说:
你们一块儿出世,也要永远合一。
在死的白翼隔绝你们的岁月的时候,你们也要合一。
噫,连在静默地忆想上帝之时,你们也要合一。
不过在你们合一之中,要有间隙。
让天风在你们中间舞荡。
彼此相爱,但不要做成爱的系链:
只让他在你们灵魂的沙岸中间,做一个流动的海。
彼此斟满了杯,却不要在同一杯中啜饮。
彼此递赠着面包,却不要在同一块上取食。
快乐地在一处舞唱,却仍让彼此静独,
连琴上的那些弦子也是单独的,
虽然他们在同一的音调中颤动。
彼此赠献你们的心,却不要互相保留。
因为只有"生命"的手,才能把持你们的心。
要站在一处,却不要太密迩:
因为殿里的柱子,也是分立在两旁,
橡树和松柏,也不在彼此的荫中生长。

冰心 译

· 作者简介 ·

　　纪伯伦(1883-1931),黎巴嫩裔美籍诗人、哲学家和艺术家,阿拉伯现代文学的奠基人之一。纪伯伦出生在黎巴嫩北部风景秀丽的卜舍里,那里的风景给了他无穷的创作灵感。他的家庭有着极深的文化涵养和浓重的宗教气息,这些都对诗人的成长产生了很大的影响。1891年,他的父亲受到诬告,家产被抄。4年后他的母亲带着他离开了祖国,前往波士顿定居。1898年,诗人只身回到祖国学习阿拉伯语。在学成的19岁那年,他的母亲去世;这时诗人的爱情又遭遇挫折,诗人的心情变得孤寂起来,沉迷于宗教的静思之中。在姊姊的支持下,他开始致力于写作和绘画。1908年,诗人留学巴黎,师从罗丹,与一些著名画家交往甚密,1911年返回美国。1912年,诗人在神秘的宗教启示下开始了自己辉煌的诗歌创作,据说这一年他曾有和耶稣相遇的神秘经历。1913年之后,诗人用阿拉伯文写作并发表了诗集《泪与笑》《行列圣歌》等作品。从1918年开始,诗人改用英文写作,创作了诗集《沙与沫》《先知》《先知园》等,这些作品反响巨大,使阿拉伯文学获得了世界性影响。1931年,诗人患病去逝,遗体葬于故乡卜舍里。

作/品/赏/析

这首诗选自纪伯伦的诗集《先知》。《先知》是纪伯伦的代表作。据说诗人写这本诗集前后花了将近30年的时间。诗人在18岁时就已写出了第一稿,但是他长期没有发表,期间几易其稿,直到40岁时才使之问世。

《先知》里写道:当智者亚墨斯达法准备乘船离开阿法利斯城,回到他生长的岛上去时,预言者爱尔美差以及当地民众一齐来为他送行,同时要求他在离开之前,为众人演讲有关人生之真义。于是智者回答了他们提出的关于爱、婚姻、孩子、施与、饮食、工作、欢乐与悲哀、居室、衣服、罪与罚、法律、自由、理性与热情、苦痛、自知、教授、友谊、谈话、时光、善恶、祈祷、逸乐、美、宗教和死等26个问题。《先知》具有两个鲜明特点:一是思想深邃,见解新颖,富于哲理性和普遍性,能够发人深省,甚至有时令人耳目为之一新。二是比喻恰当,形象生动,形式创新多变,使人读来饶有趣味。

本首诗为《先知》中的第三首,是论述婚姻的。对于男女婚姻和夫妇关系,智者有新颖而独特的观点。首先,他指出夫妇要永远合一:

你们一块儿出世,也要永远合一。
在死的白翼隔绝你们的岁月的时候,你们也要合一。
噫,连在静默地忆想上帝之时,你们也要合一。

这种观点是符合传统观念的,所谓"白头偕老"就是这个意思。
其次,智者又指出在夫妇合一之中要有间隙:

彼此斟满了杯,却不要在同一杯中啜饮,
彼此递赠着面包,却不要在同一块上取食,
快乐地在一处舞唱,却仍让彼此静独。

这种观点似乎不大符合一般传统观念,表面看上去好像没有道理,其实包含着更深刻的道理。因为只有留下间隙,才能更快乐地在一处舞唱,只有保证平等独立,才能更进一步地互相爱慕。由此可知,智者所提倡的不是夫唱妇随、女方依附男方的封建婚姻关系,而是夫妇平等、人格各自独立的新型婚姻关系。这在今天仍有启迪意义。

在一个地铁车站 /庞德

人群中这些面孔幽灵一般显现；
湿漉漉的黑色枝条上的许多花瓣。

杜运燮 译

·作者简介·

庞德（1885—1972），美国现代著名诗人、评论家，出生在一个职员家庭。诗人青年时在宾夕法尼亚大学学习罗曼语言文学，业余时间醉心于现代诗歌技巧的研究，深受中国传统诗歌的影响。1908年，诗人迁居英国，在那里发起现代诗歌史上著名的意象派运动。1909年，诗人结识著名诗人叶芝，曾在1913年任后者的秘书。1916年，意象派组织解散，诗人也于1920年迁往巴黎，不久定居意大利。第二次世界大战中，诗人为墨索里尼做反美宣传，后为美军抓获，在审判中发疯，被送进精神病院，12年后，审判以无罪结案。晚年的诗人在意大利度过，精神恍惚。其作品有长诗《诗章》等。其短诗《在一个地铁车站》是意象派诗歌的杰作。

作/品/赏/析

这首诗写于1911年。在这一年的某一天，诗人站在一个地铁站的出口，面对行色匆匆的人群，面对地铁站台的嘈杂和混乱迷失了。那是一种没有着落的怅然若失，是一种人生如萍的漂泊感。然而就在诗人走出地铁站的一瞬间，一股清新的气息在诗人的脸面吹过。这时，诗人再看人群，看茫茫人世，感到了生命的活力。诗人当时写下了30多行诗，最后诗人经一年半的思考和删改，只留下了两行，成为意象派诗歌的代表作。

在庞德看来，"意象"是"一刹那思想感情的复合体"。诗人捕捉到了怎样的瞬间呢？那是很多现代人从地铁站走出的瞬间。地铁，这一现代社会的产物，是现代社会匆匆忙忙的象征。在地铁里，人们从一个地方上车，在漫长的黑暗隧道中浑浑噩噩地赶路，不知道方向，不知道有没有危险。人们面对着模糊茫然的脸，心情也是茫然的。在地铁里面，人们永远是赶路的人，容不得片刻的停留。

"幽灵"，诗人用这样的一个词表现了那些面孔的迷人和一闪即逝以及生命的生机勃勃。那花瓣想来也有"一枝梨花春带雨"的美丽和生命气象，那黑色的枝条给人一种凝重和坚强的印象，正说明了人类生命的茁壮。

这首诗是意象派的代表作。看似简单的两句诗全面反映了一派诗歌的所有特点。诗人从纷纷扰扰的社会生活中提炼出最凝练的意象，写成极其优美的诗歌，令人想象无穷，回味不尽。正如诗人所说的："一生中能描述一个意象，要比写出连篇累牍的作品好。"

迟来的爱情

/劳伦斯

我不知道爱情已居于我的身上：
他像海鸥一样来临，以扬起的双翼掠过悠悠呼吸的大海，
几乎没有惊动摇曳的落日余晖，
但不知不觉已融进玫瑰的色彩。

它轻柔地降临，我丝毫没有觉察，
红光消隐，它深入黑暗；我睡着，仍然不知爱情来到这里，
直到一个梦在夜间颤抖地经过我的肉体，
于是我醒来，不知道是谁以如此的恐惧和喜悦将我触击。

随着第一道曙光，我起身照镜，
我愉快地开始，因为在夜间
我脸上所纺起的时光之线
已织成美丽的面纱，如同新娘的花边。

透过面纱，我有笑声一般的魅力，
像姑娘在大海苍白的夜间有着叮当作响的欢畅；
我心中的温暖，如同海洋，沿着迟来的爱情之路，
曙光洒下无数片片闪耀的罂粟花瓣。

所有这些闪闪发光的海鸟烦躁地飞旋，
在我的下方，抱怨夜间亲吻的温暖
从未流过它们的血液，促使它们在清晨
恣情地追逐撒入水中的红色罂粟花瓣。

吴笛 译

· 作者简介 ·

劳伦斯（1885-1930），英国的小说家和诗人，生于一个矿工家庭。劳伦斯的父母生活并不和谐，这给劳伦斯幼小的心灵带来了很严重的不利影响。劳伦斯的生命短暂，但是创作丰富，在十几部长篇小说外，还有短篇小说集、散文集、诗集、游记、书信集等多种作品。由于其作品中大胆的性爱描写，劳伦斯成为20世纪英国文学中影响最大而又最富争议的一个作家。劳伦斯虽然以小说闻名于世，但他也写有重要的诗歌作品，是一个著名的意象派诗人。劳伦斯的诗歌具有色彩鲜明、意象优美的特点，同时又喷薄着热烈的生命力。

作/品/赏/析

　　这首诗形象地展示了神秘的爱情究竟是怎样发生在人们身上的,以及处于爱情之中的人所感受到的痛苦,还有在那沉醉中的痴迷。"我不知道爱情已居于我的身上""它轻柔地降临,我丝毫没有觉察,红光消隐,它深入黑暗;我睡着,仍然不知爱情来到这里,直到一个梦在夜间颤抖地经过我的肉体。"诗人所讴歌的爱情,就是这样在自己还没有意识到的时候,不知不觉地悄然走进诗人的内心,尽管这份爱情是迟来的。"他像海鸥一样来临,以扬起的双翼掠过悠悠呼吸的大海,几乎没有惊动摇曳的落日余晖,但不知不觉已融进玫瑰的色彩。"综观全诗,诗人从真切的情感体验出发,运用象征的手法,诉求优美的语言,构造动人的意境,以此出色地展现了自己内心的蓬勃热情和悄悄来临的爱情的美好。

绿　/劳伦斯

天空一色苹果绿,
天空是阳光下举着的绿色美酒,
月亮是其中一片金色的花瓣。

她睁开她的眼睛,绿莹莹地
眼波闪耀,象未绽的花蕾一般纯,
第一次,此刻第一次为人瞥见。

裘小龙　译

作/品/赏/析

　　这首诗中,劳伦斯用简洁而凝练的语言,将一瞬间所感受到的阳光下绿色的天空、金色的月亮等清新的视觉意象与少女绿莹莹的眼眸叠加起来,使人如同亲见一幅色彩明丽的图画,更让人赞叹那少女眼神的美丽动人,这给读者带来视觉上的冲击,同时也伴着一种美的享受。全诗强调感官印象在诗歌中的直接呈现,令主观和客观相统一,表现和再现相结合。

序 曲

/艾略特

冬夜带着牛排味
凝固在过道里。
六点钟。
烟腾腾的白天烧剩的烟蒂。
而现在阵雨骤然
把萎黄的落叶那污秽的碎片
还有从空地吹来的报纸
裹卷在自己脚边。
阵雨敲击着
破碎的百叶窗和烟囱管,
在街道的转弯
一匹孤独的马冒着热气刨着蹄,
然后路灯一下子亮起。

赵毅衡 译

· 作者简介 ·

艾略特（1888-1965），英国现代著名诗人，西方现代派文学思潮的奠基者。诗人出生在美国，祖父是华盛顿大学的创建人，父母都出身在文化层次较高的家庭。1906年，诗人入哈佛大学学习哲学。1908年诗人接触到象征主义诗歌，开始了对现代主义诗歌的探索。1910-1911年和1914年，他先后在巴黎大学学习，仍学哲学，随后就在德国找了一份研究员的工作。1915年，他和英国少女维芬结婚，从此定居英国，同年发表第一首诗歌。1920年，诗人出版了其第一部诗歌评论集《圣林》。1921年，诗人妻子发疯，他精神几近崩溃，也就在这一年他写出了长诗《荒原》的大部分。1922年，他创办著名的文学评论杂志《标准》，并担任了长达17年的主编，发表著名的长诗《荒原》。1927年，诗人加入英国的国教和英国国籍。1932年，诗人和已疯的妻子分居。1934-1943年完成其后期的代表作《四个四重奏》。晚年的诗人基本上沉迷于宗教，创作了大量的宗教诗。1948年，诗人因为对现代诗歌做出的开创性贡献获得了诺贝尔文学奖。1957年，他和自己的秘书法莱丽结婚，曾为此写过一些歌唱爱情的诗歌。1965年1月，诗人病逝于伦敦。

作/品/赏/析

这首诗选自艾略特的组诗《序曲》，是4首中的第一首，写于1917年，是诗人早期的佳作之一。它的写作年代比《荒原》（1920年）还要早。从这首诗中，我们能看出艾略特思想的发展轨迹。可以说，这首诗是他思想历程的一个见证，展示了"荒原"的一角。

诗歌以几个独特的意象的巧妙组结，表现了一个黄昏时的西方现代城市的影象，一个有典型意义的时刻和场景。在一个清冷的冬夜，城市内飘散着牛排的味道，最后在人们要经过的过道里凝固，久久不散。这样的夜就是资本主义社会的一个缩影，这样的过道就是人类路程的象征。

"六点钟"，简单三个字点明了时间。白昼很快就消逝了，如同一支烟的工夫，只剩下一个苍白的、冒着青烟的烟蒂。黄昏降临，阵雨骤然，风挟裹着雨吹扫着残败的枯叶、污秽的碎片和破烂不堪的报纸。那阵雨是要冲刷什么吗？那敲击百叶窗和烟囱的声音是不是也在诉说着什么？那混合着碎片和污秽的雨水是一股汹涌的暗流吗？是不是要突然汇为一场洪水，冲刷出一个崭新的世界？马浑身冒着热气，不安地刨着蹄。这时路灯亮起来了，但那昏黄的灯光在这样的世界里也于事无补，世界仍然充满着死寂的忧愁和暗淡。这首诗可以说是《荒原》的缩微。

这首诗在诗体、韵律和语言上颇具特色，形体自由，语言灵活，节奏和谐。诗人一方面受象征主义的影响，采用象征手法来表现诗人对现代都市的独特感受和深刻认识；另一方面，明显受意象主义的启发，不用浓重的个人色彩而是用独特的意象来描摹现实，让读者自己得出结论。那残破的落叶、报纸，还有那破碎的百叶窗和高高的烟囱都象征着现代都市文明的没落和匮乏；那"孤独的马不安地刨着蹄"是诗人内心的一种生动写照，还有那灯光也是一种暗示，暗示着希望或者诗人内心的一种信仰。

艾略特

艾略特（右）与友人在一起

艾略特是西方后期象征主义诗人最杰出的代表。他的长诗《荒原》是西方现代诗歌史上一部里程碑式的杰作。该诗在一个复杂的象征框架中，以极其强烈的暗示和多层次、多侧点的意象，展示了第一次世界大战后西方文明的危机和传统价值观念的没落，反映了整整一代人的幻灭和绝望。

眼睛，我曾在最后一刻的泪光中看见你

/ 艾略特

穿越在界限之上
在死亡这畔的梦国里
黄金时代的景象再现
我看到了眼睛，但没有泪水
这是我的苦难

这就是我的苦难
眼睛，我不该再次见到你
目光坚毅的双眼
眼睛，我不该看见你，除非是
在死亡的另一王国的门口
那儿，正如这里
眼睛会持久一些
泪水也会持久一些
并将我们一起当成笑柄

绿豆 译

作/品/赏/析

艾略特是后期象征主义的代表诗人，在诗歌中擅于使用联想、隐喻和暗示来进行思想与情感的表达，在这首诗中，艾略特选用了"眼睛"和"泪水"这两个意象来进行诗歌意义的建构。"眼睛，我曾在最后一刻的泪光中看见你"，在泪水中看见眼睛，这种造句是一种超逻辑的想象，令人难以索解，需要读者重复调动自己的联想。诗中说道："穿越在界限之上／在死亡这畔的梦国里／黄金时代的景象再现""我看到了眼睛，但没有泪水／这是我的苦难"。通过这些诗句，我们大约可以体察到诗人是在对生存与死亡进行着一种哲理化的思辨，也是在对自我的心灵与生命感受进行着隐喻。"黄金时代的景象"再现于"死亡这畔的梦国里"，表达的是诗人对于现存的生活世界的否定，诗人窥见了人的真正灵魂所在，但是它却不存在于现有的世界，诗人的心因此感到悲戚，所以诗人"拒绝"这样的发现，说"眼睛，我不该再次见到你"，而"除非是／在死亡的另一王国的门口"。这深刻地表露了这种发现给诗人带来的矛盾与痛楚。

披着深色的纱笼 /阿赫玛托娃

披着深色的纱笼我紧叉双臂……
"为什么你今天脸色泛灰?"
——因为我用酸涩的忧伤
把他灌得酩酊大醉。

我怎能忘记?他踉踉跄跄走了出去——
扭曲了的嘴角,挂着痛苦……
我急忙下楼,栏杆也顾不上扶,
追呀追,想在大门口把他拦住。

我屏住呼吸喊道:"那都是开玩笑。
要是你走了,我只有死路一条。"
"别站在这风头上,"——
他面带一丝苦笑平静地对我说道。

王守仁 黎华 译

· 作者简介 ·

阿赫玛托娃（1889-1966），苏联著名女诗人。出生在一个富裕家庭，父亲是工程师，母亲是贵族。1905年，父母离异，诗人随母亲居住，不久被寄居在亲戚家读书。中学毕业后，诗人进彼得堡女子高等学校法律系学习，同时，诗人开始投入大量精力从事文学创作。1910年，她与贵族诗人尼·古米廖夫结婚，婚后先后在法国、瑞士等国游历。这时的诗人写下了很多具有唯美主义倾向的诗歌，这些诗在贵族青年中广为流传，也使诗人获得了"俄罗斯的萨福"的称号。十月革命后，她的丈夫参加白匪，遭到镇压；诗人一度沉迷于学术研究，放弃诗歌创作。但诗人坚持自己的爱国情怀，没有和另一些文人一样离开祖国。卫国战争期间，诗人写下了许多有关抵抗侵略、保卫祖国的英雄诗篇。第二次世界大战后，诗人受到了不公正的待遇，遭到批判。20世纪50年代，诗人被恢复了名誉，但对诗人作品的研究一直是苏联文学界的一个敏感话题。1966年，诗人去世。直到1990年，诗人在苏联诗歌史上的地位才得到确立和真正的认可。

作/品/赏/析

阿赫玛托娃

这首诗写于1911年，是对一段爱情插曲的描写。

诗中首句刻画了一个美丽而神秘的女子形象，她披着深色的纱笼。简单一句话就刻画出女子那欲说还羞的心情，衬托出爱情的神秘和诱人。"紧叉双臂"，似乎也在暗示着"我"对爱情的犹豫和惶恐。诗人就是在这种微妙的心境中写下这首诗的，那是恋人们在爱情中的常见情境。

对方神情悲苦地走了，脸上带着痛苦，脚步踉跄。他是因为对方的犹豫和怀疑而心情烦闷？还是因为被对方过火的玩笑击伤了心灵？而因为这略带极端的行为——走开，另一方也不再安稳地坐在那里。"我"要去挽回对方的心，"我"不想失去心中的情郎，急忙追了出去，要把"他"留住，并且解释清楚，表白心中的爱情。

"他"回过头来，面带一丝苦笑，平静地对"我"说："别站在这风头上。"这简短的一句话胜似千言万语，——有时候，一个小小的关切可能会挽救一个生命，会给一个人带来一生的幸福。故事就这样结束了，留给读者无穷的遐想。

这首诗突出反映了诗人的创作风格：用极其精练的语言描写日常生活的场景，写出生活中朴实而真切的感情，特别是青年男女的爱情生活。这首诗采用一个爱情生活中极为常见的情景，将恋人之间那种向往爱情又怕受到伤害的微妙心理刻画得惟妙惟肖，将爱情中的苦痛和甜蜜写得生动到位。诗中采用对话的形式，一方面使诗的故事性增强，另一方面又使诗中的人物心理描写真实而动人。这首诗给当时处在动荡社会中的年轻人以很大的安慰和满足，在他们中间广泛地流传着。

死的十四行诗

/米斯特拉尔

一

人们把你搁进阴冷的壁龛,
我把你挪到阳光和煦的地面。
人们不知道我要躺在泥土里,
也不知道我们将共枕同眠。

像母亲对熟睡的孩子一样深情,
我把你安放在日光照耀的地上,
土地接纳你这个苦孩子的躯体
准会变得摇篮那般温存。

我要撒下泥土和玫瑰花瓣,
月亮的薄雾缥缈碧蓝
将把轻灵的骸骨禁锢。
带着美妙的报复心情,我歌唱着离去,
没有哪个女人能插手这隐秘的角落
同我争夺你的骸骨!

二

有一天,这种厌倦变得更难忍受,
灵魂对躯体说,它不愿拖着包袱

·作者简介·

米斯特拉尔(1889-1957),智利现代著名女诗人。未曾受过正规教育,小时候在同父异母的姐姐的辅导下读了《圣经》和但丁、普希金等文学大师的作品。1905年诗人进入短训班学习,毕业后成为一名小学教师。1914年,米斯特拉尔为自己以前的恋人所作的悼念诗在诗歌节上获奖,从此在智利诗坛崭露头角。1922年,米斯特拉尔应邀去墨西哥考察并参加了教育改革的工作。同年,米斯特拉尔的第一部诗集《绝望》出版,读者反应强烈。1932年,米斯特拉尔转入外交界,先后在意大利、西班牙、美国等国任领事。1945年,米斯特拉尔获得诺贝尔文学奖。诗人的作品除上面提到的外,还有1924年出版的《柔情》、1954年出版的《葡萄牙压榨机》和散文诗集《智利掠影》等。

米斯特拉尔

随着活得很满意的人们
在玫瑰色的道路上继续行进。

你会觉得身边有人在使劲挖掘,
另一个沉睡的女人来到静寂的领域。
待到我被埋得严严实实……
我们就可以絮絮细语,直到永远!

只在那个时候你才明白,
你的肉体还不该来到深邃的墓穴,
尽管并不疲倦,你得下来睡眠。

命运的阴暗境界将会豁然明亮,
你知道我们的盟约带有星辰的印记,
山盟海誓既然毁损,你就已经死定……

三

一天,星辰有所表示,
你离开了百合般纯洁的童年,
从那天起,邪恶的手掌握了你的生命。
你在欢悦中成长。它们却侵入了欢悦……

我对上帝说:"他给领上毁灭的途径。
那些人不懂得引导可爱的心灵!
上帝啊,快把他从致命的手里解脱,
要不就让他在长梦中沉沦!

我不能把他唤住,也不能随他同行!
一阵黑色的风暴把它的船吹跑。
让他回到我的怀抱,要不就让他年青青的死掉。"

他生命的船只已经抛锚……
难道我不懂爱情,难道我没有怜悯?
即将审判我的上帝,这一切你都知道!

王永年 译

作/品/赏/析

这首诗写于1914年，在当年智利文艺家协会举办的主题为"悼念死去的爱人"的"花节诗歌大赛"上获得第一名，米斯特拉尔也一举成名。1907年，米斯特拉尔和一个叫罗梅里奥·乌雷塔的铁路职员相恋。也许双方都太年轻，也许双方文化层次和人生追求的不同，年轻人后来移情别恋，几经周折，竟在1909年因失恋自杀，死时身上带着诗人送他的明信片。

就是这段炽热的恋情，这段未果的爱情触发了诗人的感情：那甜蜜和青涩，那痛苦又搅拌着深深的爱抚。诗人沉痛地追忆过去，痛惜爱情的缺憾，深深陷入对爱情和死亡的思考中，最终形成了这首感人至深的三节诗。

第一节。爱人死了，被人放进阴暗的壁龛。诗人愿意化为阳光，愿用爱情去安抚那已冷却的身体和灵魂。诗人要用挽歌留住爱人，去深情地温暖那颗年轻的心。爱人死了，诗人仍信仰爱情。爱人只剩下了骸骨，但诗人仍愿意用湿湿的泥土，用散发着香气的玫瑰，用月光照射下的薄雾将这骸骨、这冰冷的心灵锁住，珍藏在自己心灵的深处。

第二节。诗人的追念之情在不断深化。诗人的心在滴血，为自己，也为死去的年轻人。一切都过去了。恋人背叛了自己，他的躯体不过是一个空包袱。但诗人仍在痴情地等候，要用自己的美丽心灵去感化恋人，盼望恋人回心转意。诗人梦想有着平凡的生活、平凡的爱情：在那星辰闪烁的清冷之夜，和恋人相守在一起，絮絮低语，山盟海誓。那夜，世界的阴暗，命运的阴暗瞬间被幸福誓言穿破，豁然明亮。

第三节。死亡、爱情、痛苦似乎都打上了宿命的印记。爱情最终走向了幻灭，诗人在悲愤之余，对那位虚无缥缈的上帝进行了无情的谴责。同时诗人又坚定了自己的爱情信仰：让爱情永生。

这首诗的表现手法是非常纯熟的，对缠绵的柔情，对爱情的执着，对爱情的痛苦结局等，或用了恰当的描写，或用了贴切的铺叙。诗的风格是现实主义的，诗的格调是积极的。诗歌情感真挚炽烈，节奏起伏激荡，第一人称手法的运用，增强了亲切感，引起了读者的强烈共鸣。正是由于诗人的诗歌中洋溢着浓厚挚烈的真情，闪耀着爱的光芒，使得诗人赢得了文学殿堂中的至高荣誉——诺贝尔文学奖颁奖词中这样写道："因为她那富于强烈感情的抒情诗歌，使她的名字成为整个拉丁美洲理想的象征。"

你不爱我
也不怜悯我

/叶赛宁

你不爱我也不怜悯我,
莫非我不够英俊?
你的手搭在我的肩上,
情欲使你茫然失神。

年轻多情的姑娘,对你
我既不鲁莽也不温存。
请告诉我,你喜欢过多少人?
记得多少人的手臂?多少人的嘴唇?

我知道,那些已成为过眼云烟,
他们没触及过你的火焰,
你坐过许多人的膝头,
如今竟在我的身边。

你尽管眯起眼睛
去思念那一位情人,
须知我也沉浸在回忆里,
对你的爱并不算深。

· 作者简介 ·

叶赛宁(1895-1925),20世纪初俄罗斯著名抒情诗人,出生于一个农民家庭,2岁时被寄养在外祖父家中,1909年入一所教会师范学校学习。1912年,诗人毕业后去了莫斯科,从事辛苦的工作,同时开始诗歌创作。不久诗人加入苏里科夫文学与音乐小组,并进入沙尼亚夫斯基人民大学读书。他的第一部诗集《扫墓日》就在这个时候出版。1916年,他应征入伍,一年后离开军队,加入左翼社会革命党人的战斗队。十月革命中,诗人积极参加革命活动。1921年,诗人与著名美国舞蹈家阿塞米拉·邓肯结婚,之后两人一起去欧洲旅行。这次婚姻只维持了3年便结束了。1925年,诗人和列夫·托尔斯泰的孙女结婚。在这段婚姻的空白期,诗人的创作获得了丰收。由于诗人感到现实社会与自己理想中的社会有着巨大的差异,因而极度失望,并患上了严重的抑郁症。1925年12月,诗人自杀,自杀前用血写下了诀别诗《再见吧,朋友》。

不要把我们的关系视为命运,
它只不过是感情的冲动,
似我们这种萍水相逢,
微微一笑就各奔前程。

诚然,你将走自己的路,
消磨没有欢乐的时辰,
只是不要挑逗天真无邪的童男,
只是不要撩拨他们的春心。

当你同别人在小巷里逗留,
倾吐着甜蜜的话语,
也许我也会在那儿漫步,
重又与你街头相遇。

你会依偎着别人的肩头,
脸儿微微地倾在一旁,
你会小声对我说:"晚上好!"
我回答说:"晚上好,姑娘。"

什么也引不起心的不安,
什么也唤不醒心的激动,
爱情不可能去了又来,
灰烬不会再烈火熊熊。

王守仁 译

作/品/赏/析

叶赛宁

这首诗写于1925年12月4日,半个月后诗人就自杀了。这首诗应当是诗人送给一直敬爱他的别尼斯拉夫斯卡娅的。她一直爱着诗人,给诗人以帮助,但最终被诗人抛弃。诗人的心中一直有着深深的愧疚,据说诗人的诀别诗也是写给她的。在这首诗中诗人用另一人的口气对自己抛弃情人的行为进行了谴责,表达了自己心中的愧疚。

诗中写了一段浪漫故事。在讲述中,我们能明显感受到两种感情在纠结和交替出现：对情人的逢场作戏、虚情假意的深深埋怨，对逝去爱情的深深怅惘与伤痛。"他"对情人的离去表示了不可理解，那"不够英俊"只是"他"的一种无奈和安慰。

于是，"他"陷入了深深的埋怨。他对情人的描述可以说是对情人的一种刻意轻视甚至诬蔑。情人朝三暮四，总在不断地欺骗和抛弃别人；情人的心不能坚定，情人的爱不能如一。情人的生活是在"消磨没有欢乐的时辰"。

"他"埋怨情人，但又不能忘怀那段感情。"我知道，那些已成为过眼烟云"，如果遇见情人和另一个人在亲密，"他"能平静地说声"晚上好"——这只是自欺而已，"他"仍耿耿于怀情人的背叛，耿耿于怀情人对他的"玩弄"。这些都说明了"他"的心已深深地被那段感情所刺痛。看似平静的语言背后，隐含着诗人心灵的巨大创伤和强烈痛苦。

最后一段，用自白的方式讲述了自己的心灵感受。在深深的埋怨和痛苦背后，隐藏的是绝望和一种死寂般的无奈。这绝望和无奈是不是也是诗人的心情？这样的绝望后又隐藏着怎样的愧疚和后悔？

在写作手法上，诗歌采用了鲜明的对比手法和生活化的语言——明朗而富含着强烈的感情。诗中的被抛弃者用情人的行为和"我"的态度进行对比，从而一定程度上掩藏了情人的真实情况，表达了对情人的怨恨，又很成功地表达出"我"在情人离去后精神上的深深痛苦。

这首诗体现了叶赛宁诗歌创作的一贯风格：文风清新自然，行文飘逸潇洒，在明朗的语义下潜含着诗人深深的感情，生活化的场景使得人们能真切地品味出诗中的情感和意境。这些都使得诗人在俄罗斯诗歌史上占有重要的一席，使得叶赛宁的诗歌对20世纪50年代后的苏联诗坛产生了重大的影响。

1922年，叶赛宁与美国舞蹈家邓肯在一起

叶赛宁对邓肯一见钟情，两人闪电般地结了婚。但是由于两国文化背景和个人志趣的差异，这段婚姻仅仅维持了3年便破裂了。

多美的夜啊!
我不能自已 /叶赛宁

多美的夜啊!我不能自已……
我睡不着。月色那般地迷人。
在我的心底仿佛又浮起了
那已经失去的青春。

变冷了的岁月的女友,
不要把戏耍叫做爱情,
让那皎美的月色,
更轻盈地流向我的褥枕。

让它大胆地去勾勒
那些被扭曲了的线条,
你既不能失去爱恋,
你也不会再点燃爱的火苗。

爱情只可能有一次,
所以我对你感到陌生,
菩提树白白地招手,
可我们的双脚已陷入雪堆中。

是的,我知道,你也知道,
那月亮蓝色的回光。
照在菩提树上,已不见花,
照在菩提树上,只见雪和霜。

我们早已不再相爱了,
你不属于我,而我又交给别人,
我们两个不过是在一起
玩弄了一场不珍贵的爱情。

随便地亲热一会儿,拥抱吧,
在狡诈的热情中亲吻吧,

可让心儿永远只梦见五月,
和我那永远爱恋的人。

刘湛秋 译

作/品/赏/析

俄罗斯诗人叶赛宁在其短短的人生中经历了许多复杂多变的感情,他是一个多情的诗人,最终为爱情所伤害。叶赛宁非常善于描写田园风光,他笔下的俄罗斯风情总是带有一种深重的忧郁气质,他关于风景的描写并不是纯粹的写景,而是他内心世界的一面镜子。叶赛宁的诗歌想象丰富,意境新颖别致,具有非常强烈的感染力。这首诗抒写的是诗人失落的爱情和对逝去的青春的缅怀,诗人一方面直抒胸臆,另一方面又将这种情绪与奇特的景物意象联系起来,从而使这种内心的情绪更加深入:"变冷了的岁月的女友,不要把戏耍叫做爱情,让那娇美的月色,更轻盈地流向我的褥枕。""让它大胆地去勾勒/那些被扭曲了的线条,你既不能失去爱恋,你也不会再点燃爱的火苗。"在诗人看来,失败的爱情已经改变了他,使他成了一个不能爱,也没有爱的人了。"爱情只可能有一次,所以我对你感到陌生,菩提树白白地招手,可我们的双脚已陷入雪堆中。"诗人因为幻想又一种真正纯粹的爱情,而对现实中的二人关系表示怀疑,但是,他仍然感到无法自拔。诗人用一种奇特的自然情景来再现这种情感处境:"那月亮蓝色的回光。照在菩提树上,已不见花,照在菩提树上,只见雪和霜。"诗人通过这样的描述来表现徒有其表的爱情。诗人认定,他们之间不是真正的爱情,而是一场相互玩弄的游戏,却依然在逢场作戏,"在狡诈的热情中亲吻"。

失去的东西
永不复归 /叶赛宁

我无法召回那凉爽之夜,
我无法重见女友的倩影,
我无法听到那只夜莺
在花园里唱出快乐的歌声。

那迷人的春夜飞逝而去你无法叫它再度降临。
萧瑟的秋天已经来到,
愁雨绵绵,无止无境。

坟墓中的女友正在酣睡,
把爱情的火焰埋葬在内心,
秋天的暴雨惊不醒她的梦幻,
也无法使她的血液重新沸腾。

那支夜莺的歌儿已经沉寂,
因为夜莺已经飞向海外,
响彻在清凉夜空的动听的歌声,
也已永远地平静了下来。

昔日在生活中体验的欢欣,
早就已经不翼而飞,
心中只剩下冷却的感情,
失去的东西,永不复归。

刘湛秋 译

作/品/赏/析

叶赛宁长期处于这样一个边缘地带:他眼里的都市文明与他的内心及精神世界格格不入。所以,作为一位城市的流浪者,他长久地处于一种悲观和绝望的情绪中,对远离自己或者已经逝去的事物眷恋不已,无法正视现实。《失去的东西永不复归》就是这样一首典型的诗作。"我无法召回那凉爽之夜,我无法重见女友的倩影,我无法听到那只夜莺/在花园里唱出快乐的歌声。"这些已经逝去的事物代表着一种整体的、实在的古老文明,所以,可以说,这是叶赛宁对古老宁静的田园生活唱出的挽歌。"那迷人的春夜飞逝而去/你无法叫它再度降临。萧瑟的秋天已经来到,愁雨绵绵,无止无境。"在诗人的内心,所有眼前的这些现代文明的东西,都是那些丧失的美好事物的坟墓,诗人面对这些事物,内心只有悲伤和绝望。"坟墓中的女友正在酣睡,把爱情的火焰埋葬在内心,秋天的暴雨惊不醒她的梦幻,也无法使她的血液重新沸腾。"在诗人看来,所有美好纯洁的情感都已经死亡,绝对不可能再回来,这是人类无法挽回的损失,是一种永远的失落。而一切已经平静下来,"欢欣的体验"已经没有,感情已经冷却。

生活之恶 /蒙塔莱

我时时遭遇
生活之恶的侵袭:
它似乎喉管扼断的溪流
暗自啜泣,
似乎炎炎烈日下
枯黄萎缩的败叶,
又似乎鸟儿受到致命打击
奄奄一息。

我不晓得别的拯救
除去清醒的冷漠:
它似乎一尊雕像
正午时分酣睡朦胧,
一朵白云
悬挂清明的蓝天,
一只大鹰
悠悠地翱翔于苍穹。

吕同六 译

· 作者简介 ·

蒙塔莱

蒙塔莱(1896—1981),意大利"隐逸派"诗歌的代表人物,出生于热那亚海滨小镇的一个中产阶级家庭。1917年,诗人应征入伍,被派往前线服役2年。退役后,他开始攻读哲学,并从事诗歌创作。1925年,诗人的第一部诗集《乌贼骨》出版,轰动诗坛,诗人因此跻身意大利优秀诗人的行列。1929年,诗人的诗集《守岸人的石屋》荣获安·费多尔文学奖。1938年,诗人因不肯加入法西斯党,被解除维苏克斯图书馆馆长一职。第二次世界大战中,诗人流亡瑞士,参加反法西斯的活动。战后,诗人担任米兰《晚邮报》文学主编。1967年,意大利总统授予他"终身参议员"的称号,但诗人的一生一直超然于一切党派之外。1975年,诗人荣获了诺贝尔文学奖。诗人的作品,除上面提到的外还有《萨图拉》《1971年到1972年的诗作》等。

作/品/赏/析

蒙塔莱生逢一个不幸的时代。当诗人还没有好好享受美好的少年时光和家乡的恬静美丽时,世界就陷入混乱之中。先是第一次世界大战,接着是经济危机,还有法西斯的抬头、第二次世界大战的痛苦经历等。

诗人说:"我时时遭遇生活之恶的侵袭。"诗人以"溪流""秋叶""鸟儿"自比。溪流被喉管扼断,暗自啜泣;败叶遭受烈日的折磨,枯黄萎缩;鸟儿受到致命打击,奄奄一息,字里行间透露出诗人浓浓的悲观、哀伤情绪。

面对残酷现实,诗人要奋起拯救——拯救自己,拯救生活。用什么来拯救呢?冷漠,清醒的冷漠!这是诗人的生命意志,一种个性的真实;也该是人类的生命意志和人类的真实。诗人凛然地站立在旷野上,想给人们指引一种拯救的办法。诗人用"雕塑""白云""大鹰"等意象来比喻拯救、指引的主体。雕塑是肃穆的,在酣睡的静中有美的尊严。白云是自由的,那蓝天既是它的自由之乡,也是它的心灵表现,清明而纯净。大鹰在无边无际的苍穹翱翔,悠悠于世间。

这首诗充分反映了诗人的诗歌创作风格和诗人的美学倾向。诗人用自然、率直、真切的笔调写出了诗人对世界、生活的深刻理解,诗人自己的心灵追求。诗人追求诗歌的音乐美,主张诗歌要有音乐般的节奏,给人以和谐优美的韵律感。这首诗歌上下两端意象数相同,形式对称,行文流畅。在美学倾向上,诗人对生活有敏锐的洞察力,对人类的理性精神有着强烈的自信,同时又能保持独行于世的态度和高洁的心灵,很有田园诗的味道。

这首诗是诗人的代表作,其内容和风格都体现了"隐逸派"诗歌的风格特点,安慰和拯救了当时那些受伤的心灵。因此,诗人获得了"生活之恶的歌手"的称号,被公认为是"隐逸派"诗歌的大师。

艾尔莎的眼睛 /阿拉贡

你的眼睛这样深沉,我当弓下身来啜饮
我看见所有的太阳都在其中弄影
一切失望投身其中转瞬逝去
你的眼睛这样深沉使我失去记忆

是鸟群掠过一片惊涛骇浪
晴光潋滟,你的眼睛蓦地变幻
夏季在为天使们剪裁云霞做衣裳
天空从来没有像在麦浪上这样湛蓝

什么风也吹不尽碧空的忧伤
你泪花晶莹的眼睛比它还明亮
你的眼睛连雨后晴空也感到嫉妒
玻璃杯裂开的那一道印痕才最蓝最蓝

苦难重重的母亲啊雾湿流光
七只剑已经把彩色的棱镜刺穿
泪珠中透露出晶亮更加凄楚
隐现出黑色的虹膜因悲哀而更青

你的眼睛在忧患中启开双睫
从其中诞生出古代诸王的奇迹
当他们看到不禁心砰砰跳动
玛利亚的衣裳悬挂在马槽当中

五月里一张嘴已经足够
唱出所有的歌,发出所有的叹息
苍穹太小了盛不下千百万星辰
它们需要你的眼睛和它们的双子星座

孩子们为瑰丽的景色所陶醉
微微眯起了他们的目光

当你睁开大眼睛我不知道你是不是扯谎
像一阵骤雨催开了多少野花芬芳

他们是不是把闪光藏在熏衣草里
草间的昆虫扰乱了他们的炽热情爱
我已经被流星的光焰攫住
仿佛一个水手八月淹死在大海

我从沥青矿里提炼出了镭
我被这禁火灼伤了手指
啊千百次失而复得的乐园而今又已失去
你的眼睛是我的秘鲁我的戈尔康达我的印度

偶然在一个晴日的黄昏宇宙破了
在那些盗贼们焚烧的礁石上
我啊我看到海面上忽然熠亮
艾尔莎的眼睛艾尔莎的眼睛艾尔莎的眼睛

徐知免 译

·作者简介·

阿拉贡(1897-1982)是法国当代著名诗人、作家。他是个私生子,其父路易·安德里约是个议员,曾担任巴黎警察局长和法国驻马德里大使之职,为了掩饰丑闻,他命令阿拉贡的母亲玛格丽特把阿拉贡当弟弟。因此,直到很久以后,阿拉贡才知道姐姐玛格丽特原来是他母亲,这在他幼小的心灵上留下创伤。阿拉贡在学校里成绩优异,于1915年通过中学毕业会考。他阅读了大量文学作品,从七八岁就开始写小说、诗歌。他遵母命在大学里学医,结识了后来成为超现实主义领袖的安德烈·布勒东。第一次世界大战后,他与布勒东、苏波一起创办《文学》杂志,开始漫长的文学生涯。他积极参加超现实主义创作活动,先后发表诗集《欢乐之火》《永动集》,小说《阿尼塞或全貌》《巴黎的土包子》。1927年,阿拉贡加入法国共产党,结识来自苏联的女作家艾尔莎·特里奥莱,多次访问苏联。1931年因发表《红色阵线》一诗而与超现实主义旧友决裂。30年代主要从事新闻和社会活动,开始发表多卷小说《真实的世界》。第二次世界大战中他积极参加共产党领导的抵抗运动,这激起了诗人的诗情,写下大量脍炙人口的爱国诗篇,如《断肠集》《艾尔莎的眼睛》《蜡像馆》《法兰西晨号》等。战后,阿拉贡的诗作转向爱情领域,有《眼睛与记忆》《艾尔莎》《艾尔莎的迷狂者》等诗集问世。在小说方面,除完成《真实的世界》(共5部)之外,还著有历史小说《受难周》和新小说《处死》《布朗什或遗忘》,《昂里·马蒂斯小说》《戏剧/小说》等。阿拉贡的创作异常丰富,在诗歌、小说及评论等方面取得巨大成就。他的创作活动几乎与20世纪所有重大事件紧密相联,因此在他逝世之后,法国报界有人称他为"20世纪的雨果"。

作/品/赏/析

《艾尔莎的眼睛》是一首情诗,是阿拉贡写给艾尔莎的众多诗篇中的一首。阿拉贡早在超现实主义时期就写道:"在我看来,一切冒险精神都诞生于爱情。爱情是它的源泉,因此我再也不愿走出这座迷人的森林。"他认为,爱情是一种现实与神奇相融合的情感状态,它能使人从感官的享乐中获取一种真正的想象力和心灵的富足,情欲的旅行往往能通达到一个"玄学的"奇异国度。20世纪20年代末,阿拉贡在创作上走入死胡同,爱情上也遭受打击。1928年,阿拉贡与访问法国的马雅可夫斯基相遇,并爱上了给马雅可夫斯基当翻译的艾尔莎·特里奥莱,与她结为终身伴侣,艾尔莎给了他重新振作的力量。也许,如果没有艾尔莎,阿拉贡永远也不会具备那些使他成为当代伟大诗人之一的恒心和道德力量。阿拉贡对艾尔莎有一种中世纪骑士崇拜贵妇人的那种狂热爱情,写了许多诗献给她,在《艾尔莎的眼

抒情诗集插图

神圣的感情和纯洁的爱情的概念出自西班牙,这里的女诗人开创了歌颂历经磨难且忠贞不变的恋人的诗歌传统。法国和意大利作者继承这一主题。不久以后,遍及欧洲各地的抒情诗人歌颂那些因一种热烈却不可及的爱情而狂喜、激动的贵族。按这些作者的思维方式,真正的爱情可以与实际的婚姻毫无关系。这幅插图就是选自这样的抒情诗集。

睛》中,爱情骑士阿拉贡深情地描述了与艾尔莎的结合给他带来的生机,爱的诗神唤出了他心灵深处的歌声。当然,在诗中,艾尔莎已经不仅仅是他的爱侣,她变成了一种象征或符号,代表着抽象的"女性"。诗人所有的笔触都指向"艾尔莎的眼睛",作者对艾尔莎眼睛的炽热情感实际上就是对艾尔莎的全部情感,作为一首超现实主义诗歌,作者对艾尔莎的眼睛的书写已经完全超越他的寻常感受,而产生无穷的幻想和体验,融注了诗人强烈的爱的激情。整首诗在语言上不但绚丽炽烈,而且非常具有音乐性,丰富的意象元素和韵律达到了高度完美的统一。

青春 /阿莱桑德雷

你轻柔地来而复去,
从一条路
到另一条路。你出现,
尔后又不见。
从一座桥到另一座桥。
——脚步短促,
欢乐的光辉已经黯然。

青年也许是我,
正望着河水逝去,
在如镜的水面,你的行踪
流淌,消失。

祝融 译

· 作者简介 ·

阿莱桑德雷（1898-1984），西班牙现当代著名诗人，生于风景秀美的海滨小城马拉加，1911年随全家迁往马德里，1913年入大学学习法律和商业，毕业后从事商业工作，时常为金融报纸撰稿。诗人18岁时开始尝试写诗。1925年，一场突如其来的肾结核病使得诗人放弃了工作，开始了漫长的病榻生活，诗人从此决心从事诗歌写作。1926年，诗人发表处女作，1928年发表第一部诗集《轮廓》，逐渐获得人们的认可，成为"二七年一代"的重要成员。1933年，诗人获得西班牙皇家学院的国家文学奖。1944年，诗人的诗集《天堂的影子》引起轰动，使诗人成为青年一代的先驱，声望日隆，其创作也更加成熟。1977年，诗人获得诺贝尔文学奖，西班牙全国欢呼雀跃，甚至有人预言：西班牙文学的第二个黄金时代就要到来了。诗人的作品除上面提到的外，还有《毁灭与爱情》《心的历史》《毕加索》《知识的对白》《终极的诗》等。

作/品/赏/析

这首诗显示了诗人诗歌创作的一贯主题和风格：用诗句来追问生命的意义及其内在价值，诗句低回婉转，平淡的语言中潜藏着深深的缠绵悱恻，浅易的吟唱却蕴含着极大的震撼力。

这首诗写的是青春。青春是一个很多人都会思考的人生课题，青春每个人都会经历，而且又会失去。朱自清的《匆匆》和泰戈尔的《青春》两篇文章，都表达了对时光和青春易逝的叹惜、对人生的依恋。

阿莱桑德雷在对青春的思索中，获得了一个流动的青春意象，获得了一份美丽的人生感受和启示。青春如同由一段段的旅程、一座座桥组成，人们在前行的途中和青春相遇，然后又与青春匆匆地别离。就在这样的匆匆之中，在这样一个个的瞬间，青春带给了人们欢欣和愉悦。当青春离去时，那欢愉随即也就暗淡下来。

阿莱桑德雷

诗中的青年其实就是诗人自己。望着那河水不断地流去，诗人心中生出无限的感慨，同时也获得了一份美丽的感悟和深刻的启示。青春在那样的一瞬间，在智慧的心灵中化为一首歌，也许导演出一部丰富的人生戏剧。青春如同那明镜般的流水，映现着深厚的生命内涵。"逝者如斯夫"，那滔滔东逝水带给人们多少启示呀！

电影《东邪西毒》里有一段精彩的台词："人总有那么一个阶段，见一座山，就想知道山的后面是什么。"这首诗就是表现了青年人的这种梦想和执着的追求，以及不断向山的对面翻越前进的激情。

诗歌不仅在内容和语言上表现了诗人创作的一贯思路和主题，而且在形式和风格上也代表了诗人的创作风格和特色。诗歌采用自由体，优美的词语不拘一格地排列在一起，承接自然，轻盈灵动。诗歌使用普通的意象和平凡的比喻，用一种恰当独特的方式放在一起，使诗歌具有了很丰富的隐喻义，意象也不再普通。正是这些使得诗人的诗能深刻地启示着人们，引发人们对生命的思考。

雨 /博尔赫斯

黄昏突然明亮,
只因下起细雨,
刚刚落下抑或早已开始,
下雨,这无疑是回忆过去的机遇。

倾听雨声簌簌,
忆起那幸运的时刻,
一种称之为玫瑰的花儿
向你显示红中最奇妙的色彩。

这场雨把玻璃窗蒙得昏昏暗暗,
使万物失去了边际,
蔓上的黑色葡萄也若明若暗。

庭院消失了,
雨涟涟的黄昏给我带来最渴望的声音,
我的父亲没有死,他回来了,是他的声音。

陈光孚 译

·作者简介·

博尔赫斯（1899-1986），阿根廷20世纪著名诗人、小说家和翻译家。诗人生于布宜诺斯艾利斯一个有英国血统的律师家庭，在日内瓦上中学，在剑桥读大学，通晓英、法、德等多国文字。诗人在中学时代即开始写诗，1919年赴西班牙，与极端主义派及先锋派作家过从甚密，并与其一同主编文学期刊。1950-1953年，诗人任阿根廷作家协会主席，1955年任阿根廷国立图书馆馆长。其重要作品有诗集《布宜诺斯艾利斯的激情》《面前的月亮》《圣马丁笔记本》《老虎的金黄》《深沉的玫瑰》，短篇小说集《世界性的丑事》《小径分岔的花园》《手工艺品》《死亡与罗盘》《沙之书》等。另外还译有卡夫卡、福克纳等人的作品。

作/品/赏/析

《雨》是博尔赫斯的名诗之一，诗歌以雨为题，抒发了诗人追忆亲人和往事的情怀。

诗的第一节，以隐伏的写法，从侧面描述了黄昏的雨景，巧妙地向读者交代了诗人回忆往事的时间和空间。黄昏下雨时，天空突然明亮起来，这是大自然常见的现象。这里，作者已讲明时间正处在黄昏，景况是下起了细雨。至于雨是刚刚开始下，还是早已开始了，作者并未交代清楚。其言外之意很明显，作者是在屋子里，而且是独自一人，正对窗外的雨景浮想联翩。后两句诗将地点和作者的处境交代清楚了。

第二节承接第一节的末句，诗人思绪升腾，开始追忆那温馨的过去。细雨淅淅沥沥地下着，在簌簌的雨声中，诗人忆起自己一生中最幸福的时刻——爱情最火热的年代。

博尔赫斯

诗人将恋人比作为红红的玫瑰，妩媚动人，圣洁无比。诗人是那么痴情、那么执着地爱着她！

博尔赫斯的爱情生活，是拉丁美洲文学界多年争论的一个问题。诗人大半生过着单身的生活，直到69岁时才与埃尔萨·米利安小姐结婚，不过婚姻只维持了不到4年时间便破裂了。诗人在去世的前几年，又与玛丽娅·科多玛小姐结婚，彼此相处很好。关于诗人迟婚的原因，目前最合理的解释是诗人在青年时曾有过一次刻骨铭心的恋爱，但由于第一次世界大战的爆发而中断了。诗人为此心灰意冷，曾发誓终生不娶。这首诗透露了诗人青年时的情遇，证实了学者们近年的考证。

诗的第三节为第四节做了铺衬，诗人对客观事物昏暗的描写，意在要把读者带向新的意境。第四节的第一句"庭院消失了"，一语双关，意为客观事物在诗人的脑海里全部消失了，诗人完全进入主观的遐想中，朦胧中，诗人好像听到他最渴望的声音——父亲回来的脚步声。

诗人早年丧母，其生活与教育全由他的父亲照顾。他的父亲是位著名医生，博学多才，对诗人影响很大。为了教育诗人，曾几次更换家庭教师。所以，诗人对父亲的热爱和崇敬是真挚和深沉的。于是，诗人在雨景造成的回忆往事的机遇中，自然而然地想起他所深爱的父亲了。

海 涛　/夸西莫多

多少个夜晚
我听到大海的轻涛细浪
拍打柔和的海滩，
抒出了一阵阵温情的
软声款语。

仿佛从消逝的岁月里
传来一个亲切的声音
掠过我的记忆的脑海
发出袅袅不断的
回音。

仿佛海鸥
悠长低回的啼声
或许是
鸟儿向平原飞翔
迎接旖旎的春光
婉转地欢唱。

你
与我——

· 作者简介 ·

夸西莫多

夸西莫多（1901-1968），意大利现代著名诗人，"隐逸派"诗人的代表人物之一，出生在西西里岛的一个文化小城，父亲为铁路员工。诗人读大学时学习土木工程建筑，但他非常向往文学。由于家境贫困，诗人中途辍学，从事绘图员、技师等工作。1926年，诗人在劳工部找到了一份固定的工作，担任测绘员。1930年，诗人的第一部诗集《水与土》问世，奠定了诗人在意大利诗坛的地位。1938年，诗人离开建筑部门，担任《时报》的文学编辑，1939年因从事反法西斯活动被解聘。1941年，诗人成为米兰威尔第音乐学院的一名文学教授。1948-1964年，诗人先后在《火车头》《时报》等报刊主持专栏。1959年，诗人荣获诺贝尔文学奖。1968年，诗人因脑溢血突然发作去世。

在那难忘的年月
伴随这海涛的悄声碎语
曾是何等亲密相爱。

啊,我多么希望
我怀念的回音
像这茫茫黑夜里
大海的轻涛细浪
飘然来到你的身旁。

吕同六 译

作/品/赏/析

这首诗选自1947年出版的诗人的诗集《日复一日》。这时的诗人因为第二次世界大战的原因更多地关注社会内容,但诗人并没有停止写自己擅长的题材——个人的真切感受。那窃窃的低语、那每个字符、那每个单词都渗透着诗人的感情:婉转深情,如春花温馨的香气,渗透进人们的心灵,使人们身心舒泰。

"多少个夜晚/我听到大海的轻涛细浪",诗的开头就为读者营造了一个温馨的氛围。那步履轻轻的海浪用手轻轻地拍着柔柔的沙滩,向沙滩倾诉着心底的软声款语。

诗人被这场面感动了,思绪密匝匝地涌上诗人的心头。诗人想起那遥远的过去——也许是童年纯真的情愫,也许是少年的情事,它们掠过诗人的脑际,发出了嗡嗡的回音。然后诗人的思绪又飞向那广袤美丽的大自然。海鸥在辽阔的海上悠悠飞翔,发出长而低的啼声;鸟儿在宽阔的平原上空飞舞,和春光一起嬉戏,尽情泼洒响亮而婉转的歌声。

诗人温馨地回忆着,随着飘飞的思绪,诗人不禁有了一种咏唱的冲动。"你/与我——",诗人拖长声调唱起来了,"在那难忘的年月",也是伴着这悄声碎语的海涛,在这样如梦的夜里,诗人与情人"曾是何等亲密相爱"。最后一节,诗人放声歌唱,这时已不再是简单的回忆或者怀念,而成了一种强烈的想念。诗人强烈地想念着恋人,想念着那甜蜜的爱情。诗人唱道,"我多么希望""飘然来到你的身旁"。这柔情最终变成深深的怅惘。诗人并不能在爱人的身旁,诗人只能怀念,只能向往。

在诗中,夸西莫多通过独特的"独白式"抒情,用美丽的意象——海涛、海鸥、鸟儿表达了自己真挚的感情。特别是后两节,更使用演唱的音调,用感叹词真切地抒发了诗人的感情,唤起了读者的感情。这种真挚、淳朴、简洁的音乐形式都是诗人诗歌的特点,是诗人被当作"隐逸派"代表人物的原因。

情 诗

/聂鲁达

我记得你去秋的神情。
你戴着灰色贝雷帽,心绪平静。
黄昏的火苗在你眼中闪耀。
树叶在你心灵的水面飘落。

你像藤枝偎依在我怀里,
叶子倾听你缓慢安详的声音。
迷惘的篝火,我的渴望在燃烧。
甜蜜的蓝风信子在我心灵盘绕。

我感到你的眼睛在漫游,秋天很遥远:
灰色的贝雷帽、呢喃的鸟语、宁静的心房,
那是我深切渴望飞向的地方,
我欢乐的亲吻灼热地印上。

在船上瞭望天空。从山冈远眺田野。
你的回忆是亮光、是烟云、是一池静水!
傍晚的红霞在你眼睛深处燃烧。
秋天的枯叶在你心灵里旋舞。

王永年 译

作 / 品 / 赏 / 析

　　这首诗是聂鲁达的成名诗集《二十首情诗和一支绝望的歌》中的代表作,也是聂鲁达的代表作之一。

　　诗以"我记得"三字开篇。一种深深的爱怜、一些迷人的画面、一种动人的诗情在诗人的心中,在诗人的脑海中浮动。它激起了诗人对逝去爱情的回忆。

　　"你"(爱人)戴着朴素的贝雷帽,"心绪平静"。爱人平静地站在那儿,脸色祥和,表情纯净,但眼里闪着脉脉的柔情,有"黄昏的火苗"在"闪耀"。诗人也受到了感染。诗人仿佛在天地的静照中进入了爱人的心灵,看到树叶在爱人心灵的溪流中飘落,又悠悠流走,波澜不惊。这是诗人的直观,用外物直观自己的内心,也直观爱人的心灵。

· 作者简介 ·

聂鲁达（1904-1973），智利乃至拉美现代诗坛代表人物，父亲是个火车司机，母亲在他满月时就去世了。学生时代的聂鲁达就经常在学校刊物上发表诗歌习作。1919年，聂鲁达在省级诗歌比赛中获得三等奖。1921年，他离开家乡就读大学，主修法语。期间，他的诗获得智利学生联合会举办的文学比赛一等奖。1924年，聂鲁达发表成名作《二十首情诗和一首绝望的诗》，一跃成为智利诗坛的中心人物。大学毕业后，他进入外交界，历任领事、大使等。1945年，聂鲁达当选国会议员，获智利国家文学奖。由于国内的政局变化，聂鲁达于1949年流亡国外。流亡期间，聂鲁达获得国际和平奖。1952年，聂鲁达回国，受到人民的盛大欢迎。1957年，聂鲁达当选智利作家协会主席。1971年获得诺贝尔文学奖。除上面提到的外，其作品还有《大地上的居所》《诗歌总集》《一百首爱的十四行诗》等。

聂鲁达

接着是诗人的直感，诗人从实感来追思外物的形象，写下了动人的画面。"你"依偎在"我"的怀里，如藤枝依偎在大树上。叶子和叶子在低语，那亲密和交流是心灵的交融、合一。爱情如篝火一样在燃烧，那树藤之间的缠绕、依偎，已不再仅仅是身体的缠绕，而是心灵的盘旋了。

诗人通过爱人的眼睛，感受那漫游，感受那遥远的秋天。那帽、那鸟语、那宁静，到外表和有质感的声音，再到心灵栖息的地方。诗人热情地亲吻着这些，诗人获得了无上的欢乐。

在诗的最后，诗人顺着自己的直觉直感，又仿佛看到了恋人的心，触到了恋人波动的思绪。在悠悠邈邈的水面上，恋人坐在小船中，仰望天空；在高高的山岗上，恋人在远眺碧绿的原野。亮光、烟云、一池静水，恋人的回忆定格成可视的画面。诗人的心与恋人的心融和在一起，诗人仿佛看到了恋人眼中有绯红的晚霞在燃烧，心灵深处有秋天的落叶在旋舞。

这首诗代表了诗人前期的现代派风格。诗歌一方面承继了民族诗歌的抒情传统，一方面又吸收了西方现代派诗歌的抒情方式。诗人用外物直观心灵，用纯净的声音直观感情的交流、心的融合，用眼睛直观自己和恋人的心灵。在写作手法上，写实、写意和抒情的巧妙结合，使诗既融合了优美的外在自然风光和诗人主观创造的诗情画意，又以朴素而深情的笔触写出了爱情的真挚，使诗具有了震撼心灵的魅力。

致心爱者 /井上靖

活着
毋须如洪水一般——
浩大、激荡。
愿你如清水,
如岩罅幽僻的涓滴——
甘冽、岑寂、自我闪光。

毋须如春樱一般——
万朵奇葩靓妆。
愿你如寒梅,
如五片玉洁的花瓣——
凛冽、馨香,
双眸张望,
寒夜里依然开放。

你纵然不听——
雄浑的神曲、天声,
可你要倾听——
那风声,
那摇曳林莽、
掠过原野,
把村庄
劈成两半的声响。

心爱的人啊,
毋须耽于梦乡。
愿你如去年一般,
如来年仍然这样——
醒来吧!
沐着新春的朝阳。
醒来吧!
宛若白玉的脸庞。

郑民钦 译

·作者简介·

井上靖（1907—1991），日本小说家。井上靖是从写诗开始他的文学创作的。1929年他在《日本海诗人》杂志上发表了诗作《冬天来到的日子》。1936年，井上靖从京都大学哲学系美学专业毕业后，到了《每日新闻》大阪总社的学艺部做记者。1937年9月，井上靖应征入伍，并被派往中国战场，1938年因病退伍。第二次世界大战后，井上靖著有诗集《北国》《地中海》《运河》《远征路》等。1951年后，井上靖开始专职从事创作。井上靖的主要作品有小说《流转》《斗牛》《战国无赖》《风林火山》《太平之甍》《冰壁》等。他的作品曾先后获得8种文学奖，部分被译为英、法、德、意等文在国外出版。

作/品/赏/析

日本著名作家井上靖的《致心爱者》是一首哲理诗，诗人在诗中用通俗而优美的笔调抒写了他对人生的看法，真切朴素而内涵深刻。诗人说："活着／毋须如洪水一般——／浩大、激荡。愿你如清水，如岩翳幽僻的涓滴——／甘洌、岑寂、自我闪光。"在许多人看来，人生必须轰轰烈烈，有一番惊天动地的作为，并因此而拥有无上的荣耀和显赫的声誉，但是，井上靖却不这么看，他认为，相比之下，人应该重视一些生命和精神中本质的、内在的东西，通过对这些内在本质的不断修炼，而达到"自我闪光"。这样的价值选择，即使默默无闻，也是充实而有价值的。"毋须如春樱一般——／万朵奇葩靓妆。愿你如寒梅，如五片玉洁的花瓣——凛冽、馨香，双眸张望，寒夜里依然开放。"在这里，诗人将外在的美的形貌与内在的风骨做一对比，以说明内在的傲骨更为重要。在诗人看来，人生不仅要经历幸福，更要经受磨难的考验，一种生命注定面对的严酷的洗礼："你纵然不听——／雄浑的神曲、天声，可你要倾听——／那风声，那摇曳林荫、掠过原野，把村庄／劈成两半的声响。"灵魂经过了这样的洗礼，会变得更加沉稳、淳厚，充满内在的力量和宁静的美，平静地面对每一天的生命，每一天都是一样地光彩和明亮。是追求那些浮名虚利，还是追求人生的真意，诗人在诗中的态度是非常明确的，而这些观点并没有被枯燥地说出，而是全部融入美好的形象，使人读来感到亲切而意味深长。

美好的一天 /米沃什

多美好的一天呵！
花园里干活儿，晨雾已消散，
蜂鸟飞上忍冬的花瓣。
世界上没有任何东西我想占为己有，
也没有任何人值得我深深地怨；
那身受的种种不幸我早已忘却，
依然故我的思想也纵使我难堪，
不再考虑身上的创痛，
我挺起身来，前面是蓝色的大海，点点白帆。

薛菲 译

· 作者简介 ·

米沃什,生于1911年,波兰当代著名诗人、作家,出生于当时属于波兰版图的立陶宛的一个小城,童年时跟随父亲到过俄国的许多地方。中学时代,诗人受到天主教的强行教育,中学毕业后进入维尔诺大学攻读法律,获得硕士学位。1931年,诗人与朋友们一起创立文学团体"火炬社",发行刊物《火炬》,号称现代波兰文坛的"灾难主义诗派"。1933年,诗人出版其第一部诗集《冰封的日子》,并因此获奖学金,赴巴黎留学两年,归国后在波兰电台工作。1936年,诗人出版其第二部诗集《三个冬季》。第二次世界大战期间,他在华沙积极参加反法西斯斗争,还编写过抗德诗集《无敌之歌》。战后曾任波兰驻美使馆和驻法使馆的文化参赞。1953年,他在巴黎出版的社会政治学论著《被奴役的心灵》,使他赢得了国际声誉。1955年,诗人的小说《夺权》出版,获欧洲文学奖。1960年后,诗人定居美国,在加利福尼亚大学伯克利分校任斯拉夫语言文学系教授。1973年,他出版了早期诗作《诗选》,1974年出版晚期诗选《冬日钟声》,并获1978年美国俄克拉荷马大学颁发的"当代世界文学季刊奖"。1980年,诗人获得诺贝尔文学奖。另外,诗人的作品还有《无名的城市》《日出和日落之处》等。

作/品/赏/析

曾经有人说过,米沃什所有的诗是"一首关于时间的挽歌"。诗人在漫漫的生命旅程中,在连绵不绝的时间中要遗忘的是什么呢?是诗人的生活碎片和混乱的琐碎小事,还是诗人经历的苦难?或者二者都有?在经历了漫长的艰难生活之后,诗人深感现实的污浊,诗人需要一丝人间的温情来抚慰自己那颗曾饱受磨难的心。

"多美好的一天呵",诗歌开头的一句话,引起了人们同样美好的想象和回忆。接下来诗人展开叙述。在一个早晨,暖和温情的阳光打破深沉的夜和浓浓的雾,照在花园里。晨雾并没有散尽,像一层朦胧的薄纱罩在这美丽的清晨和这美丽的花园上。花园里的花朵,还没有完全地开放,还在充满

米沃什

生机的、粗壮的枝头孕育着春天的气象;一只蜂鸟从花园中飞起,传递着春的信息。

在这样的早晨,诗人在自己的靠近海边的花园里劳作。那是一种平凡而美丽的生活!诗人的心中也感觉到了幸福,那种平凡的幸福。诗人在这样的情境中获得了一种深深的满足。诗人的心中再也没有什么想据为己有的东西;诗人心中的怨恨在这样的美景中,在这样的美好一天完全忘记了;一切都显得不那么重要了,充满苦难和不幸的过去,现在还在遭受的不幸和尴尬、不公都如过眼烟云,在这样的早晨已不再重要。重要的只是诗人的劳作和花园,花园里的花朵和早晨的蜂鸟。诗人站起身,面朝蓝色的大海,那点点白帆在诗人的眼前闪现。这样的情境不禁让人想到中国古代诗人陶渊明的诗句"采菊东篱下,悠然见南山"所描绘的那份悠闲,那份恬静,让人久久难以忘怀,回味无穷。

大 街 /帕斯

这是一条漫长而寂静的街。
我在黑暗中前行,我跌绊、摔倒
又站起,我茫然前行,我的脚
踩上寂寞的石块,还有枯干的树叶:
在我身后,另一人也踩上石块、树叶。
当我缓行,他也慢行;
但我疾跑,他也飞跑。我转身望去:却空无一人。
一切都是黑漆漆的,连门也没有,
唯有我的足声才让我意识到自身的存在,
我转过重重叠叠的拐角,
可这些拐角总把我引向这条街,
这里没有人等我,也没有人跟随我,
这里我跟随一人,他跌倒
又站起,看见我时说道:空无一人。

郭惠民 译

·作者简介·

帕斯(1914-1998),拉丁美洲当代著名诗人,生于墨西哥城一个有着浓厚宗教气息的文化家庭,在法国接受中学教育,14岁时进入墨西哥国立大学学习,不久因家道中落而辍学。17岁时,帕斯开始诗歌创作并与人合办《栏杆》杂志。1933年,帕斯创办诗歌期刊《墨西哥谷地手册》,同年出版其第一部诗集《狂野的月亮》,一举成名。随后,他积极参加社会活动,曾创办小学救助贫困儿童。1938年,帕斯创办文学期刊《车间》,1943年参与创办《浪子》。1944-1945年,他前往美国学习,回国后积极援救西班牙流亡人员,同时进入外交界,先后在法国、日本等国任外交官。1955年帕斯曾回国从事诗歌创作,创办《墨西哥文学》杂志。1968年在任驻印度大使期间,因反对政府对学生运动的镇压愤而辞职,在英美等国从事诗歌研究。1971年帕斯回国专门从事诗歌创作。1990年,帕斯获得诺贝尔文学奖。1998年,帕斯病逝。

作/品/赏/析

墨西哥城的街道闻名世界,那里的每一条街都是用一个名人的名字或者著名的历史事件命名的,具有深厚的历史气息和文化内涵。走在这样的街道上,诗人心中难免会触发某种深刻的感受。在这首诗中,诗人借用街道抒发了自己对于民族历史的思考,对于民族命运的一种沉思。

诗中的"我"并非特指,而是指代那些执着探索历史本质、人类命运和人生道路的人们。"我"在漫长而寂静的大街上行走,不断跌倒,又不断站起。"我"就是那些探索者的代表。这时街上出现了另一个人"他"。"他"紧跟在"我"的身后,当"我"慢慢前行时,"他"也慢慢行进。当"我"加快脚步时,"他"也跟了上来。"他"是另一个"我",在历史的深处躲藏着,不断追问思考历史的本质;"他"是"我"的灵魂,不断敦促"我"前进。

在这样的街上,"我"迷失了,然后靠着自己的足音找回自己。"我"不断地转过一个又一个拐角,然后又回到出发点。在往返回复

1944年,帕斯(中)与其朋友们在墨西哥的一次学术研讨会上。

的行走中,"我"与另一个行走者相遇,然而他却说:"空无一人。""他"或许是位徘徊在历史峡谷中的前辈,在躲避残酷的现实,在强迫自己的心灵逃避那不堪回首的往事。或者,"他"是以前的自己,仍然处于追寻和迷失中。

这首诗代表了诗人的成熟创作风格。诗歌一方面带有拉丁美洲诗歌的神秘气息,带着深沉的历史思索;另一方面大胆突破传统,追求先锋诗歌的风格,带有强烈的现代意味和特点。在深沉的历史思索和民族意识中表达了强烈的个人瞬间体验,使个人的生命直觉与厚重的历史意味相结合,进而达到完美的统一。在形式上,诗歌回环往复,前后循环相因,意境层层递进,耐人寻味。

通过绿色茎管
催动花朵的力

/托马斯

通过绿色茎管催动花朵的力
催动我的绿色年华,毁灭树根的力
也是害我的刽子手。
我缄默不语,无法告诉佝偻的玫瑰
正是这同样的冬天之热病毁损了我的青春。

催动泉水挤过岩缝的力催动
我鲜红的血液;那使絮叨的小溪干涸的力
使我的血液凝固。
我缄默不语,无法对我的脉管张口,
同一双嘴唇怎样吸干了山泉。

搅动着一泓池水的那一只手
搅动起流沙;牵引狂风的手
扯动我的尸布船帆。
我缄默不语,无法告诉走上绞架的人
我的肉体制成了绞刑吏的滑石粉。

时间的嘴唇像水蛭吮吸着泉源,
爱情滴落又凝聚,但流下血液
将抚慰她的创痛。
我缄默不语,无法告诉变幻不定的风儿
时间怎样环绕着繁星凿出一个天穹。

我缄默不语,无法告诉情人的墓穴
我的床单上也蠕动着一样的蛆虫。

汪剑钊 译

· 作者简介 ·

  托马斯(1914—1953),英国诗人,生于南威尔士海港城市的一个中学校长家庭,1925年升入中学后开始诗歌创作,1933年中学毕业后任《南威尔士日报》记者,同年首次发表诗作就荣获翌年的《诗人之角》图书奖。1934年他出版了自己的第一本诗集《十八首诗》,立即引起诗歌界的广泛关注,随后的第二本诗集《诗二十五首》也备受称誉。1943年托马斯开始担任英国广播公司播音员。1946年他出版了自己成就最高的一本诗集《死亡与出场》。因为长期酗酒,1953年,托马斯病逝于美国纽约。
  托马斯生性叛逆,有"疯狂的狄兰"之称,是一个有着自我毁灭激情的诗人,生存、欲望和死亡是托马斯诗歌的三大主题。他的诗风粗犷、热烈而又晦涩,音韵充满活力而又不失严谨,洋溢着浓烈的浪漫主义精神,表现形式又具有超现实主义的色彩。狄兰·托马斯被认为是继艾略特和奥登之后英国最重要的诗人,他的诗歌掀开了英美诗歌史上新的一页。

作 / 品 / 赏 / 析

  这是一首表达诗人对于爱情与生命的悲观体验的诗,诗人以"我缄默不语"贯穿全篇,表达出自己的惘然而又难以诉怀的落寞情绪。"通过绿色茎管催动花朵的力 / 催动我的绿色年华""催动泉水挤过岩缝的力催动 / 我鲜红的血液",诗人将时间的流逝与生命的律动用充满动感的喻象展现出来,创造出一种动人心弦的艺术效果。"佝偻的玫瑰""绞刑吏的滑石粉""时间的嘴唇像水蛭吮吸着泉源",诗人选用了种种奇崛而残酷的比喻来表达自我对于青春消逝的感伤和对于爱情失落的沉痛,在一种恶的发现与展示中来表达自我满带伤痕的生命意识。

野 花

/索洛乌欣

我漫步在草原上,
采摘了两朵小花欣赏。
带刺的叶片太粗粝,
剐破了我的手掌。
花朵并不美,这有何妨,
草原上无处寻觅别的花。
是苦涩的地下水滴
使它们滋长开放。
野花一春一秋荣和枯
都是荒漠上痛苦的象征。
月光下不是露珠而是盐粒
在它们身上晶莹震颤。
当铁面无情的酷热
扫荡了草青青,
留下一片枯黄,
覆盖在灰埃底下的野花
依然蘸着大地的盐盛放。
假若你偏爱玫瑰花,
那也只好悉听尊便!
但是切勿将这草原顽强的野花
别在自己的胸前。

王守仁 译

· 作者简介 ·

索洛乌欣,生于1924年,苏联著名诗人、小说家、散文家。1953年,他出版了诗集《草原落雨》,从此开始步入文坛。20世纪50年代末60年代初,索洛乌欣相继发表了抒情中篇小说,如《弗拉基米尔地区的乡间小路》和《一滴露水》,在当时的苏联引起了强烈的反响。索洛乌欣的抒情诗和别尔戈丽茨的《白天的星星》一起,掀起了一股"抒情浪潮"。除了在诗歌和小说方面有所建树外,索洛乌欣在散文方面也取得了一定的成就,出版了散文集《手掌上的小石子》《俄罗斯博物馆书简》等。

作/品/赏/析

对花花草草的把玩或者欣赏,在文人墨客的笔下是络绎不绝的。这些大量歌咏花草的作品,或者将其作为亵玩的对象,陶醉于其娇艳;或者以其比喻美女,呈现其为人所爱抚的"阴柔之美";但是,索洛乌欣的《野花》却全然不是如此。在他的笔下,野花都是"荒漠上痛苦的象征",这就使这惯常的生命展示出一种不寻常的生命底色。尽管索洛乌欣被认为是苏联歌咏大自然的歌手,但是,在这首诗中对野花的抒写绝不是对一般意义上的自然美景的陶醉。"我漫步在草原上/采摘了两朵小花欣赏。"但是,"带刺的叶片太粗粝,剌破了我的手掌"。野花被采摘来欣赏,给诗人的"惩罚"却是以其粗粝的叶片剌破了欣赏者的手掌,这是诗人要强调的野花的气质所在:"是苦涩的地下水滴/使它们滋长开放。"野花的生命来源,诗人在这里告诉我们,是苦涩的。因此,"野花一春一秋荣和枯/都是荒漠上痛苦的象征。月光下不是露珠而是盐粒/在它们身上晶莹震颤"。这里的盐,我们通过常识可以知道,是地下水中的矿物成分,如果它大量存在,足以使植物失水枯死,所以,野花吸收地下苦涩的水,并将这些生命中痛苦的毒药析出,在它们的身上震颤,它承受着为了生的巨大疼痛。并且,不仅如此,"当铁面无情的酷热/扫荡了草青青,留下一片枯黄,覆盖在灰埃底下的野花/依然蘸着大地的盐盛放"。因此,苦难和困厄中生长的野花成为坚强的生命的象征,所以在索洛乌欣笔下,它不是装饰,也不是把玩的对象。

因为现在

/ 阿伦茨

因为现在
天气如此狂暴、
波涛如此汹涌
我才没完没了地吹捧
大海的美德。

我称她为
光滑宁静的万物之母,
不温不怒的深沉,
孤独的新娘
善良的大海。

后来,在港湾
我却称她为妓女,
秃头假发,奥妙无知的贵妇。

佚名 译

· 作者简介 ·

阿伦茨(1925-1974),荷兰诗人。阿伦茨的一生都为极其强烈的自卑情结和遗弃感所困扰,甚至到了精神失常的程度,数次被关进精神病院。20世纪50年代他开始发表作品。1974年,阿伦茨在家里阅读了他最新出版的诗集,然后打电话给出版社说他"完全满意了"。几个小时之后,阿伦茨跳楼自杀。阿伦茨的小说在他生前就曾引起轰动,但是他的诗歌却是到了他死后才获得了普遍的高度评价。

作/品/赏/析

阿伦茨在这首诗中抒发了自己对于不同情态下的大海所持有的独特看法,他将狂暴、汹涌视作大海的美德,赞美天气狂暴、波涛汹涌时的大海为"光滑宁静的万物之母",是"孤独的新娘",是"善良的大海",而在港湾,素来为人所喜爱的平静而美丽的海,诗人却蔑之为"妓女",是"秃头假发,奥妙无知的贵妇"。诗人通过自身对海的不寻常的态度,表达了自己内心的不平静和一种强烈的激愤。诗人将自己的内心情感投注于外物,呼唤着一种狂虐与暴烈,这实际上也隐含着诗人心中那份深深的人生悲哀。

被推迟的日子 /巴赫曼

艰难岁月将至
这待召的、被推迟的日子
正隐现在地平线上。
不久你该束装
驱赶猎犬回宅院。
因为寒风冷劲
鱼已冻僵。
豆油灯的灯光黯淡。
放眼雾空:
这待召的、被推迟的日子
正隐现在地平线上。

你远处的爱人正沉入沙间,
他沾上她飘扬的长发,
他锲进她的话语,
迫她沉默无言,
他看着她伤心欲绝
和身以心许
在每一次拥别。

别举目四顾。
束装就途。
驱回猎犬。
把鱼儿放回大海。
把油灯熄灭!

艰难岁月将至。

欧凡 译

· 作者简介 ·

巴赫曼（1926-1973），奥地利女诗人，生于奥地利与斯洛文尼亚和意大利接壤的边境地区，父亲是一名中学校长。巴赫曼曾在奥地利西部的因斯布鲁克大学学习哲学，后来转到格拉茨大学主修哲学，辅修法律，后又转赴维也纳大学攻读哲学，同时学习日耳曼文学和心理学。1948年，巴赫曼结识了来自罗马尼亚的流亡诗人策兰，两人之间建立了爱情关系，但是不久后策兰由维也纳转赴巴黎。1950年，巴赫曼通过博士论文，在维也纳大学代理当代哲学课程讲座。1951年，巴赫曼到维也纳盟军电台工作，而后于1953年辞掉电台的工作，走上专业创作的道路。1959年，巴赫曼到法兰克福大学担任了一年的客座教授。1962年，巴赫曼因精神分裂症而在苏黎世住院。此后，巴赫曼的精神疾病间歇性发作，依靠服用安眠药度过了余下的生命。巴赫曼曾出版过两部诗集：《延期支付的时间》和《大熊星座的呼唤》。巴赫曼的诗歌以抒情诗为主，惯于从神话传说和《圣经》故事中选取意象进行创作，而且多使用较为晦涩的象征手法。在诗歌之外，巴赫曼还写有小说、广播剧、歌剧以及翻译作品，曾多次获得重要奖项。

作/品/赏/析

这是一首表达恋人之间分别之情的诗。"艰难岁月将至"是一个总括的句子，给人负上了一种深沉而哀伤的感觉。"这待召的、被推迟的日子／正隐现在地平线上。"一方面是说这样的日子即将来到，另一方面也说明这样的日子是必然要到的。"不久你该束装／驱赶猎犬回宅院。因为寒风冷劲／鱼已冻僵。豆油灯的灯光黯淡。"这里，诗人是借外在的景物来述说自己的心境。"放眼雾空：这待召的、被推迟的日子／正隐现在地平线上。""雾空"是一个值得注意的意象，那未来的岁月，对于即将分别的恋人来说，正是雾般的迷蒙。"你远处的爱人正沉入沙间，他沾上她飘扬的长发，他锲进她的话语，迫她沉默无言，他看着她伤心欲绝／和身以心许／在每一次拥别。"这一段诗写得情深意切，令人动容。"别举目四顾。束装就途。驱回猎犬。把鱼儿放回大海。把油灯熄灭！"这一段又与前面的一段相回应，重申了别离的时刻，虽然难以分别，却又不得不分离，那就只好面对这现实，嘱咐恋人别再眷恋不已，快些踏上征途。最后一句，"艰难岁月将至"，使得别情在收束之中又获得升华，诗的形式与诗的情感结合得非常完满。

幸 福

/ 杰姆斯·赖特

在通往明尼苏达州罗切斯特的公路近旁,
暮色在草地上轻盈跃动。
那两匹印第安小马的眼睛阴暗,
充满柔情。
他们从柳树林中高兴地走来,
欢迎我的朋友和我。
我们跨过铁丝网步入牧场,
他们整天在那里吃草,
非常寂寞。
由于我们的到来,
他们浑身颤动,
掩不住内心的欣喜。
像易动感情的天鹅,
他们羞怯地低下了头。
他们相亲相爱。
没有一种寂寞能和他们的相比。
兴奋复归安谧,
他们开始在昏暗中咀嚼初春的嫩草。
我真想把那瘦小的一匹搂在怀里,
因为是她向我走过来

用鼻子拱过我的左手。
她黑白相间，
长鬃散披过额头。
轻风使我动念爱抚她长长的耳朵
那马耳像姑娘手腕的皮肤一样细嫩柔和。
我突然醒悟
如果我能一步跨出躯体，
我就会开放成花。

佚名 译

· 作者简介 ·

杰姆斯·赖特（1927—1980），出生在俄亥俄州的小镇马丁斯费里。大学毕业后，赖特去了美国驻日本占领军陆军部队服役，退役后又进入华盛顿大学攻读理科硕士和哲学博士学位。1957年和1959年，赖特相继出版了两本诗集——《绿色的墙》和《圣徒犹大》。1971年，他的《诗歌合集》为他赢得了1972年的普利策奖。1973年和1977年，他的最后两部作品《两位公民》《献给开花的梨树》问世。

作/品/赏/析

杰姆斯·赖特是20世纪美国"深度意象"诗歌流派的主将之一。赖特沉思型的抒情短诗非常著名，他非常热爱大自然，善于捕捉大自然景色中最有意义的细节，将这些田园式的内容建立在新超现实主义的强有力的意象和简洁的口语之上，在总体上赋予自然以深层意识的暗示性意蕴，表现出脱离尘嚣返回大自然、从大自然中找到安宁的强烈愿望。这首诗很好地体现了上述特征。诗人用"幸福"来作为诗歌的题目，而对于幸福的理解因人而异，这首诗中所要表达的幸福，就是回到自然，陶醉于自然的自由生活中去。诗人写作的角度也比较奇特，他用朴素而精确的语言描绘了两匹安静地在草地上吃草的小马，他们相互之间似乎充满了柔情和信任："他们整天在那里吃草，非常寂寞。由于我们的到来，他们浑身颤动，掩不住内心的欣喜。像易动感情的天鹅，他们羞怯地低下了头。他们相亲相爱。没有一种寂寞能和他们的相比。"诗人笔下的情景寂寞而美妙、平静而自由，这样一种世外桃源驱使我们反观被异化了的现代都市文明生活。诗人"突然醒悟／如果我能一步跨出躯体，我就会开放成花"。身处世俗生活而无法解脱，没有身心的自由，是现代人的遭遇，诗人感到，人只有回到自然，才能回归"本我""真我"。

七 愁 /休斯

秋天的第一愁
是花园慢慢的告别
它久久伫立在暮霭中
像一个褐色的顶花饰
一只百合花的主茎,
它依旧不肯走。

第二愁
是雉鸡空荡荡的脚
它和它的兄弟们一起悬挂在一只钩子上。
树木的金色
裹在羽毛中
而它的头却蒙在布袋里。

第三愁
是太阳慢慢的告别
它唤回了倦鸟如今在集合
黄昏的时刻——
那黄金而神圣的
画图的底色。

第四愁
是池塘已经发黑
毁灭了也淹没了水的城市——
甲虫的宫殿,
蜻蜓的
墓穴。

第五愁
是树木慢慢的告别
它静静地在拆除帐篷
一天它悄然离去了
只留下枯枝落叶——
木柴,一根根扎营的木桩。

第六愁
是狐狸的哀愁
猎手的喜悦,猎狐的猛犬的喜悦,
蹄爪扑腾着
直到大地接受它的祈求
闭上了她的耳朵。

第七愁
是朱颜慢慢的告别
朱颜露出了皱纹向窗外翘首眺望
年岁正在打点行装
像一个为孩子们举行过赛会的露天市场
如今显得肮脏而又杂乱无章。

汤永宽 译

· 作者简介 ·

休斯(1930-1998),当代英国文坛最重要的诗人之一,同时也是剧作家和翻译家。1957年,休斯出版了自己的第一部诗集《雨中之鹰》,立即蜚声文坛,成为当代英国最具独特个性的诗人。1960年,休斯的第二部诗集《牧神祭》出版,获得了重要的文学奖项"毛姆奖"。1984年,休斯被封为"桂冠诗人"。休斯的诗歌在一定程度上受到霍普金斯和叶芝后期诗歌的影响,但是具有自己的"人类学的历史感和自然感",擅长于对自然界内部规律进行揭示,因而被誉为"自然诗人"。他的诗歌塑造了一系列的动物意象,充满暴力与野性,但是在这种暴虐的背后体现的却是诗人深切的人文主义关怀。

作/品/赏/析

这首诗以一种独特的结构方式描写了秋天的七种景致,诗行之间荡漾着浓浓的秋意。诗歌在"七愁"之中分别描写了花园、雏鸡、太阳、池塘、树林、狐狸和朱颜在秋天里的各种情态,每一处描写笔调都非常富有情趣,例如,诗人把树林慢慢的告别喻作"它静静地在拆除帐篷",将树叶的凋落写得妙趣盎然。再如,"第七愁"中,"朱颜露出了皱纹向窗外翘首眺望/年岁正在打点行装",这里将"朱颜"作为青春的借代,而"年岁"进行拟人化,令诗句显得非常的灵动。当然这首诗并不是单纯地描写秋日景色,而是通过对种种物象在秋天的变化来表达一种人生的哀愁,就像诗题所言,诗中展现的全都是秋天的愁。

松树冠 /斯奈德

蓝色的夜里
霜雾，天空上
月亮发光
松树冠
雪蓝色地弯曲，隐退
入天空，霜，星光。
靴子的吱嘎声。
兔迹，鹿迹，
我们知道什么。

佚名 译

·作者简介·

斯奈德，美国诗人、散文家和翻译家，1930年生于旧金山，早年在里德学院学习文学和人类学，后来进入加利福尼亚大学攻读东方语言文学，并在此期间参加了"垮掉派"的诗歌运动，随后东渡日本，出家为僧三年，潜心研究禅宗。1969年回国后，与日本妻子定居于加利福尼亚北部山区，过着简朴的生活。1985年，斯奈德成为加利福尼亚大学戴维斯分校的教授，同时广泛地游历和讲学，大力宣传环境保护。斯奈德被认为是"垮掉派"诗歌队伍中成就最大的诗人，他业已创作出版了数十部诗集，其中的《龟岛》于1975年获得了普利策诗歌奖。斯奈德曾翻译过中国唐代诗人寒山的诗歌，他本人的思想深受中国文化的影响，诗歌中体现了一种亲近自然、平和冲淡的格调，颇具中国古典诗歌中那种空灵的风味。

作/品/赏/析

这首《松树冠》是斯奈德本人颇为称赏的一篇佳作，他自述这篇作品师法了中国宋代诗人苏轼的七绝《春夜》："春宵一刻值千金，花有清香月有阴。歌管楼台声细细，秋千院落夜沉沉。"对照此诗，我们可以对斯奈德这首诗歌的韵味有着更好的理解和体验。诗中描写一个明月朗照而又有着霜雾的夜晚。蓝的色彩，给人一种幽幻的感觉，霜色与星光交相映衬，靴子的吱嘎声、兔的足迹、鹿的足迹，尤显夜的静寂，并带给人一种悄然的温馨，令人联想起"人闲桂花落，夜静春山空"的意境。诗的末尾，轻轻一语，"我们知道什么"，似在疑问，又似有所嗔责，令诗的意味更加绵然而令人回味悠长。

在风中吹响

/ 鲍勃·迪伦

一个男人要走过多少路,
你才能称他为男子汉?
一只白鸽要飞过多少海面,
她才能在沙丘安眠?
炮弹要掠过天空多少回,
它们才被永远禁用?
这回答,我的朋友,正在风中吹响,
这回答正在风中吹响。

一个人抬头看多少次,
才能望见蓝天?
一个人需多少只耳朵,
才能听见人们的哭喊?
多少人死去才能使他了解,
已有太多人死亡?
这回答,我的朋友,正在风中吹响,
这回答正在风中吹响。

一座山要耸立多少年,
才会被冲刷入海?
一些人要生活多少年,
才会被给予自由?
一个人能转过头去多少回,
假装他什么也没看见?
这回答,我的朋友,正在风中吹响,
这回答正在风中吹响。

王守仁 译

· 作者简介 ·

鲍勃·迪伦，原名鲍比·齐默曼，1941年出生，美国著名摇滚乐歌手。童年时迪伦就开始学习吉他、口琴等，后进入大学专修艺术，在此期间开始接触布鲁斯音乐。1962年，迪伦发行了首张个人专辑，次年又与别人合作了《在风中吹响》专辑，正是60年代这些专辑的成功，奠定了迪伦在美国乃至世界摇滚乐坛上"音乐教父"的地位。迪伦的代表专辑有《像一块滚石》《把它带回家》《路上的血迹》等。

作/品/赏/析

鲍勃·迪伦被认为是20世纪60年代美国最有影响的歌手和歌曲作者。《在风中吹响》又译为《答案在风中飘》，一经问世即被广泛传唱，被称为是民权运动的非正式颂歌，在反战运动中也很流行。全诗共有3节，由若干问题构成，这些问题都非常尖锐，包含着政治、道德等重大内容，但是鲍勃·迪伦并没有简单直白地提出，而是采用富于诗意的比兴手法，从而使这些问题具有充分引起听众共鸣的效果："一个男人要走过多少路，你才能称他为男子汉？一只白鸽要飞过多少海面，她才能在沙丘安眠？炮弹要掠过天空多少回，它们才被永远禁用？"这里的比兴部分传达出一种对人生苦难的沧桑感和对反复不断的灾难性行为的深深地厌倦。

"一个人抬头看多少次，才能望见蓝天？一个人需多少只耳朵，才能听见人们的哭喊？多少人死去才能使他了解，已有太多人死亡？"这里的比兴传达出一种对人类为幸福而努力的艰辛过程的尊重、同情和感慨。

"一座山要耸立多少年，才会被冲刷入海？一些人要生活多少年，才会被给予自由？一个人能转过头去多少回，假装他什么也没看见？"诗人在这里用对这些艰难事物的追问，来表达对结束人类苦难、获得和平自由生活的热切期盼，但是这些问题都有一个结果："这回答正在风中吹响。"

这样的反复是非常有力量的，读者由此能获得对这个世界一切丑恶现象和丑恶罪行的强烈反感和愤怒。作为歌词，这首诗的节奏感非常强，反复的咏唱和一步步感情的深化都饱含着一种深刻的内在力量。

版权声明

由于时间及地域等原因，无法与权利人一一取得联系，为了尊重作者的著作权，编者特委托北京版权代理有限责任公司向权利人转付稿酬。请您与北京版权代理有限责任公司联系并领取稿酬。联系方式如下：

吴文波

北京版权代理有限责任公司

北京海淀区知春路 23 号量子银座 1401 室

邮编：100083

电话：(010)82357056/57/58-230　传真：(010)82357055

图书在版编目 (CIP) 数据

最美的诗歌 / 徐志摩等著；于海娣主编 . – 北京：中国华侨出版社，2010.8
（2021.7 重印）
ISBN 978-7-5113-0589-3

I.①最… Ⅱ.①徐… ②于… Ⅲ.①诗歌—作品集—世界 Ⅳ.① I12

中国版本图书馆 CIP 数据核字（2010）第 151104 号

最美的诗歌

著　　者：	徐志摩等
主　　编：	于海娣
责任编辑：	滕　森
封面设计：	冬　凡
文字编辑：	于海娣
美术编辑：	陈嫒嫒
经　　销：	新华书店
开　　本：	720mm×1010mm　1/16　印张：18　字数：327 千字
印　　刷：	三河市华成印务有限公司
版　　次：	2010 年 10 月第 1 版　2021 年 7 月第 3 次印刷
书　　号：	ISBN 978-7-5113-0589-3
定　　价：	55.00 元

中国华侨出版社　北京市朝阳区西坝河东里 77 号楼底商 5 号　邮编：100028
法律顾问：陈鹰律师事务所
发 行 部：（010）88893001　　　　传　　真：（010）62707370
网　　址：www.oveaschin.com　　　E－m a i l：oveaschin@sina.com

如果发现印装质量问题，影响阅读，请与印刷厂联系调换。